사랑보다 뜨거운

1

1

사랑보다 뜨거운

hotter than love

범서라 장편 소설

D&C BOOKS

목 차

1

—이수윤. 당장 집으로 와.

전화를 받자마자 들려오는 낮은 음성에 수윤은 앉은 자리에서 멈칫했다. 곧 있을 회식에 참석하기 위해 가방을 챙기던 중이었다.

“무슨 일이에요? 중요한 일 아니면 나중에 갈게요. 오늘은 회식이…….”

—여섯 시 반까지.

조금 화가 난 듯한 목소리로 수윤의 말을 반 토막 내어 자른 그가 전화를 뚝 끊었다. 전화가 끊긴 휴대폰 화면에서 그의 번호가 사라지며 잠금 화면이 떴다. 시간은 6시 10분을 막 지나고 있었다.

아무리 빨리 간다고 해도 회사에서 그의 집까지 20분은 빠듯했다. 그의 무리한 요구에 수윤의 도톰한 입술 사이로 작은 한숨이 새어 나왔다.

"왜 그래, 이 대리?"

막 코트를 챙겨 입으며 자리에서 일어난 입사 동기 혜정이 의아한 얼굴로 물었다. 수윤은 아무 일도 아니라는 듯 고개를 좌우로 저었다.

"안색이 별로 안 좋은데?"

"전 괜찮아요. 그보다……."

수윤이 휴대폰과 지갑을 가방에 챙겨 넣으며 자리에서 일어났다.

"일이 생겨서 오늘 회식은 참석 못 할 것 같아요. 죄송해요."

"갑자기 왜? 무슨 일 생겼어?"

한 달 전부터 박 과장이 팀원들을 달달 볶아 억지로 만들어 낸 자리였다. 빠지면 각오하라고 수차례 주의를 준 회식에 참석하지 못한다고 하자 혜정이 놀란 눈을 하며 걱정스레 물었다.

"그냥 집안일인데……, 별일 아니니까 걱정 안 하셔도 돼요. 대신 과장님한테 말씀 좀 잘 해 주세요."

"어우, 무슨 잔소리를 들으라고."

벌써부터 박 과장의 잔소리가 들려오는 것 같은지 혜정이 진절머리가 난다는 듯 표정을 구겼다. 박 과장이 얼마나 사람을 들들 볶는지 익히 알고 있는지라 수윤은 미안한 마음이 들었다.

"죄송해요. 부탁 좀 드릴게요."

"장난이고, 알겠어. 내가 과장님한테 가 볼 테니까 눈치껏 잘 빠져나가. 대신 밥 사는 거다? 알았지?"

"네. 두 번 살게요."

"오케이."

수윤의 말에 혜정이 시원스레 웃었다. 그러고는 곧장 박 과장에게 다가가 사근사근하게 웃으며 그의 주의를 끌었다.

수윤은 겉옷을 챙겨 입고 눈치껏 회사를 빠져나와 급히 택시에 몸을 실었다. 그의 부름이라면 재깍재깍 움직이는 게 습관이 된 탓이다.

"아저씨. 최대한 빨리 가 주세요."

무슨 급한 일이라도 있는 걸까. 그가 이렇게 갑자기 그녀를 부르는 건 아주 드문 일이었다.

……혹시 알게 된 건 아닐까. 떠나려고 하는 걸, 어쩌면 그가 알게 됐는지도 몰랐다. 아무리 생각해 봐도 그가 자신을 부를 만한 일은 그것밖에 떠오르지 않았다.

"……."

내가 떠나려는 걸 알고, 떠나지 못하게 붙잡으려고 부른 건……. 거기까지 생각이 미친 수윤은 괜한 기대감에 가슴이 두근거렸다.

하지만 그녀는 이내 고개를 저으며 헛된 기대를 지워 냈다. 그는, 수윤이 아는 차재하는 그녀가 떠난다고 해서 동요할 사람이 아니었다. 그녀에게 무슨 일이 생긴다고 해도 그는 눈 하나 깜짝하지 않을 사람이었다.

그녀를 바라보는 그의 시선에는 항상 아무런 감정이 담겨 있지 않았다. 그 무신경한 눈동자가 떠오르자 수윤은 가슴 한구석이 따끔거리기 시작했다.

“떠난다라…….”

창밖에 시선을 두고 작게 중얼거리던 그녀의 입술에 쓴웃음이 걸렸다.

이곳을 떠난다는 생각을 하자 갑자기 모든 것이 낯설게 느껴졌다. 몇 년 동안 아무런 감응 없이 다녔던 이 길이 오늘따라 초행길인 것처럼 낯설었다.

그를 떠나기로 한 시간은 물 흐르듯 아주 빠르게 흘렀다. 영영 오지 않으리라 생각했던 그 날이 어느새 코앞에 다가와 있었다.

수윤은 스쳐 지나가는 밤거리를 눈에 담으며 생각에 잠겼다. 앞으로 열흘. 그녀가 떠나기까지 남은 시간이었다.

어느덧 그의 아파트에 도착한 수윤은 익숙한 손길로 비밀번호를 눌렀다. 심플한 기계음과 동시에 문이 열리자 그녀가 안으로 들어섰다. 천천히 걸음을 옮겨 장식품이 진열된 짧은 복도를 지나니 때마침 그가 인기척을 듣고 현관으로 걸어 나왔다. 방금 샤워를 마친 모양인지 그는 샤워 가

운을 아무렇게나 걸치고 있었다.

180을 훌쩍 넘는 큰 키에 벌어진 어깨가 그녀의 시야를 가득 채웠다. 이제 얼마 후면 다시는 못 볼 거라는 생각이 들어서일까. 눈에 가득 담아 두고 싶었던 건지도 몰랐다. 수윤은 발걸음을 멈춰 세우고는 아무런 말 없이 그를 바라보았다.

"안 들어오고 뭐 해."

무심한 듯 고저 없는 목소리가 오늘따라 유난히 달콤하게 귓가를 두드렸다. 기분 탓이 분명했다. 그가 제게 다정했던 적은 단 한 번도 없었으니까. 언제나 제 입맛대로 생각했던 것뿐이었다.

착각은 항상 쓸데없는 기대를 불러오곤 한다. 그러니 오늘만큼은 그 착각에 빠지지 않으려 마음을 다잡았다.

마주친 눈을 가만히 바라보고 있자 그가 안으로 들어오라는 눈짓을 했다. 찬찬히 걸음을 옮기고 있으니 답답하다는 듯 성큼 걸어온 그가 수윤의 손목을 잡아당겼다. 수윤이 그의 넓은 품에 폭 안겼다. 몸이 순식간에 밀착되었다.

"늦지 말라고 했잖아."

"아직 안 늦었……, 읍."

그가 말했던 시간에 딱 맞추어 도착했을 텐데. 택시 기사가 속도를 낸 덕분에 늦지 않았다고 생각했다. 하지만 시간을 다시 확인할 틈도 없이 입술이 막혀, 제대로 된 대답을 할 수 없었다.

더운 숨결이 순식간에 그녀의 입술을 덮어 온다. 여느 때와 다름없는 말캉하고 뜨거운 혀끝이 그녀의 입술을 간지럽히듯 핥았다. 곧 습관처럼 그녀의 입술 사이를 무자비하게 파고든 혀가 입 안을 엉망으로 헤집어 놓았다.

"하아……."

"제대로 벌려."

잠시 벗어날 틈을 주는가 싶더니 다시 짓이겨지듯 입술이 겹쳐졌다. 그는 조금의 움직임도 허용하지 않겠다는 듯 턱을 단단히 잡으며 몸을 밀어붙였다. 더운 숨을 힘겹게 받아 낸 수윤이 재하를 밀어냈으나 그는 꼼짝하지 않았다. 오히려 그녀가 뒤로 밀려 벽에 등이 닿았다.

재하는 수윤이 입고 있던 코트를 벗겨 냈다. 바깥의 찬 기운을 머금은 코트가 바닥으로 털썩 소리를 내며 떨어졌다. 커다란 손이 그녀의 허리를 쓸어 올리며 거침없이 니트 안을 파고들었다.

익숙한 손길로 속옷을 밀어 올리고 그 안에 숨어 있던 말랑한 살덩이를 움켜쥐었다. 커다란 손바닥 안으로 부드러운 살덩이가 가득 채워졌다.

"잠깐. 하……, 잠깐만요."

예민한 곳에 느껴지는 자극에 수윤은 저도 모르게 새어 나오는 소리를 입 밖으로 흘려보내며 다급하게 그를 불렀다.

"할 말 있는 거, 아니었어요?"

"이게 더 급해."

입고 있던 니트와 슬랙스는 차례대로 그의 손을 거쳐 바닥에 떨어졌다. 그가 입고 있던 가운은 인지하지 못한 사이에 이미 그 옆을 나뒹굴고 있었다.

다시 제 입술을 베어 무는 재하에게 더 이상의 대화는 필요 없었다. 수윤은 그를 밀어내려던 것을 포기하고 그대로 몸을 맡겼다.

입술을 더 깊게 파고들던 그가 수윤의 엉덩이를 받쳐 들었다. 공중으로 붕 떠 무게 중심을 잃은 다리를 그가 잡아 제 허리에 감았다.

재하는 수윤을 안아 들고 곧장 침실로 향했다. 그녀를 침대 위에 눕히고 그 위로 몸을 겹쳤다. 가볍게 입술을 빨아당기자 그녀의 입술이 힘없이 그의 입술 사이로 빨려 들어갔다.

누구의 것인지 알 수 없는 타액으로 입술이 축축하게 젖어 들었다. 그녀의 입술을 맛보던 그의 뜨거운 입술이 목덜미로 옮겨 와 여린 살을 강하게 짓눌렀다. 수윤은 정신이 아찔해졌다. 뜨거운 입김이 여린 살점에 닿을 때마다 간지러운 감각이 온몸을 괴롭혔다.

“하읏, 하…….”

그를 밀어내던 손은 어느새 그의 어깨를 힘주어 잡고 있었다. 조금 더 해 달라는 듯, 수윤이 그의 목을 끌어안았다. 그가 주는 자극은 정신을 잃어버릴 만큼 황홀하다는 것을, 머리보다 몸이 더 잘 알고 있었다.

"싫어……."

"좋다고 해야지, 수윤아."

"아흣……."

"왜 거짓말을 해."

그가 온몸 구석구석에 아낌없이 입을 맞추자 몸 이곳저곳에 불그스름한 꽃이 피어났다. 만족스러울 만큼 온몸에 제 흔적을 남긴 재하는 몸을 일으켜 자세를 고쳐 잡았다. 하나 남은 옷을 마저 벗어 버린 그가 그녀의 중심에 안착했다.

"아직도 싫어?"

"아……."

"말해 봐. 네가 싫으면 안 해."

"제발……."

"제발 뭐."

이미 그녀의 은밀한 곳은 더 이상 참을 수 없이 흥건하게 젖어 들어 있었다.

"말을 해야 알지, 수윤아."

그가 예민한 곳을 집요하게 괴롭혔다. 그 자극에 수윤은 당장이라도 절정을 맞을 것처럼 정신이 아득해졌다. 그 순간만큼은 그를 떠나야 한다는 사실조차 잊은 채, 그의 손짓 하나하나에 민감하게 반응했다.

"아읏……."

"어떻게 해 달라고?"

재하가 고개를 내려 귓가에 속삭였다. 뜨거운 숨결이 귓가에 느껴지자 몸이 바르르 떨렸다. 악취미. 그가 원하는 대답은 정해져 있었다. 그는 잠자리에서만은 항상 수윤이 자신을 원해 주길 바랐다.

"이제 그만……."

"대답이 틀렸잖아."

재하의 말에 수윤이 고개를 도리도리 저었다. 목구멍으로 터져 나오는 신음 소리를 억지로 삼키며 겨우 말을 꺼냈다.

"……요."

"똑바로 말해야지."

"……해 줘요, 빨리."

수윤의 말에 재하의 입술 끝이 가볍게 말려 올라갔다. 수윤의 그런 반응이 흡족한 모양인지 그녀의 머리를 칭찬하듯 쓰다듬었다.

마치 사랑이라도 하는 것처럼 그가 그녀의 눈, 코, 입에 차례대로 나누어 입을 맞추었다. 동시에 아래가 묵직하게 채워지는 느낌이 들었다. 그가 느릿하게 몸을 움직일 때마다 수윤은 아랫입술을 질끈 물어 새어 나오는 소리를 삼켰다.

"목소리 들려줘야지."

하지만 그녀의 의도와는 달리, 곧 소리를 숨기지 못할 정도로 재하의 움직임이 거칠어지기 시작했다.

쾌감이 밀려 들어와 온몸으로 번져 나간다.

"아아……!"

다시 그녀의 입술을 삼키듯 베어 문 그가 무자비하게 그녀를 파고들며 제 욕망대로 그녀를 탐했다.

그래. 그와 나는 고작 이런 사이였다.

수윤은 샤워를 마치고 나와 옷을 갈아입었다. 젖은 머리를 말리고 대충 정리하고 있는데 거울 속에 비친 재하와 눈이 마주쳤다. 그는 침대 헤드에 느슨하게 기댄 채로 수윤을 바라보고 있었다.

"전화는 왜 하신 거예요?"

그리 좋지 않은 일이 있었던 게 분명했다. 문을 열고 들어오자마자 거칠게 자신을 몰아붙이는 이유의 절반 이상은 조부인 차 회장과의 트러블이었다. 안 좋은 일이 있으면 수윤을 부르는 것은 재하도 모르는 그의 습관이었다.

수윤은 그런 재하가 싫지 않았다. 오히려 그가 유일하게 마음을 터놓는 상대가 자신이라는 것이 좋았다. 그저 그의 이야기를 들어 주는 것만으로도 마음이 충족되던 때가 있었다.

"이유가 필요해?"

"……."

그런데 이제는 그 모든 게 싫었다. 사랑이 없는 섹스는 비참하기만 하니까.

"이유 없이 부르지 마세요. 오늘같이 막무가내로 부르면 저도 곤란하니까요."

아니, 차라리 사랑이 없었다면 이렇게 마음이 텅 빈 것 같지는 않을 것이다. 저 혼자만 마음을 간직한 채로 몸뿐인 관계를 이어 가는 건 말로 표현할 수 없을 정도로 비참한 일이었다.

그게 이토록 가슴 아픈 일이라는 걸 일찍 알았으면 좋았을 것을, 안타깝게도 수윤은 너무 뒤늦게 깨닫고 말았다. 이 어그러진 관계를 곧게 펼 수도, 되레 엉망진창으로 구겨 버릴 수도 없게.

"그럼 안 왔어야지."

"……."

"너 지금 여기 있잖아."

시간이 지나면 그도 한 번쯤은 나를 돌아보지 않을까. 이루어지지 않을 사랑이라 생각하는 마음 한편에는 알 수 없는 기대감이 웅크리고 있었다. 하지만 말 그대로 헛된 기대였다. 그런 일은 제 망상 속에서만 존재했다. 현실과는 너무나도 동떨어진 이야기였다.

현실을 직시하고 난 뒤 그에게서 벗어나겠다고 수차례 마음을 먹었지만 행동으로 옮길 용기는 나지 않았다. 재하를 만나지 못한다는 생각만으로도 마음이 아팠다. 그저 몸뿐인 관계일지라도 그의 옆에 있고 싶었다. 그게 수윤이 오랫동안 이 관계를 놓을 수 없었던 이유였다.

"내가 틀렸나?"

아니. 틀리지 않았다. 그의 말이 맞았다. 그래서 아무 말도 할 수가 없었다. 차라리 오지 말았어야 했는데. 들어오자마자 그에게 매달려 그가 주는 쾌락을 하나도 놓치지 않고 온몸으로 집어삼켰으면서 제 입에서 이런 말이 나오는 게 아주 우습다는 생각이 들었다.

"이수윤."

차재하는 사람의 마음을 읽고 휘두를 줄 아는 남자였다. 수윤의 마음도 마찬가지였다. 이대로 가다가는 휘둘리기만 할 뿐이라는 걸 알고 있었다. 알고 있지만, 그런 순간에도 수윤은 그가 부르면 바보처럼 쫄래쫄래 달려올 만큼 차재하가 좋았다.

생각과 행동이 조금도 맞지 않는 스스로가 한심하기 그지없었다.

"수윤아."

듣기 좋은 저음의 목소리가 고막을 두드렸다. 대답을 재촉하는 듯한 그 목소리에 수윤이 머리를 마저 정리하고는 몸을 돌려 재하를 바라보았다.

나는 대체 뭐예요? 마주친 눈동자를 바라보며 그렇게 묻고 싶었다.

"……."

그러나 수윤은 아무 말도 내뱉지 않은 채 입술을 꼭 다물었다. 이미 그의 대답이 무엇인지 수윤은 알고 있었다. 모른다 하더라도 이제 그런 질문은 아무런 의미가 없었다. 나는 어차피 떠날 사람이니까.

수윤은 아무 말 없이 바로 거실로 나와 소파에 걸쳐 두었던 코트를 입었다. 뒤따라 나온 재하가 그녀의 등 뒤로 바짝 다가와 섰다.

"늦었어. 자고 가."

"……갈게요. 내일 필요한 자료가 집에 있어요."

수윤은 일부러 재하를 쳐다보지 않은 채 대답했다.

"말 안 듣지."

"네. 오늘은 돌아갈게요."

"밥은."

그의 부름을 따라 바로 이곳으로 오느라 저녁을 먹지 못했지만 재하와 함께 식사를 하고 싶다는 생각은 들지 않았다. 어떻게 거절의 말을 꺼내야 할까 고민하던 중에 때마침 전화가 울렸다.

막 두르려던 목도리를 어깨에 대충 걸친 수윤은 휴대 전화 화면을 확인했다. 전화를 건 사람은 같은 팀에서 일하고 있는 박진상 과장이었다.

"잠깐 전화 좀 받을게요."

수윤이 전화를 받기 위해 베란다 쪽으로 걸음을 옮겼다. 탁 트인 시야로 도시의 야경이 보였다.

—이 대리? 지금 어디야?

그 광경에 마음이 트인 것은 아주 잠시였다. 뒤이어 들려오는 진상의 목소리에 수윤은 다시 가슴이 콱 막히는 것 같은 느낌이 들었다.

"죄송해요. 갑자기 급한 일이 생겨서요."

—전화는 왜 이제야 받는 거야? 이렇게 마음대로 회식 빠지고 그래도 되는 거야? 부장님이 마음이 넓으셔서 아무 말씀 안 하시는 거지, 만약 내가 부장님이었으면…….

전화를 받자마자 듣기 싫은 잔소리가 들려왔다. 이미 술에 흠뻑 취한 목소리였다. 시간을 확인하니 어느덧 아홉 시가 훌쩍 넘어 있었다. 한창 회식이 무르익었을 시간이다.

"죄송합니다."

끊임없이 이어지는 잔소리를 끊어 내고 싶은 마음에 사과부터 했다. 그랬더니 마침 잘 됐다는 듯, 박 과장의 목소리가 커졌다.

—죄송하면 지금 나와. 이 대리 집 근처에서 한잔하려고 좀 전에 나왔어. 아니면 내가 데리러 갈까?

올해로 서른여덟의 노총각인 박진상 과장은 꽤 골치 아픈 상사였다. 굉장히 꼼꼼한 편이라 일에 있어서는 완벽한 파트너였지만 안타깝게도 부하 직원들을 불편하게 만드는 재주가 있었다.

수윤이 작게 한숨을 내뱉었다.

"지금 집 근처가 아니라서 바로 그쪽으로 가기는 어려울 것 같습니다."

—상사가 말을 하면 네, 하고 대답해야지. 이 대리가 그렇게 뻣뻣하게 구니까 여태 제대로 된 연애도 못 해 본 거야.

4년간 같은 사무실에서 일하면서 수윤이 남자를 만나는 모습을 보지 못했다는 이유로, 진상은 종종 수윤에게 가르치듯 연애에 관한 이야기를 늘어놓곤 했었다. 연애를 해야 한다느니, 아이를 낳으려면 시집을 빨리 가야 한다느니. 하지만 정작 박 과장도 연애와는 거리가 먼 사람이었다.

—여자는 자고로…….

옆에서 같은 팀 동료들이 말리는 소리가 들려왔으나 박 과장은 멈추지 않았다. 소음이 섞여 알아듣기 힘들었지만 썩 듣기 좋은 소리가 아니라는 건 알 수 있었다.

수윤의 표정이 미세하게 일그러졌다. 이대로 회식 자리에 참석하지 않고 버텼다가는 내일 하루 종일 시달릴 것 같다는 생각이 들었다.

"그럼 지금 바로……."

수윤이 한숨 섞인 목소리로 바로 가겠다는 대답을 하려던 참이었다. 손에 들려 있던 휴대폰이 그녀의 손바닥 안을 스르르 벗어났다.

깜짝 놀라 말을 끝맺지 못하고 뒤돌아보자 그곳에는 수윤의 전화를 태연스레 뺏어 든 재하가 서 있었다. 뭔가 마음에 차지 않은 듯한 얼굴로 고개를 기울인 그가 그녀의 휴대폰을 제 귓가에 가져다 댔다.

"영업팀 박진상 과장님?"

통화음이 그리 컸던 것 같지는 않은데, 그는 수윤의 통화 상대가 누구인지 바로 알아차렸다.

전화 너머에서 박 과장의 대답 소리가 들려왔다. 갑작스러운 상사의 목소리에 놀랐는지 허둥거리는 목소리였다. 재하는 박 과장이 제 전화 목소리를 알아차린 것이 신기한 듯 픽 웃음을 흘렸다.

"제 목소리 아시네요."

수윤은 제멋대로 전화를 뺏어 든 재하가 이해되지 않았다. 지금 뭐 하고 있느냐는 눈빛으로 그를 쏘아보며 그의 손에 들린 휴대폰을 뺏으려 팔을 뻗었다.

하지만 어찌해 볼 틈도 없이 단숨에 그의 커다란 손에 갇히고 말았다.

"이 대리님이 오늘 저와 선약이 있었습니다. 그룹에서 후원했던 친구들과 모임이 있었거든요."

그가 조금 삐딱하게 선 채로 수윤을 지그시 바라보았다.

"아, 회식 중이었습니까."

그는 전혀 몰랐던 것 같은 말투로 능청스럽게 대답했다. 거짓말을 하는데도 그는 얼굴색 하나 변하지 않고 자연스러웠다.

"제가 실수를 했네요. 하필 회식 날 이런 모임 약속을 잡아서."

그 말에 전화 너머에서 아닙니다, 무슨 그런 말씀을 하십니까, 회식이야 다음에 또 하면 됩니다, 하는 호들갑스러운 목소리가 들려온다. 조금 전 수윤과 통화를 할 때와는 완전히 다른 목소리였다.

"다행입니다. 난 또 이 늦은 시간에 제 여동생이나 다름없는 수윤이를 그쪽으로 보내라는 줄 알고."

"……."

전화 너머에서 호들갑스러운 목소리가 계속해서 이어졌다. 그러나 재하의 한마디에 수윤은 더 이상 박 과장의 목소리 따위는 들리지 않았다. 제 여동생이나 다름없는. 강조하듯 내뱉은 말에 수윤은 순간 헛웃음이 나올 뻔했다.

여동생……. 조금 전까지 몸을 섞던 남자가 자신을 여동생이라 칭하는 것이 아주 모순적이었다.

"그럼 다음 주에 있을 회의에서 뵙도록 하죠."

그는 부드러운 어조로 말을 하면서 맡은 프로젝트에 대한 압박을 주는 것도 잊지 않았다. 수윤은 재하가 통화를 마무리하는 모습을 보고는 휴대폰을 재빨리 뺏어 들었다.

"다음부터 이러지 마세요. 또 팀원들이 절 불편하게 생각하는 건 싫어요."

입사를 하고 얼마 되지 않아 재하의 비서가 영업팀을 찾아와, 그룹에서 후원을 하던 친구라며 수윤을 잘 부탁한다고 당부를 했었다.

선진 그룹의 후원을 받으며 공부를 했다는 게 부끄럽지는 않았으나 회사까지 들어와 그런 꼬리표를 달고 싶지 않았다. 정당하게 제힘으로 입사를 했음에도 회사와 관련이 있다는 이유로 낙하산 취급을 받는 기분이었다.

"그래야 널 함부로 대하지 않을 것 아냐."

"제 일은 제가 알아서 해요."

"그래서 그 무례하기 짝이 없는 말을 듣고 있었나?"

"그런 게 아니라……."

"그런 게 아니면 내가 실수한 거야? 박 과장한테 호감이라도 있어?"

대화의 흐름이 왜 이런 식으로 돌아가는 건지 모르겠다. 수윤은 그의 억지스러운 질문에 아무런 대답도 하고 싶지 않았다. 괜한 실랑이로 진을 빼기는 싫었다.

"제 사생활에 그렇게 관심이 많으신 줄은 몰랐네요."

"대답을 피하는 걸 보니 진짜가 봐."

"마음대로 생각하세요."

그녀의 대답이 마음에 들지 않은 모양인지 재하의 눈썹 끝이 묘하게 일그러졌다.

"진심이야?"

"……."

"진짜 만나 볼 생각?"

재하의 목소리가 꽤나 불만스러운 것처럼 들렸다. 그것 또한 착각이리라. 수윤은 긍정도 부정도 하지 않았다.

멋대로 생각하라지. 조금 전 '여동생이나 다름없다'라고 했던 그의 말이 아직도 고막을 쿡쿡 쑤시는 것 같아 기분이 엉망이었다.

"만나는 거면 미리 말해. 다른 남자와 공유하는 건 내 취향이 아니니까."

"……."

차갑고 무심한 그 말에 수윤이 씁쓸한 미소를 지었다. 질투라도 하기를 바랐던 걸까. 처음에는 그저 옆에 있을 수만 있으면 상관없다고 생각했다. 그가 제게 마음을 주지 않아도 옆에 있는 것 하나로 만족할 수 있다고 자만했다. 그다음엔 그가 자신과 몸을 섞는 것이 사랑일 거라고 착각을 했다.

"갈게요."

차재하는 이수윤을 특별하게 생각하지 않는다. 그 사실 하나로 재하와 함께 있는 시간들이 점점 버거워질 거라는 건 그 당시에는 상상도 하지 못 한 일이었다.

수윤은 소파에 놓인 가방을 챙겨 들고 현관 쪽으로 걸음을 옮겼다. 재하가 그런 수윤의 뒤를 느리게 따랐다.

"모레 40주년 창립 기념 파티라는 건 알고 있지?"

수윤이 현관으로 나가 구두를 신는 모습을 보며 그가 대뜸 물었다. 창립 기념 파티는 차 회장이 끔찍이도 중요시 여기는 파티였기에 수윤도 익히 알고 있었다. 수윤이 네, 하고 짧게 대답을 하자 재하가 바로 말을 이었다.

"참석해."

그의 말에 수윤이 눈을 동그랗게 떴다. 선진 그룹에서 후원을 받았던 지난 20년 가까이 단 한 번도 없었던 일이었다.

"제가…… 왜요?"

"회장님 지시."

그가 간결하게 대답했다. 하지만 그 대답이 수윤의 궁금증을 완벽히 해소해 주지는 못했다. 여전히 궁금증을 가득 담은 눈으로 재하를 바라보자 재하가 어깨를 으쓱해 보였다. 재하도 차 회장의 속내를 알 수 없는 듯한 얼굴이었다.

"토요일 점심에 회사로 와. 숍에 들렀다가 같이 가게."

"그냥 바로 갈게요. 위치만 알려 주세요. 회사에는 보는 눈이 많아요."

"그게 뭐."

"무슨 소문이 날지 모르잖아요."

후원 관계야 이미 공공연하게 아는 문제라 하더라도 둘이서 함께 다니는 모습을 회사 사람들에게 보여 주고 싶지 않았다. 그의 무성한 여자 소문에 제 이름까지 얹고 싶은 생각은 없었다.

수윤의 말에 그가 픽 웃음을 터뜨리며 말했다.

"내가 그런 걸 신경 쓸 사람으로 보여?"

"제가 신경 쓰여서요. 그냥 혼자 갈게요."

그가 고개를 한쪽으로 기울였다. 평소에는 시키는 대로 고분고분하던 수윤이 말끝마다 토를 다는 게 여간 이상한 모양이다.

"그럼 집으로 데리러 가지."

"그럴 필요,"

"잔말 말고 내 말 들어."

재하가 말을 끊었다. 무언가 마음에 들지 않는 듯 수윤을 가만히 바라보던 그가 걸음을 내디뎌 수윤에게 바짝 다가왔다.

"왜 그래요?"

"거슬려서."

그가 뻗은 손이 수윤의 어깨에 닿았다. 휑하니 비어 있던 목을 무언가가 감싸는 느낌이 들었다.

"아."

전화를 받느라 제대로 하지 못했던 목도리였다.

"제가 할게요."

"가만히 있어."

재하는 드러나 있던 수윤의 목을 목도리로 꽁꽁 감추었다.

"운전기사 불렀어. 곧 올 거야. 타고 가."

수윤이 고개를 끄덕이고는 집을 나섰다.

"……."

그는 언제나 이렇게 예상치 못한 부분에서 다정함을 보이곤 했다. 하지만 그게 사랑이 아니라는 건, 그 누구보다 수윤이 제일 잘 알고 있었다.

창립 기념 파티가 열리는 날의 아침, 수윤은 쉬는 날임에도 평소보다 일찍 눈을 떴다. 왠지 모르게 마음이 들떴다. 재하에게서 연락이 오기도 전에 준비를 마치고, 휴대 전화를 보며 그의 연락을 기다렸다.

곧 도착할 거라는 전화를 받고 한달음에 오피스텔을 내려왔지만 그곳에 차재하는 없었다.

"강 비서님?"

대신 오랫동안 재하를 보필해 왔던 강정건 비서가 그곳에 서 있었다.

"오랜만입니다. 잘 지내셨습니까? 사장님은 중요한 미팅이 있으셔서 못 오셨습니다. 제가 모시겠습니다."

네, 하고 작게 대답한 수윤의 입술에 허탈한 미소가 걸렸다. 잠깐의 다정함에 마음이 녹아 또 기대를 하는 스스로가 바보 같았다. 흘리듯 했던 약속을 내내 생각하며 기대하고 있는 사람은 언제나 수윤 혼자뿐이었다.

"타세요, 아가씨."

정건은 보닛을 돌아 빠르게 뒷좌석으로 향했다. 수윤이 무슨 말을 할 틈도 없이 뒷좌석의 문을 열어 그녀를 향해 얼른 타라는 눈짓을 했다.

"그렇게 깍듯하게 대하지 마세요. 불편해요."

"전 이게 편합니다."

"전 너무 불편해요. 제가 왜 아직도 아가씨예요. 아시잖아요. 저 그 집 딸이었던 적 없다는 거."

"몇 년 전까지 아가씨로 모셨습니다. 그게 이제 와서 달라지지는 않습니다."

"몇 년 전이라니요. 벌써 10년이 다 돼 가는데요."

정건은 예의를 차리며 꼼짝없이 뒷문에 붙어 서 있었다. 수윤은 언제나 변함없는 태도로 자신을 대하는 그의 모습에 살짝 웃음이 터져 나왔다. 그렇지만 뒷좌석에 타고 싶지는 않았다.

"여기 탈게요."

수윤은 정건이 열었던 뒷문을 세게 닫아 버리고는 조수석의 문을 열었다. 수윤이 조수석에 앉는 것까지 막을 수 없었던 정건은 어쩔 수 없다며 고개를 끄덕이고는 보닛을 돌아 운전석에 탑승했다.

"그럼 그 존댓말만 좀 어떻게 해 줘요. 들을 때마다 불편해 죽겠어요. 어렸을 때는 안 그랬잖아요."

"그건 아가씨도 마찬가지잖습니까."

정건이 부드럽게 웃으며 차를 몰았다.

"그렇긴 하네요."

수윤은 창밖을 내다보며 쓰게 웃었다. 그녀는 보육원 출신이었다. 언제, 어디서 태어났는지 알 수가 없었다. 그저 아는 거라고는 미혼모였던 모친이 그날 그곳에 자신을 버렸다는 것과 이수윤이라는 이름 하나뿐이었다.

보육원에서 원장의 폭력에 시달리며 끔찍한 나날을 보내고 있을 때, 재하의 조부이자 그녀가 몸담고 있는 선진 그룹의 총수, 차대평이 그녀를 거두어 주었다. 차 회장은 제 손으로 수윤을 집에 들였으면서도 수윤을 마음에 들어 하지 않았다. 그래서 수윤은 단 한 번도 선진 그룹의 공식적인 자리에 참석해 본 적이 없었다.

왜 입양을 해 놓고 나를 싫어하는 걸까. 궁금증은 그 집에서 10년을 살고 나서야 해결되었다.

'너 같이 출신도 모르는 천한 아이를 내 호적에 올렸을 거라고 생각했냐? 너도 참 순진하구나.'

입양이 아니었던 것이다. 수윤은 그저 재하가 원했기에 집에 들여놓은 인형이었다.

오랜 시간을 함께 지냈어도 수윤은 선진 그룹의 일원이 될 수 없었다. 차 회장에게 수윤은 그저 깨끗이 털어야 할 먼지에 불과했다. 재하에게 특별한 마음이 생기기 시작한 것은 바로 그 무렵쯤이었다.

"근데 지금 어디 가는 거예요?"

"드레스 숍으로 가고 있습니다. 40주년 창립 기념일 파티에 입고 갈 드레스를 최 실장에게 부탁해 놓으셨거든요. 최 실장이 여러 벌 골라 놓았다고 합니다. 그중에서 가장 마음에 드는 걸로 고르라고 하셨어요."

"아, 네. 그럴게요."

수윤은 온갖 지인들이 모이는 그 자리에 차 회장이 자신을 초대한 이유를 알 수 없었다. 재하의 곁에서 몇 년간 얼쩡거리던 그녀를 치워 버릴 날이 이제 머지않았는데, 대체 왜.

뭐가 됐든 차 회장의 지시를 어기는 건 현명한 방법이 아니었다. 일단 차 회장의 장단에 맞춰 움직이며, 그의 의도를 파악하는 쪽이 더 지혜로운 방법이었다.

"도착했습니다."

얼마 가지 않아 목적지에 도착했다. 수윤은 대기를 하겠다는 정건의 말에 그를 두고 혼자 차에서 내렸다.

에이 뷰티라는 이름의 드레스 숍은 외양부터 화려하고 세련된 곳이었다. 투명한 유리 너머로 우아하고 청순해 보이는 드레스가 디스플레이 되어 있었다. 문을 열고 들어서자 한 여자가 기다리고 있었다는 듯 환히 웃으며 수윤을 반겼다.

"이수윤 씨?"

"아, 네."

그럴 줄 알았다는 듯 여자가 수윤을 향해 손을 내밀어 악수를 청했다.

"안녕하세요. 에이 뷰티 실장 최지애예요. 만나서 반가워요. 말씀 정말 많이 들었어요."

"저도 말씀 많이 들었습니다."

수윤은 지애가 내민 손을 잡고 악수를 했다. 으레 하는 인사라 생각해서 대답을 한 것인데 수윤의 말에 지애가 푸핫, 하고 웃음을 터뜨렸다.

"차재하가 제 얘기를요? 그럴 리가요. 걔가 어디 가서 내 이야기를 할 리가 없는데?"

지애는 자연스레 재하의 이름을 입에 올렸다. 그를 잘 알고 있다는 듯한 말투에 수윤은 가슴 한구석이 따끔해지는 것 같았다.

여자는 흡사 모델 같았다. 170이 넘어 보이는 큰 키에 뼈대도 얇아서 가녀리고 늘씬했다. 손으로 가려질 만큼 작은 얼굴에 이목구비가 또렷했다. 길을 지나가다 마주치면 한 번은 돌아볼 정도로 매력적이고 도시적인 느낌의 여자였다.

"제 이야기도 많이 들었을 것 같지는 않네요."

재하는 기본적으로 다른 사람의 이야기를 많이 하는 편이 아니었다. 그런 그의 성격까지 꿰뚫고 있는 걸 보면 보통 친한 사이가 아닌 것 같았다.

"아니요. 이수윤 씨 이야기는 정말 많이 들었어요."

"그런가요."

"진짜예요. 저 거짓말은 못 하거든요."

"……."

지애가 웃으며 이야기를 하는 도중에도 한 가지 생각이 머릿속을 떠나지 않았다. 이 여자와도 잠자리를 했을까.

차재하의 여자 소문은 그리 좋지 않았다. 여자가 많다느니 매일 바뀐다느니. 그 소문을 다 믿는 건 아니지만 아니 땐 굴뚝에 연기가 날 리도 없었다. 매일 같이 갈아 치우는 여자들 속에서 오랫동안 살아남았으니, 다행이라 생각해야 하는 건가.

수윤은 생글생글 웃는 얼굴로 제게 친절하게 대하는 여자를 보며 구질구질한 생각을 하는 자신이 끔찍하게 느껴졌다.

"드레스 보러 가시죠."

지애가 그녀를 숍의 안쪽으로 안내했다. 수윤은 머릿속에서 더러운 생각을 지워 내며 지애의 뒤를 따랐다.

"다른 곳보다 저희 숍에 드레스 종류가 좀 많은 편이에요. 수입 드레스도 있고, 제가 직접 디자인한 것도 있고요."

넓은 피팅 룸 안으로 들어서자 그리 높지 않은 단상 위에 드레스를 입은 마네킹 여러 개가 줄지어 서 있었다.

"마음에 드는 걸로 한 번 골라 볼래요?"

드레스 같은 건 전혀 몰랐다. 텔레비전에서 연예인들이 시상식에 입고 나오는 걸 본 게 다였다. 어떤 걸 골라야 할지 몰라 그 자리에 가만히 서 있자 지애가 빙긋 미소를 지었다.

"그래도 추리고 추린 건데, 고르기 어렵죠?"

"아, 네. 처음이라서."

"여기 있는 거 다 입어 봐도 돼요. 몸매가 좋아서 아무거나 입어도 다 잘 어울리겠다."

커튼을 치고 안으로 들어온 지애는 이것저것 가리지 않고 그녀의 몸에 대보기 시작했다.

"보자 보자, 전 이게 제일 괜찮을 거 같은데. 이거 입어 볼래요?"

수윤이 고개를 끄덕이자 지애가 곧바로 드레스 피팅을 도와주었다. 수윤은 그 드레스부터 시작해서 비슷한 스타일의 옷을 몇 벌 더 입어 보았다.

수윤은 드레스를 입은 제 모습이 생소하게 느껴지긴 했으나, 입어 본 몇 벌의 드레스는 전체적으로 제게 꼭 맞춘 것처럼 아주 잘 어울렸다. 뒤쪽에서 지퍼를 올려 주던 지애가 고개를 빼꼼 내밀어 거울에 비친 수윤의 모습을 눈으로 살폈다.

"역시. 차재하 보는 눈은 알아줘야 한다니까."

지애가 뿌듯한 얼굴로 활짝 웃었다. 수윤이 그게 무슨 말이냐는 듯 의아한 눈으로 지애를 보자 그녀가 바로 말을 꺼냈다.

"이거 다 재하가 고른 거거든요."

"……누구요?"

"차재하요."

뜬금없이 튀어나온 이름에 수윤이 멍한 얼굴로 거울에 비친 제 모습을 바라보았다.

베이지색 드레스에는 반짝이는 보석이 잔뜩 박혀 있었다. 수놓아진 레이스가 가슴과 어깨, 팔꿈치를 덮고 길이는 발목까지 오는 드레스였다. 피부색이 유난히 하얀 수윤에게 아주 잘 어울리는 디자인이었다. 사이즈도 맞춘 것처럼 수윤에게 꼭 맞았다.

"어머. 내 정신 좀 봐. 클러치가 어디 갔지? 잠깐만 여기서 기다리세요. 찾아올게요."

"아, 네."

지애가 클러치를 찾기 위해 잠시 자리를 비웠다.

수윤은 거울에 비친 제 모습을 다시 한번 물끄러미 보았다. 조명을 받아 드레스에 촘촘히 박힌 보석이 반짝거렸다. 브이라인이 가느다란 목선을 부각시켰다. 드레스는 청초하고 순수하면서도 깨끗한 느낌이었다.

이걸…… 차재하가 골랐다고? 자신이 입을 옷을 재하가 직접 골랐다는 사실이 놀라웠다. 무뚝뚝하고 주변에 관심도 하나 없는 차재하가, 평소에는 관심도 두지 않을 것 같은 이런 드레스를 손수 골랐다는 사실이 믿기지 않았다.

묘한 기분이 들었다. 이게 그가 생각하는 내 이미지일까. 수윤은 하얗고 청초한 느낌의 드레스를 입은 거울 속 자신을 가만히 눈에 담았다. 바로 전에 입었던 드레스도, 그전에 입었던 드레스도 모두 비슷한 색상에 비슷한 이미지였다.

"……."

생각에 잠겨 있던 수윤이 지금 무슨 말도 안 되는 상상을 하고 있느냐는 듯 허탈한 웃음을 지으며 고개를 내저었다. 제 이미지에 맞춘 것이 아니라, 어쩌면 이런 종류의 드레스가 그의 취향인지도 몰랐다.

매번 부질없는 기대에 사로잡혀 발전이 없는 스스로가 한심했다. 수윤은 후, 하고 짧게 한숨을 내쉬었다.

그 사이에 지애가 돌아온 모양인지 닫아 놓은 커튼 바깥으로 부스럭거리는 소리가 들렸다. 찬찬히 걸음을 옮긴 수윤이 짙은 색을 담은 커튼을 거두어 냈다.

“저기, 실장님.”

“아…….”

지애가 있어야 할 곳에 지애가 없었다. 커튼 바깥쪽에서 부스럭거리는 소리를 낸 사람은 지애가 아닌 다른 사람이었다.

깔끔한 블랙 슈트에 초콜릿색 코트를 입고 소파에 앉아 있던 남자는 수윤의 갑작스러운 등장에 놀란 얼굴을 하고 있었다.

당황스러운 쪽은 수윤도 마찬가지였다. 수윤이 눈을 동그랗게 뜨고 남자를 보자 남자가 입을 벌린 채로 자리에서 천천히 일어났다.

“잘못 들어오셨나 봐요.”

어딘가 넋이 빠진 듯한 남자의 모습에 수윤이 먼저 말을 건넸다. 그러자 뒤늦게 정신을 차린 남자가 아, 하고 탄식을 내뱉으며 목 뒤를 쓸어내렸다.

“미안합니다. 제 일행이 여기 있는 줄 알고.”

“아니에요. 괜찮아요.”

수윤이 말을 끝맺음과 동시에 문이 벌컥 열렸다. 어색한 자세로 서 있던 두 사람의 고개가 동시에 문 쪽을 향했다.

“어? 유 본부장님? 여긴 어쩐 일이세요?”

때마침 돌아온 지애가 남자를 보고 놀란 얼굴을 했다. 그러더니 수윤을 힐끔 보았다. 아는 사이냐고 묻는 듯한 표정이었다.

"여기 은경이가 있다고 안내받았는데, 다른 분이 계시네요."

"아, 은경 씨."

남자의 대답에 지애는 그제야 생각이 났다는 듯 고개를 끄덕였다. 제 담당이 아니라 깜빡한 모양이었다.

"바로 옆방에 계세요. 수윤 씨, 잠깐만요. 안내해드리고 바로 올게요."

"실례 많았습니다."

수윤이 살짝 고개를 끄덕이자 남자가 수윤에게 정중히 인사를 건네고는 피팅 룸을 나갔다.

아주 잠깐의 시간이 흐른 후, 지애가 돌아왔다.

"영신 패션이라고 알죠? 거기 본부장님이신데 동생분 룸이랑 착각하신 모양이에요. 미안해요."

"전 괜찮아요."

"아 참. 클러치 가지고 왔어요. 이것도 같이 해 보실래요?"

지애가 가지고 온 클러치를 수윤의 손에 들려 주었다. 지애가 가져온 클러치도 화려한 디자인은 아니었다. 드레스와 무척이나 잘 어울리는 차분한 스타일이었다. 지애가 굳이 가서 들고 온 것을 보면 이것 또한 재하가 준비한 모양이었다.

수윤은 거울에 비친 제 모습을 다시 한번 바라보았다.

"제가 보기엔 잘 어울리는데. 어때요? 마음에 드세요?

아니면 다른 것도 입어 볼래요?"

지애는 수윤의 표정을 살폈다. 딱히 마음에 든다는 표정도, 마음에 들지 않는다는 표정도 아니었다. 수윤은 그저 거울에 비친 제 모습에 시선을 고정한 채, 잠시 동안 그렇게 있었다.

그리 길지 않은 시간이 흐른 뒤 수윤이 차분한 목소리로 지애를 향해 물었다.

"혹시 여기 있는 드레스, 전부 다 사장님이 고르신 건가요?"

"네. 이거 다 사장님이 고르신 거 맞아요."

지애가 영문을 모르겠다는 눈으로 그녀를 바라보았다.

"혹시 마음에 안 들어요?"

"아니요. 그건 아닌데."

거울에 비친 제 모습은 예뻤다. 재하가 고른 드레스는 수윤을 위해 만들어진 옷인 것처럼 아주 잘 어울렸다. 평생 이렇게 예쁜 모습은 처음이었다. 제게 이런 모습이 있을 거라 상상하지 못했을 만큼 마음에 들었다. 하지만…….

잠시 생각에 잠긴 듯한 얼굴을 하던 수윤이 이내 그 붉은 입술을 찬찬히 열었다.

"이쪽에 있는 것들 말고 다른 디자인으로 보여 주세요."

메이크업까지 마친 수윤은 기념 파티가 열리는 모 호텔

에 늦지 않게 도착했다. 미팅이 있다던 재하는 아직까지 연락이 닿지 않았다.

이런 자리는 처음이라 혼자 호텔 안으로 들어가기가 망설여졌다. 아는 사람이라고는 하나도 없는 그곳에 덩그러니 서 있을 생각을 하니 벌써부터 가슴이 갑갑해졌다.

대체 날 이런 자리에 부른 이유가 뭘까. 아무리 생각해도 알 길이 없었다. 가 보면 알 수 있겠지. 수윤은 더 이상 생각을 하지 않기로 하며 시간을 때우기 위해 휴대 전화를 꺼냈다.

재하가 올 때까지 그냥 차 안에서 기다리는 게 좋을 것 같아 시트에 조금 깊게 몸을 묻을 때였다. 누군가 그녀가 있는 차로 다가와 창문을 두드렸다. 고개를 돌려 창밖을 바라보자 깔끔하게 슈트를 차려입은 남자가 서 있었다.

어찌해야 좋을지 몰라 가만히 있으니, 남자는 굳게 닫힌 창문을 더욱더 경쾌하게 두드렸다. 순간 무서운 마음이 들었으나 이대로 두면 그녀가 반응을 보일 때까지 계속해서 창문을 두드릴 것만 같아 수윤이 창문을 스르르 내렸다.

"어……?"

창문이 찬찬히 열리며 수윤이 모습을 드러내자 남자의 얼굴에 의아함이 서렸다. 기대했던 사람이 아니라 다른 사람이 있는 것에 놀란 눈치였다. 남자가 눈을 커다랗게 뜨고 수윤을 향해 물었다.

"차재하 사장님 차량 아닙니까?"

"네, 그런데요?"

낯이 익은 것 같은 기분은 착각일까. 수윤은 조금 경계하는 듯한 말투로 대답했다. 그녀가 있는 곳은 지하 주차장이었고, 주차장에는 사람이 그리 많지 않았다. 정건은 조금 전 다른 동료 직원의 부름에 자리를 비운 상태였다.

"차재하 사장 파트너로 온 거예요?"

"네."

"아, 그랬군요. 근데 차 사장은요?"

"아마 오고 있을 거예요."

혹시나 무슨 일이 일어날까 무서운 마음에 경계심을 곤두세웠으나 남자는 그것을 전혀 느끼지 못한 모양이었다.

짧은 대화가 끝이 났다. 더 이상 나눌 얘기도 없었고, 대화를 오래 이어 가고 싶은 생각도 없어 창문을 올리려는데 남자가 탁, 하고 창문을 잡았다.

수윤이 깜짝 놀라 남자를 쳐다보자 오히려 남자가 더 당황스러운 얼굴을 하고 있었다.

"아, 죄송해요. 놀라게 할 생각은 아니었는데."

"……더 하실 말씀 있으세요?"

"아니, 그게……."

수윤이 의아한 눈빛으로 남자를 쳐다보자 남자가 이내 결심했다는 듯 입술을 열었다.

"혹시……, 차재하 사장이랑 특별한 사이입니까?"

"……."

수윤이 입을 다문 채 황당한 얼굴로 남자를 물끄러미 쳐다보았다. 무례한 질문을 예의 있게 했다고 해서 대답을 하고 싶지는 않았다.

“아, 차재하 사장이 파트너를 데리고 공식적인 자리에 참석하는 게 처음이라서요. 무례했다면 죄송합니다.”

남자는 구김살 없는 선한 미소를 만면에 머금으며 미안한 기색을 내비쳤다. 질문에 나쁜 의도는 없는 듯했다.

남자가 잊고 있었다는 듯 낮은 탄식을 뱉어 냈다.

“아. 제 소개가 늦었군요. 영신 패션 본부장 유은성입니다. 만나서 반갑습니다.”

은성이 수윤을 향해 손을 내밀었다. 창문을 조금 연 채로 있었던지라 모양새가 조금 우스웠다. 창밖으로 손을 내밀어 악수를 하기도 애매한 상황이었다.

수윤은 아무런 대답 없이 은성이 내민 손을 지그시 바라보았다. 이걸 어떻게 해야 하나 고민이 되었다. 은성 역시 조금 열린 창문 틈새로 손을 넣어야 하나, 말아야 하나 고민하는 기색이 역력했다. 그러다 은성이 먼저 머쓱한 웃음을 지으며 말했다.

“손 내밀었는데 안 잡아 줄 거예요? 좀 민망해지려고 하는데.”

“아, 죄송해요. 내릴게요.”

은성의 행동에 나쁜 의도가 없다고 판단한 수윤은 그에 대한 경계심을 풀고 얼른 차에서 내렸다. 차에서 내리자 은성이 다시 한번 그녀를 향해 악수를 청했다. 수윤은 얼떨결에 은성이 내민 손을 잡고 위아래로 가볍게 흔들었다.

수윤은 눈앞에 서 있는 이 남자가 조금 새롭게 느껴졌다. 그녀가 겪어 본 재벌가는 딱딱하고 말끝마다 재수가 없으며 남을 깔보는 태도가 기본적으로 깔려 있었다.

하지만 눈앞에서 수윤과 악수를 나눈 이 남자는 그동안 수윤이 알던 사람들과 조금 다른 느낌이었다. 한 번도 겪어 보지 못한 유한 태도가 조금 의외라는 생각이 들었다.

"그쪽은?"

"네?"

"자기소개 해 줘요."

은성이 기대하는 듯한 얼굴로 빙긋 웃었다.

"저는……."

"무슨 볼일이야, 내 파트너한테."

간단하게 이름을 말할 요량으로 입술을 여는데, 조금 떨어진 곳에서 익숙한 목소리가 들려왔다. 목소리만 들어도 누구인지 알 수 있었다.

목소리가 들린 쪽으로 고개를 돌리자 재하가 그녀를 향해 걸어오고 있었다. 넓은 보폭으로 성큼성큼 걸어온 재하는 못마땅한 얼굴로 수윤을 바라보더니, 악수를 하느라 아직 잡고 있던 은성의 손을 그녀에게서 떼어 놓았다.

느닷없이 등장한 재하로 인해 수윤은 은성에게 제 소개를 할 기회를 놓쳤다.

"왔어?"

재하가 손을 쳐 낸 것이 기분 나쁘지도 않은지 은성은 그를 반갑게 맞았다. 장난을 치다 들킨 어린아이처럼 수윤을 향해 씨익 웃음을 지어 보였다. 수윤은 그 웃음이 왠지 기분 나쁘지 않았다. 그녀는 밝게 웃는 은성의 얼굴을 보며 저도 모르게 슬며시 웃어 버리고 말았다.

"안 들어가고 여기서 뭐 해."

그와 동시에, 그녀의 웃음을 알아채기라도 한 듯 맞닿아 있는 재하의 손이 그녀의 손을 꾹 움켜잡았다.

"강 비서님 오신 거 보고 너도 여기 있는 줄 알았지. 같이 올라가려고 문 두드리니까 너 대신 이렇게 아름다운 여성분이 계시네."

재하의 행동을 유심히 보고 있던 은성이 그를 향해 대답했다. 수윤은 은성의 시선이 신경 쓰였다. 다른 사람 앞에서 제 손을 움켜잡는 재하를 이해할 수 없었다.

"아, 여기서 이럴 게 아니라 얼른 올라가요. 회장님 기다리시겠어."

수윤을 향해 미소 지은 은성이 먼저 걸음을 옮겼다. 재하와 수윤이 여전히 손을 잡은 채 그 뒤를 따랐다.

"……."

낯설다. 그와 수차례 몸을 섞었어도 밖에서 손을 잡고 걸어 본 적이 없었다. 마음이 싱숭생숭해졌다. 바보 같은 머리는 학습 능력도 없는지 그의 사소한 행동 하나에 의미를 부여하고 싶어 했다. 괜한 기분에 사로잡히는 것 같아 수윤은 얼른 그에게서 손을 빼내려 바르작거렸다.

하지만 재하는 수윤의 작은 움직임마저 주시하고 있었던 모양이다. 수윤이 손을 빼내려 하자 그가 잡은 손에 더 힘을 주었다.

"그냥 이대로 있어."

"……보는 눈이 많아요."

"보라고 이러는 거야."

앞서 걷던 은성이 엘리베이터를 잡고 얼른 오라는 손짓을 해 보였다. 수윤이 그 모습을 눈에 담으며 작은 목소리로 말을 이었다.

"내가 곤란해요. 회장님이 보시기라도 하면……."

"회장님 지시라고 했을 텐데."

재하는 놓아줄 생각이 없다는 듯 그녀의 손을 고쳐 잡고는 자신의 팔꿈치 안쪽으로 올려놓았다. 졸지에 팔짱을 낀 모양새가 되고 말았다.

수윤은 재하와 팔짱을 낀 채 엘리베이터에 올랐다. 은성의 옆에 재하와 수윤이 나란히 섰다. 엘리베이터의 문이 닫히자 은성이 먼저 입을 열었다.

"아직 이름을 못 들었네요. 이름이 뭐예요?"

"이수윤이에요."

"이수윤. 수윤 씨. 예쁜 이름이네요."

은성이 입술로 그녀의 이름을 두어 번 되뇌더니 말을 이었다.

"수윤 씨는 재하 어떻게 알게 됐어요?"

동시에 맞잡고 있는 재하의 손에 가볍게 힘이 들어가는 게 느껴졌다.

"아, 그게……."

"뭐가 그렇게 궁금한 게 많아?"

"네가 파트너를 다 데리고 오니까 신기해서 그러지."

수윤은 재하가 이런 파티에 한 번도 파트너를 데리고 온 적이 없다는 말이 믿기지 않았다. 처음에는 예의상 하는 말이라 생각했는데 정말 신기해하는 은성의 표정을 보니 예의상으로 한 말은 아닌 것 같았다.

"나랑 재하, 미국에서 같은 학교 다녔었거든요. 그때 얘 별명이 뭐였냐면……."

"쓸데없는 소리 하지 마."

엘리베이터는 빠르게 도착했다. 재하가 팔짱 낀 수윤의 손을 잡아끌며 엘리베이터에서 내렸다.

수윤이 고개를 돌려 은성을 바라보자 은성이 수윤을 향해 빙긋 웃으며 눈인사를 했다. 갑자기 대화가 끊겼음에도 얼굴에 기분 나쁜 기색 하나 없었다.

재하는 수윤을 데리고 파티가 열리는 연회장 안으로 걸음을 옮겼다. 수윤에게는 시선 하나 주지 않고 연회장을 둘러보는 그의 입술에는 영업용 미소가 가볍게 걸려 있었다.

"웃은 그게 뭐야."

"마음에 드는 걸로 고르라고 해서요."

수윤이 고른 드레스는 그가 골라 놓았던 드레스와 완전히 다른 종류의 드레스였다. 어깨와 팔다리를 다 가려 순수하고 청초한 이미지의 드레스가 아니라, 가슴이 깊이 파이고 길이가 허벅지 반 정도를 겨우 덮는 붉은색의 짧은 드레스였다. 매혹적인 미니 드레스는 몸매의 굴곡을 여지없이 드러내고 있었다.

"최 실장이 골라 놓은 것 중에 하나를 고르라고 했는데, 전달이 잘못됐나?"

"아니요. 제가 입고 싶은 걸 골랐을 뿐이에요."

재하가 골라 놓은 드레스를 입고 싶지 않았다. 그가 원하는 대로 고분고분하게 구는 건 이제 지겨웠다. 최근 들어 더 그랬다. 청개구리 심보가 도진 건지 그가 원하는 건 단 하나도 하고 싶지 않았다.

단지 몸뿐인 관계, 그게 싫었다. 마음을 마음대로 죽일 수도 없었고 그렇다고 해서 그와 미래를 꿈꿀 수 있는 것도 아니었다. 나는 그에게 아무것도 아니니까. 의미가 없는 사람이니까. 그의 미래에 나는 없어도 상관없는 사람이니까. 날짜가 다가오면 다가올수록 혼자만 간직해야 하는 이 마음이 가혹하게만 느껴졌다.

"이상해요?"

수윤이 재하의 옆모습을 올려다보며 물었다. 그에 재하가 옮기던 걸음을 멈추었다. 그러고는 수윤을 물끄러미 내려다보았다.

위에서 아래로 내려다보니 풍만한 가슴 라인이 적나라하게 드러나 있었다. 허벅지를 반도 덮지 않는 드레스의 길이를 보던 재하의 눈가가 미세하게 찌푸려졌다.

"마음에 들지는 않아."

재하의 얼굴에 싫은 티가 묻어났다. 수윤에게 시선을 고정한 채 잠시 무언가를 생각하는 듯하더니 제 슈트 재킷을 벗어 그녀의 어깨에 걸쳐 주었다.

"싫어요."

"입고 있어."

"그런 차림으로 있으면 사장님이 곤란하실 거예요."

재하가 공식적인 자리에서 옷을 제대로 갖춰 입지 않은 모습을 차 회장이 본다면 또 한소리를 할 게 뻔했다. 수윤이 옷을 벗어 다시 돌려주려 하자 재하가 재킷의 옷깃을 잡아 단단히 여며 주었다.

"그럼 이런 옷은 안 입었어야지."

"……."

"왜 손이 가게 만들어."

그의 짙어진 눈동자가 수윤의 눈을 빤히 응시했다. 가만히 말을 들으라는 그 눈빛에 수윤은 하는 수 없이 그가 준 재킷을 여며 잡았다.

그 모습을 무심한 얼굴로 보던 재하는 정건에게 바로 전화를 걸었다. 수윤이 입을 겉옷을 챙겨 오라 하고는 간단히 통화를 끝냈다.

"30분 안 걸릴 거야. 강 비서가 옷 가져다주면 그거 입어. 고집부리지 말고."

"어이구, 여기 있었구먼."

재하가 말을 끝맺자마자 육십 대 초중반으로 보이는 남자가 그에게 다가와 인사를 건넸다. 남자를 발견한 재하가 그를 향해 깍듯하게 인사를 했다.

"유 회장님. 잘 지내셨습니까."

"나야 뭐 늘 똑같지. 자네는 요즘 어떻게 지내나? 응?"

두 사람의 대화에 낀 수윤은 자신이 불청객처럼 느껴졌다. 적당한 타이밍에 자리를 떠야겠다는 생각을 하며 재하의 뒤쪽에 서 있었다.

"옆에 아가씨는?"

유 회장이 곧 그녀의 존재를 발견하고는 물었다. 수윤이 고개를 들어 유 회장을 바라보았다.

"저희 그룹에서 오랫동안 후원해 온 친구입니다. 인사드려. 영신 패션 유정오 회장님."

"처음 뵙겠습니다. 이수윤이라고 합니다."

"반가워요."

유 회장이 인사를 건넸다. 수윤이 고개를 살짝 숙여 인사를 하자 유 회장이 만면에 미소를 머금었다. 마치 딸을 바라보듯 인자한 그 미소가 좀 전에 만났던 은성과 꼭 닮아 있었다. 영신 패션이라는 이름은 은성이 자기소개를 할 때

들었던 기억이 났다.

"예쁜 아가씨구먼. 차 회장이 특별히 아낀 모양이야. 여태 숨겼다가 이제 내보이는 걸 보면."

"아닙니다. 과찬이십니다."

오히려 그 반대였지. 굳이 정정해 줄 필요는 없는 이야기였다. 수윤이 웃으며 대답을 하자 유 회장의 얼굴에도 미소가 번졌다.

"내 잠깐 차 사장과 할 얘기가 있으니 양해 바라요."

"전 신경 쓰지 마시고 편히 말씀 나누세요."

유 회장이 수윤에게 양해를 구하고는 재하에게 자리를 옮길 것을 권했다. 적당한 타이밍에 빠질 기회를 엿보고 있던 수윤은 마침 잘 됐다고 생각했다.

"내가 자네를 내 사윗감으로 점찍어 놓았었던 것 알고 있나?"

"그러셨습니까."

"우리 은경이가 자네를 아주 좋아하던걸."

사업에 관한 이야기가 아니라 혼사에 대한 이야기였던 모양이다. 수윤은 걸음을 옮기다 귀를 쫑긋 세웠다.

"다 옛날이야기입니다."

"아니야. 최근에도 몇 번이나 자네 이야기를 꺼내던지……."

무슨 대화를 하는 건지 알고 싶었으나 여기저기서 들려오는 소음에 두 사람의 목소리가 뭉개져 제대로 들리지 않았다.

사윗감…… 이라. 차 회장은 재하가 되도록 빨리 결혼을 했으면 하는 눈치였다. 선진 그룹은 그룹 자체로도 굳건했지만, 선진이 더 발전하려면 다른 기업과의 연대도 괄시하면 안 된다고 생각하는 듯했다.

여느 기업이 그러하듯 다른 기업과 우호 관계를 유지하는 가장 쉬운 방법은 결혼이었다. 영신 패션이면 선진 쪽에서도 그리 나쁜 조건은 아니었다.

영신 패션이라는 이름으로 시작한 회사는 현재 여러 개의 계열사와 전국 주요 도시에 백화점을 두고 있었고, 해외에서는 선진 그룹과 비슷한 영향력을 뻗치고 있었다. 아직 선진이 개척하지 않은 곳은 거의 영신 쪽이 선점하고 있다고 해도 과언이 아니었다. 선진이 영신과 우호 관계가 된다면 더할 나위 없이 완벽한 파트너가 될 것이다.

"샴페인, 하시겠습니까?"

"네, 감사합니다."

웨이터에게서 샴페인을 건네받은 수윤이 멀어지는 재하의 뒷모습을 가만히 눈에 담았다. 곧 한 젊은 여자가 재하와 유 회장에게 인사를 건네며 다가오는 게 보였다. 유 회장이 웃으며 여자를 반기는 걸로 보아 저 여자가 유 회장의 딸인 듯싶었다.

잠깐 동안 그 자리에 서서 세 사람을 눈에 담던 수윤은, 이내 그대로 뒤돌아 재하를 보던 시선을 거두며 샴페인을 한 모금 머금었다.

입 안이 쓰게 느껴졌다.

“……씨.”

기념 파티는 지루했다. 짧지 않은 시간 동안 축사가 이어졌고, 여러 사람들이 나와 인사를 했으나 귀에 제대로 들어오지 않았다.

파티가 진행되는 동안 수윤은 재하가 결혼을 할지도 모른다는 그 한 가지 생각에 사로잡혀 헤어날 수 없었다. 파티에 집중이 되지 않은 건 어쩌면 당연한 일이었다. 애초에 집중하고 싶은 마음도 없긴 했다.

“수윤 씨?”

“아, 네네.”

톡톡, 어깨를 두드리는 손길에 수윤이 화들짝 놀라 옆을 돌아보았다. 그곳에는 아까 주차장에서 보았던 남자가 서 있었다.

“무슨 생각을 그렇게 해요?”

“그냥 좀…….”

“그새 의상이 바뀌었네요.”

행사가 시작되기 전, 정건은 아예 새 드레스를 들고 나타났다. 연회장에 오기 전 수윤이 입어 보았던 드레스 중 하나였다. 정건은 마땅히 걸칠 만한 게 없어 새 드레스를 가지고 왔다고 말했다.

수윤은 차라리 다행이라 생각했다. 고집을 부려 평소 입지 않던 짧은 옷을 입으니 계속 신경이 쓰이던 참이었다.

"아까 그 드레스보다 이게 더 잘 어울려요."

"칭찬 고마워요."

"근데…… 재하는요?"

그가 주위를 두리번거리며 수윤을 향해 물었다. 수윤이 고개를 저으며 대답했다.

"모르겠어요."

개회사부터 폐회사를 할 때까지 단상 위에 놓여 있던 의자에 앉아 무료한 표정을 짓고 있는 걸 보았으나 행사가 끝난 지금, 재하가 어디에 있는지 알 수 없었다.

"매너가 없네. 파트너를 이렇게 혼자 두다니. 재하 올 때까지 저랑 같이 있죠."

"아니요. 일부러 그러실 필요 없어요."

"제가 심심해서 그럽니다. 아는 사람도 별로 없고."

수윤은 처음 본 사람과 오래 이야기를 나눌 정도로 적극적인 성격이 되지 못했다. 그의 친절이 불편하게 느껴지는 한편, 처음 보는 사람을 금세 친근하게 대하는 은성의 성격이 대단하다는 생각도 들었다.

"그쪽은 혼자 오셨어요?"

물어 놓고 바보 같은 질문이라 생각했다. 파트너는 보이지 않았지만 아까 유 회장과 그의 딸로 보이는 여자를 보았던 것이 떠올랐기 때문이었다.

그러나 은성은 수윤의 질문이 반가운 모양이었다. 환한 미소와 함께 망설임 없는 대답이 돌아왔다.

"아니요. 가족하고 같이 왔어요. 근데 뭘 하는지 두 분 다 꽤 바쁘시네요."

"그쪽은 안 바쁘세요? 아까 보니까 바쁘신 것 같던데."

"아니요. 전혀 안 바빠요."

몇 마디 오가는가 싶더니 대화가 뚝 끊겼다. 침묵이 이어지자 수윤은 그 자리가 가시방석 같았다. 꽤 길게 이어지던 침묵을 먼저 깬 사람은 은성이었다.

"근데, 내 이름 잊어버렸나 봐요."

"아, 죄송해요. 제가 한 번 듣고는 이름을 잘 기억하지 못해서요."

다시는 마주칠 일이 없을 거라는 생각에 이름을 흘려들었더니, 민망한 상황이 되고 말았다. 아쉬운 듯한 얼굴을 하고 있는 은성을 보자 수윤은 꽤 난감했다.

"유은성입니다, 유은성. 아예 명함을 드리는 게 좋겠네요. 또 잊어버리면 좀 눈물 날 거 같으니까."

장난스럽게 말을 꺼낸 은성이 슈트 안쪽 주머니에서 명함 케이스를 꺼냈다. 은성이 명함을 내밀자 수윤이 그것을 받으며 난감한 표정을 지었다.

"저는 지금 명함이 없어서……."

"괜찮아요. 난 이미 이름 다 외웠거든요, 이수윤 씨."

"아, 정말 죄송해요."

"아니에요."

은성이 빙긋 웃으며 옆자리에서 의자를 끌어와 수윤의 옆에 앉았다. 계속 그녀의 곁에 있을 생각인 듯했다.

"……근데 재하랑은 정말 어떻게 알게 됐어요?"

"선진 그룹에서 오랫동안 후원을 받았어요."

"아, 그랬구나. 혹시나 했는데."

은성이 의미를 알 수 없는 말을 중얼거렸다. 수윤이 무슨 뜻이냐는 듯 눈을 동그랗게 뜨며 고개를 한쪽으로 기울이자 은성은 잠시 망설이는 듯하더니 바로 입을 열었다.

"최근 들어서 여자 소문이 장난 아니더라고요. 근데 이런 자리까지 함께 나와서 엄청 특별한 사이인 줄 알았어요."

"그런 오해는 좀 싫은데요? 사장님 하고는 아무 사이도 아니거든요."

수윤의 말에 은성이 빙긋 웃었다.

"다행이네요."

"……네?"

"재하랑 아무 사이도 아닌 거."

당황스러운 말에 눈을 깜빡이자 은성이 시원스레 웃었다.

"근데 좀 이상하긴 하네요. 학교 다닐 때는 재하가 여자 만나는 거 한 번도 못 봤었거든요. 오죽하면 한국 유학생들 사이에서 별명이 학이었어요. 혼자서 엄청 고고하시다고요. 고백하는 여자들한테 엄청 매몰차게 굴었거든요."

재하는 유학 시절 얘기를 한 적이 없었기에 수윤은 처음 듣는 얘기였다.

"갑자기 마음이 바뀌기라도 했나? 왜 그런 소문이 돌지?"

혼잣말을 하듯 중얼거린 은성이 어깨를 으쓱였다.

"어쨌든 잘생기고 인기 많은 놈은 어딜 가나 소문이 끊이질 않네요."

"그러는 은성 씨도 인기 많으실 것 같은데요."

"아니요. 전혀요."

은성이 손을 내저으며 부정했다.

은성도 재하에 지지 않는 수려한 외모의 소유자였다. 재하가 선이 굵고 눈매가 날카로워 남성적인 느낌이 물씬 풍긴다면, 은성은 그보다 부드러운 이미지였다.

웃으면 휘어지는 강아지 같은 눈매에 다정함과 배려심은 습관처럼 몸에 배어 있었다. 혹시 분위기가 어색해지기라도 할까 봐 은성은 계속 수윤의 기분을 살피며 대화를 진행했다.

수윤은 어떻게든 대화를 부드럽게 이끌어가려고 하는 은성에게 괜스레 미안한 마음이 들었다. 상대가 이렇게 노력하는데 계속 방어적인 태도를 취하는 건 예의가 아닌 것 같아 먼저 말을 꺼내려 할 때였다.

"근데 저분, 수윤 씨 찾으러 오신 것 같은데요."

"누가요?"

은성의 시선을 따라 고개를 돌린 곳에 차 회장의 비서실장이 서 있었다. 비서실장을 발견한 수윤의 표정이 천천히 굳어졌다. 비서실장은 수윤과 눈이 마주치자 정중하게 고개를 숙였다.

"회장님께서 찾으십니다."

"……지금요?"

"네."

수윤은 은성에게 양해를 구한 뒤 곧장 사리에서 일어났다. 비서실장은 차 회장이 있는 객실로 수윤을 안내했다.

"이쪽으로 들어가십시오."

수윤이 들어갈 수 있도록 문을 열어 준 비서실장은 그녀가 안으로 들어서고 나서 그 뒤를 따라 들어왔다.

차 회장은 커다랗고 고급스러운 객실 한중간에 마련된 소파에 앉아 있었다. 수윤은 머리가 희끗하게 센 차 회장의 뒷모습을 보며 찬찬히 걸음을 옮겼다. 가까이로 다가서니 차 회장이 기척을 알아차리고는 수윤을 쳐다보았다. 눈이 마주친 수윤이 먼저 고개를 숙여 인사했다.

"부르셨습니까, 회장님."

"앉거라."

차 회장은 수윤의 인사를 들은 체 만 체하며 옆에 있는 소파에 앉으라는 눈짓을 했다. 수윤이 소파에 앉자 비서실장이 물었다.

"차는 어떤 걸로 준비해드릴까요?"

"전 괜찮아요."

수윤의 말에 비서실장은 가볍게 묵례를 한 뒤 객실을 벗어났다.

차 회장은 수윤이 오기 전부터 마시고 있던 차를 들었다. 왠지 뜸을 들이는 것 같은 그 모습을 보며 그녀가 먼저 입술을 열었다.

"용건만 간단히 하시죠."

오래 앉아 있고 싶지 않았다. 그건 수윤뿐만이 아니라 차 회장도 마찬가지일 것이다. 차 회장은 수윤의 태도에 미간을 좁히며 불만스러운 기색을 내비쳤다.

"당돌해졌구나."

"다 회장님께서 거두어 주신 덕분입니다."

가볍게 고개를 숙여 감사 아닌 감사를 표한 수윤이 차 회장과 똑바로 눈을 마주했다. 차 회장은 그런 수윤이 못마땅한 듯 혀를 끌끌 찼다.

"이래서 머리 검은 짐승은 거두는 게 아니라고 했거늘."

"……."

아무것도 하지 않았는데 배은망덕한 인간 취급을 하는 차 회장의 말투에 수윤은 가슴속에 응어리가 진 것처럼 답답해졌다. 어서 이곳을 빨리 나가고 싶다는 생각뿐이었다.

"걱정 마세요. 떠나겠습니다."

그래서 차 회장이 원하던 답을 먼저 해 주었다. 그 대답을 듣고 싶어 자신을 부른 것이 분명했다. 하루빨리 치워 버리면 속이 시원할 테니까. 며칠 남지 않았으니 더 애가 타는 건지도 몰랐다.

"돈은 안 받겠습니다."

재하의 곁을 떠나는 대가로 차 회장은 아주 식상한 제안을 했다. 재하를 끊어 내고 제 발로 모습을 감춘다면 새로운 곳에서 시작할 수 있는 집과 돈, 그리고 직업까지 마련해 주겠다는 제안이었다.

드라마에서 보던 것과 비슷한 제안을 받은 게 신기했다. 그러나 그뿐. 돈을 받고 싶은 생각은 처음부터 없었다. 그러려고 재하를 좋아한 게 아니었다.

차 회장은 수윤의 말을 듣고도 별다른 반응을 보이지 않았다. 잠시 동안 침묵을 지키던 차 회장이 입을 뗐다.

"연회장에서 만난 그 친구, 어떻든?"

"누구 말씀하시는 겁니까?"

"영신 패션 유은성 본부장."

갑자기 화제가 바뀌어 의문이 든 것도 잠시, 유은성이라는 이름을 듣자마자 그녀의 머릿속에 미소가 잘 어울리던 남자의 얼굴이 떠올랐다.

"하긴 뭐. 네 의견은 중요하지 않다."

괜한 걸 물었다는 듯 차 회장이 찻잔을 입술로 가져가 목을 축였다. 수윤은 차 회장이 은성의 이름을 꺼내는 이유가 가늠이 되지 않았다. 잠자코 기다리니 입술에서 찻잔을 떼어 낸 차 회장이 망설이는 기색 하나 없이 말을 꺼냈다.

"결혼해라."

"……네?"

방금 들은 말이 무슨 말인지 선뜻 이해되지 않아 수윤은 바보 같은 목소리로 되물었다. 달그락, 하고 찻잔을 받침 위에 놓아두는 소리와 동시에 차 회장의 목소리가 이어졌다.

"영신 패션 유은성 본부장과 결혼하라고 했다."

갑작스러운 말에 수윤은 머리가 띵했다. 재하가 아니라, 자신이 결혼을 한다는 건 조금도 생각해 보지 않은 일이었다.

"네게 나쁜 조건은 아닐 거다. 아니, 오히려 좋은 조건이지. 네가 그 보육원에서 계속 자랐으면 감히 넘보지도 못할 상대가 아니냐."

"……떠나라고 하셨잖아요."

1년 전 수윤과 재하의 관계를 알게 된 차 회장은 노발대발 화를 내며 수윤에게 당장 떠나라 종용했다. 수윤이 버티자 억지로 떼어 놓으려 수차례 경고를 했었다.

"그래. 그랬다. 하지만 생각이 바뀌었어."

자신을 지독히도 끊어 내려 하는 차 회장에게 수윤은 시간을 달라고 애원했다. 애원하고 또 애원해서 1년이라는 시간이 주어졌다고 생각했다.

"네가 그랬잖니. 갑자기 네가 모습을 감추면 재하가 널 찾으려 할지도 모른다고. 생각해 보니 그 말도 일리가 있더구나. 재하가 널 찾아 헤맬 리는 없겠지만 아예 여지를 주지 않는 게 더 확실한 방법이지 않겠냐."

이거였나. 아무리 유예 기간을 달라고 부탁을 해도 매정하게 거절하던 차 회장은 며칠 후 갑자기 태도를 바꾸어 수윤에게 1년이라는 시간을 주겠다고 했다.

수윤은 의아하게 생각했었다. 1년은 절대 짧은 시간이 아니었으니까. 게다가 차 회장은 내뱉은 말을 손바닥 뒤집듯 번복하는 사람이 아니었다.

하지만 그 당시에는 그의 곁에 조금 더 머무를 수 있다는 사실이 마냥 기뻐서 차 회장이 변덕을 부린 이유가 궁금하지 않았었다.

"전 떠나고 싶습니다."

수윤의 말에 차 회장이 콧방귀를 뀌며 웃었다.

"네게 선택권은 없다."

예상을 벗어나지 않는 말에 수윤은 시선을 아래로 떨구었다. 입술을 비집고 흐린 미소가 흘러나왔다. 성인이 된 후부터 귀에 못이 박히도록 들은 말이었다.

네가 운이 좋았다. 누리는 대신 너도 언젠가는 돌려줘야 한다. 잠시 잠깐 빚을 지는 거라고 생각해라.

"내가 나쁘다고 생각하지 말아라. 나도 너를 키운 대가는 받아야 하지 않겠니."

"……."

"유은성 본부장과 결혼만 하면 그 이후로는 어떻게 살든 신경 쓰지 않으마."

"그쪽에 불리한 혼사일 텐데요."

"그런 건 네가 신경 쓰지 않아도 된다. 내가 알아서 손을 쓸 테니."

차 회장이 만족스러운 얼굴로 입술 끝을 올려 웃었다.
"딸같이 아끼는 아이라는데 영신에서 거부할 수 있을 것 같으냐?"
"결혼은 안 합니다. 다음 주 토요일에 예정대로 떠나겠습니다."
차 회장의 말대로 하고 싶지 않다는 생각에 단호하게 거절을 하고는 자리에서 일어났다.
"취소해라."
"제 의사는 전했습니다. 그만 가 보겠습니다."
이런 식의 결혼은 생각해 본 적이 없었다. 수윤은 입 안의 여린 살점을 꾹 깨물었다.
"아 참."
걸음을 옮겨 막 문고리를 잡으려는데, 등 뒤에서 차 회장의 목소리가 들려왔다.
"우리 집안에서 있었던 일은 절대로 떠벌리지 않는 게 너한테도 좋을 거다. 재하와 너 사이에 있었던 일을 함부로 떠들고 다녔다가는……."
"저도 압니다. 그게 제 치부라는 것쯤은."
수윤의 말에 차 회장이 무슨 소리를 하느냐는 듯 하하, 하고 크게 웃음을 터뜨렸다.
"네 치부가 아니라 재하의 치부겠지. 우리 그룹의 치부이고."
"……."

"조만간 박 실장이 연락할 게다."

수윤은 아랫입술을 꾹 깨물고는 차 회장의 말을 들은 체만 체하며 객실을 나섰다.

1년 전. 차 회장과 했던 약속은 재하를 조용히 떠나는 것이었다. 사직서는 오래전부터 준비되어 있었고 캐나다행 티켓도 이미 준비를 마친 상태였다. 수윤은 다음 주 토요일로 예약해 놓은 출국 날짜를 앞당겨야겠다고 생각했다. 그리고 그 전에 마지막으로 한 번만 재하를 만나고 싶었다. 재하의 얼굴을 보고 떠나고 싶었다.

매일 같이 마음을 다스려 봤지만 그는 아직도 제 마음 깊은 곳에 자리하고 있었다. 정말 딱 한 번이면, 그 한 번을 추억 삼아 평생을 살아갈 수 있을 것 같았다.

수윤은 곧바로 연회장으로 돌아왔다. 이미 많은 사람들이 자리를 떠난 뒤였다. 직원들이 분주하게 치우고 있는 연회장을 두리번거리며 살폈지만 재하의 모습은 보이지 않았다.

"아, 핸드폰……."

전화를 하려 했으나 급하게 비서실장을 따라 간 탓에 클러치를 가지고 오지 않은 것이 뒤늦게 떠올랐다. 기억을 더듬어 아까 은성과 함께 있었던 자리로 향하려는데 어깨 위로 누군가의 손이 얹어졌다. 뒤를 돌아보니 재하가 서 있었다.

"어디 갔었어?"

"잠깐 회장님 뵙고 왔어요."

"그래?"

별다른 말은 없었냐는 듯한 눈빛이었으나 수윤은 말을 아꼈다. 재하도 굳이 꼬치꼬치 캐묻지 않았다.

"그럼 차 대기시켜 놓을 테니까 집으로 들어가."

"저기, 잠깐만요."

수윤이 뒤돌아서는 재하의 팔을 잡았다. 그를 붙잡았으나 막상 입이 떨어지지 않았다. 그동안 한 번도 제 쪽에서 먼저 뭔가를 요구해 본 적이 없어서였다.

"……오늘 바빠요?"

수윤은 겨우 용기를 내어 입술을 열었다. 마지막이라 생각하니 더 이상 망설일 수 없었다.

"안 바쁘면…… 오늘 같이 있으면 안 돼요?"

"안 돼. 오늘은 선약이 있어."

어렵게 건넨 말에 재하는 잠깐의 고민조차 하지 않고 대답했다. 때마침 재하의 휴대폰이 소리를 내며 울리기 시작했다. 재하는 잠깐 기다리라는 듯 수윤을 향해 손짓하고는 전화를 받았다.

"네, 차재하입니다."

"……."

그의 팔을 잡았던 손에 힘이 풀려, 아래로 툭 떨어졌다.

중요한 통화였던 것인지 전화를 받은 재하는 망설임 없이 수윤에게서 뒤돌았다. 단정한 뒷모습이 조금씩 멀어지는 모습을 가만히 눈에 담던 수윤 역시 그에게서 뒤돌아섰다.

눈물이 나지는 않았다. 그저 그와 마지막으로 추억을 만들어야겠다고 생각했던 스스로가 비참했고, 또 불쌍했다. 그런 기억 따위를 만드는 게 더 쓸쓸한 일이었다.

평생 이런 사랑을 할 제 자신이 너무나 초라하게 느껴졌다. 행복이 어떤 건지, 사랑을 받는 게 어떤 기분인지 수윤도 알고 싶었다.

벗어나고 싶었다. 제게 눈길조차 주지 않는 그의 곁에 있는 건 너무나도 지치는 일이었다.

하지만 마음을 좀처럼 죽일 수 없었다. 단념하자고 다짐해도 마음은 매번 부메랑처럼 제 자리로 돌아왔다.

"……."

스스로 이 관계를 놓을 수 없다면……. 수윤은 천천히 걸음을 옮기며 조금 전 차 회장과 나누었던 대화를 떠올렸다. 억지로라도 마음을 접을 수 있는 방법은 단 하나였다.

그날 저녁. 수윤은 집으로 돌아와 깊은 생각에 잠겼다.

몸이 멀어지면 마음이 멀어진다는 말은 거짓말이었다. 재하가 유학을 가면서 몇 년간 떨어져 있었던 적이 있었지만 바람과는 다르게 마음은 조금도 수그러들지 않았다. 그러니 그 먼 곳으로 떠난다고 해서 마음이 곧장 죽어 버리지는 않을 것이다.

멀리까지 떠났는데도 재하를 떠올리고 있을 자신을 생각하자 수윤은 자신이 바보 같이 느껴졌다. 사람은 사람으로 잊는 거라고 누군가가 말했던 것처럼, 재하를 잊기 위해서는 다른 사람이 필요하다는 생각이 들었다.

결혼이라……. 차 회장의 뜻대로 하고 싶지 않아 단칼에 거절을 했다. 하지만 재하를 잊을 수만 있다면 떠나는 것보다 결혼을 하는 게 더 나을지도 몰랐다.

다른 사람에게 집중을 하다 보면 재하에 대한 마음도 수그러들지 않을까.

잠깐 얘기를 해 본 걸로 사람을 다 알 수는 없으나 은성은 배려심이 깊고 다정한 사람인 것 같았다.

은성과 결혼을 하면 재하에게 더 이상 사랑을 기대할 일도 없을 것이다. 그런 기대감에 수윤은 은성과의 결혼을 결심했다.

마음을 정한 수윤은 곧바로 캐나다행 비행기 표를 취소했다. 그러고는 차 회장의 비서실장에게 전화를 걸었다. 되도록 날짜를 빨리 잡고 싶다는 그녀의 말에 박 실장은 알겠다는 대답을 하고 전화를 끊었다.

은성과 결혼을 하고 선진 그룹에서 나가 단란한 가정을 꾸린다. 한 번도 생각해 본 적 없는 미래였지만 행복해질 수 있을 것 같다는 생각이 들었다. 지금보다는, 훨씬.

2

"영업팀 이수윤 대리 출근했는지 확인 좀 해."

재하는 출근을 하자마자 자신을 향해 인사를 하는 정건을 향해 던지듯 말했다.

"아직 출근 시간이 아닙니다, 사장님."

정건을 본 체 만 체하며 사무실로 들어가려던 재하가 그의 말에 걸음을 우뚝 멈추었다. 손목에 자리하고 있는 시계를 확인하자 시간은 이제 막 7시를 넘기고 있었다. 시간을 확인한 재하의 눈가가 살며시 일그러졌다. 수윤이 출근을 하려면 아직 한 시간을 넘게 기다려야 했다.

재하는 손목시계에 두었던 시선을 옮겨 자신을 보고 있는 정건을 못마땅한 눈빛으로 바라보았다.

"근데 넌 왜 이렇게 일찍 온 거야?"

“정리할 서류가 좀 있었습니다. 근데 시간도 모르시고 출근하신 겁니까?”

“됐어.”

재하가 아무렴 상관없다는 듯 사무실 문을 열고 안으로 걸음을 옮겼다. 그러자 바로 뒤에서 정건의 목소리가 들려왔다.

“아가씨께 연락해 볼까요?”

그 말에 재하가 다시 걸음을 멈추었다. 시선을 사무실 안쪽에 둔 채로 움직임 하나 없이 몇 초간 서 있던 그가 다시 안으로 걸음을 움직이며 대답했다.

“아니.”

그의 말에 정건이 의아하다는 듯 고개를 기울였다.

“시간 되면 출근한 것만 확인해.”

재하는 문을 쿵 닫고 안으로 성큼성큼 들어갔다. 털썩 자리에 앉아 의자에 몸을 깊게 묻었다.

코트 주머니 속에 넣어 두었던 휴대폰을 꺼내 책상 위로 던지듯 내려놓았다. 도중에 버튼이 눌린 건지 화면이 저절로 밝아졌지만 수윤에게서 연락이 온 흔적은 없었다.

하아. 입술 새로 묵직한 숨이 새어 나갔다. 눈썹 사이가 저절로 찌푸려졌다. 며칠 내내 짜증이 해소되지가 않아 속이 갑갑했다. 재하는 단정하게 매어 두었던 넥타이를 느슨하게 풀었다.

창립 기념일 파티가 있었던 지난 토요일 이후로 수윤에

게서 연락이 없었다. 그날 거래처 대표와 통화를 끝낸 뒤, 문득 이상하다는 생각은 했었다. 평소의 수윤은 재하에게 무언가를 요구하는 일이 전혀 없었다. 갑자기 같이 있어 달라고 한 걸 보면 무슨 일이 있었던 걸지도 몰랐다.

혹시나 해서 수윤을 찾았으나 벌써 연회장을 빠져나갔는지 그녀의 모습은 보이지 않았다. 선약이 잡혀 있던 걸 빠르게 끝내고 늦은 저녁 수윤에게 전화를 걸어 보았지만 응답이 없었다.

이런 적이 한 번도 없었기에 당황스럽긴 했으나 재하는 대수롭지 않게 생각했다. 부재중 전화를 확인한 수윤이 곧바로 제게 연락을 줄 거라 믿었다.

그러나 시간이 지나도 수윤에게서는 연락이 오지 않았다. 왠지 모르게 화가 치밀어 평소에는 잘 걸지 않는 전화를 몇 번이나 걸었다.

하지만 수윤은 재하의 전화를 끝끝내 받지 않았다. 차가운 기계음만이 그녀의 목소리를 대신할 뿐이었다.

"설마 출근까지 안 하지는 않겠지."

재하는 곰곰이 생각을 하다, 문득 최근 들어 수윤의 상태가 이상했다는 사실이 떠올랐다.

제 말을 거스르는 법이 없었던 그녀가 언젠가부터 조금씩 변하기 시작했다. 언제부터였을까. 환하게 웃던 그녀의 얼굴에서 웃음이 사라지기 시작한 게. 유난히 붉은 입술에서 싫다는 말이 나오기 시작한 게.

"……하아."

신경질적으로 머리칼을 쓸어 넘긴 재하는 책상 한쪽에 놓여 있던 서류를 아무렇게나 폈다. 하지만 글자가 눈에 들어오지 않았다.

주말 내내 이런 상태였다. 연락이 되지 않는 수윤의 생각으로 머릿속이 터져 나가 버릴 것만 같았다.

"젠장."

낮게 욕을 읊조리며 짜증을 다스리기 위해 눈을 지그시 감았다. 그대로 시간이 꽤 지났을 무렵이었다. 인터폰이 울려서 받으니 정건의 목소리가 들려왔다.

—사장님. 아가씨 출근 확인되었습니다.

"알았어."

그 짧은 한마디에 재하는 후우, 하고 숨을 뱉어 냈다. 여전히 제게 전화를 하지 않는 수윤에게 화가 나면서도 출근을 했다는 말에 안도의 숨이 새어 나왔다. 수윤의 위치를 확인하고 나서야 서류가 조금씩 눈에 들어오기 시작했다.

뭐가 그렇게 기분이 나빴던 거지? 재하는 최근 일이 많아서 예민해진 모양이라 여기며 마음을 다스렸다.

수윤은 외근을 마치고 사무실로 돌아가는 길이었다. 좁쌀 같이 내리던 눈이 어느새 펑펑 쏟아지고 있었다. 유난히 좋아하는 눈이 펑펑 내리는 것을 보며 수윤은 왠지 모르게 기분이 좋아졌다.

박 실장에게서 연락이 온 것은 바로 그 무렵이었다. 마치 미리 준비해 두었던 것처럼 이야기가 나온 지 얼마 되지 않아 결혼 날짜가 나왔다.

얼마 전만 해도 염두에 두지 않았던 제 결혼 소식을 남의 입으로 듣는 건 꽤 허무하고 힘 빠지는 일이었다. 착잡한 기분이 들었다. 하지만 결국 스스로 결정한 일이었다. 그러니 조금도 흔들리지 말아야 했다.

'이수윤 씨께서 직접 사장님께 소식을 전하고 마무리 지으라고 하셨습니다.'

박 실장의 말에 알겠다는 대답을 하고 전화를 끊었다. 어떤 얼굴로 재하를 보며 결혼 소식을 전해야 할지 알 수 없었다. 말을 하다 표정을 감추지 못할 것만 같아 몇 번이고 웃음을 짓는 연습을 했다.

은성과의 결혼은 재하에 대한 마음을 접을 수 있도록 도와줄 것이다. 어쩌면 후회를 할지도 모르지만, 수윤은 지금 현재에 집중하기로 했다.

은성과 결혼을 하겠다는 결심을 했으니 그에 걸맞은 행동을 해야만 했다. 수윤은 마음을 굳게 먹고 사장실로 향했다.

재하는 월요일부터 처리할 일이 많았다. 수윤과 직접 연락이 되지 않는 게 어이가 없고 당황스러웠으나 억지로 기분을 털어 내며 업무에 집중했다.

매일 수윤이 성실하게 출근하고 있다는 사실을 정건에세 전해 들으니 마음이 놓였다. 그래서 그것만으로도 괜찮다고 생각했다.

—고객이 전화를 받을 수 없어…….

근데 오늘까지 그러면 안 됐던 거지. 주말을 코앞에 둔 금요일, 이수윤은 여전히 차재하의 전화를 받지 않았다.

"아가씨 출근하셨습니다."

"……."

집무실 의자에 앉아 있던 재하는 수윤이 태연히 출근해서 일을 하고 있다는 말에 화를 삭이려는 듯 눈을 지그시 감았다.

사람 속을 이렇게 뒤집어 놓고, 지금 일이 된다 이거지.

"모시고 올까요?"

"……됐어. 나가 봐."

잔뜩 구겨진 얼굴을 보고 정건이 물었으나 재하는 손을 휘휘 저으며 모니터에 시선을 고정했다.

멍청한 게 아니라면 알 수 있었다. 이수윤이 제 연락을 피하고 있다. 그것도 아주 고의성이 다분했다. 부재중 통화가 분명히 남아 있을 텐데, 고의가 아니라면 파티 당일부터 닷새가 넘도록 연락이 없을 리가 없었다.

그날 먼저 같이 있자고 한 사람이 누구였는데. 재하는 멋대로 터져 나오는 한숨을 뱉어 냈다.

"……대체 뭐 하자는 거지."

당하는 입장에서 그리 유쾌한 기분이 들지는 않았다. 일부러 자신을 피한 거라는 생각이 들자 문득 그 이유에 대해 궁금해졌다.

왜 연락을 피하는 걸까. 생각을 해 봐도 답은 나오지 않았다. 수윤이 먼저 연락을 끊는다? 그런 가정은 단 한 번도 해 본 적이 없었다.

이렇게 일이 안 될 수 있을까 싶을 정도로 집중이 되지 않았다. 반나절 사이에 세 번의 미팅에 참석했으나 머릿속에 남는 것은 단 하나도 없었다. 하루 종일 그의 머릿속을 가득 채우고 떠나지 않는 것은 일이 아닌 이수윤이었다.

의자에 몸을 깊게 기대어 눈을 감고 있던 재하가 천천히 눈을 떴다. 책상 위에 있는 휴대폰을 물끄러미 쳐다보다 허리를 바로 세우고 앉았다.

수윤의 얼굴을 볼 때까지 일이 제대로 되지 않을 것 같았다. 무슨 일이 있어도 오늘은 수윤을 꼭 봐야겠다는 생각에 재하는 고민 없이 자리에서 일어났다. 통화가 안 된다면 직접 얼굴을 보고 해결하면 될 문제였다.

그런 생각을 하는 동시에 똑똑, 하고 문을 두드리는 소리가 났다. 시선을 옮기자 정건이 문을 열고 안으로 들어왔다.

"사장님."

"무슨 일이야?"

"아가씨께서 오셨는데, 들어오시라고 할까요?"

아가씨, 라는 말에 그가 벗어 두었던 재킷을 걸쳐 입으려다 멈칫했다. 열려 있는 문틈 사이를 잠깐 동안 응시하던 그가 고개를 끄덕였다.

"들어오라고 해."

정건이 살짝 묵례를 하고는 밖으로 나갔다.

그럼 그렇지. 수윤은 제게서 먼저 등을 돌릴 사람이 아니었다. 직접 찾아온 걸 보면 휴대폰에 문제가 있거나, 뭔가 사정이 있는 모양이었다.

재하가 빙글 뒤돌아 창밖을 내다봤다. 점심때부터 쌀알처럼 흩날리던 눈이 어느새 펑펑 내리고 있었다. 재하는 창밖에 소복하게 쌓인 눈을 보며 마음의 평정을 되찾았다. 요즘 괜히 신경이 날카로워지는 것 같은 기분이다.

곧 수윤이 사무실 안으로 들어와 문을 닫았다. 달칵, 하고 문이 닫히는 소리에 재하가 먼저 입술을 떼었다.

"회사에서는 아는 척하지 말라며."

말을 뱉고 난 후, 몸을 찬찬히 돌려 수윤을 바라보았다. 그녀를 눈에 담는 것만으로, 원인을 모른 채 내내 초조하고 불안했던 마음이 눈 녹듯 사라지는 것 같은 기분이 들었다.

"소문날까 두렵다더니."

"네, 그랬죠."

수윤의 어깨와 머리칼 위로 작은 물방울이 송골송골 맺혀 있는 게 보였다. 아마 외근을 다녀온 듯했다.

또 눈이 와서 좋다고 우산도 쓰지 않았겠지. 어릴 때부터 수윤은 유난히 눈을 좋아했었다. 매년 겨울만 되면 함께 만든 눈사람이 몇 개인지 셀 수도 없었다.

습관처럼 수윤의 행색을 훑어 낸 재하는 책상 한편에 놓여 있던 리모컨으로 실내 온도를 조금 높였다. 그러면서 이번 겨울에는 수윤을 데리고 어디 경치 좋은 곳이라도 다녀와야겠다는 생각을 했다.

수윤이 좋아하는, 눈이 펑펑 내리는 곳을 알아보라고 정건에게 일러둘 생각이었다. 생각해 보니 단 한 번도 수윤과 함께 어딘가로 놀러 갔던 적이 없었다. 수윤이 환한 웃음을 짓는 모습을 보는 건, 재하에게도 꽤 기분 좋은 일이었다.

"일단……."

"근데 오늘이 처음이자 마지막이 될 것 같아서요."

재하가 말을 꺼내는 동시에 수윤의 목소리가 들려왔다. 사무실 한가운데에 있는 소파로 막 걸음을 옮기려던 재하가 그 자리에 우뚝 섰다.

"그게 무슨 말이지?"

재하가 물었지만 수윤은 입술을 열지 않았다. 시선을 아래로 내리깐 채 그 자리에 망부석처럼 가만히 서 있는 수윤을 보며 재하는 바로 이상한 낌새를 느꼈다. 필시 무언가 그가 모르는 일이 벌어진 것이 분명했다.

"차 회장이 결혼이라도 하라고 해?"

입술 사이를 비집고 바람 빠지는 웃음소리가 새어 나왔다. 말을 하고도 말이 안 되는 소리라 생각하며 다시 걸음을 옮겼다.

그는 제 앞에 마련된 소파로 가서 앉자마자 유려하게 긴 다리를 포개었다. 고고한 태도로 여전히 문 앞에 서 있는 수윤을 향해 앉으라는 고갯짓을 했다.

내내 죄를 지은 것처럼 아래만 보고 있던 수윤은 재하의 말에 천천히 고개를 들었다. 재하를 바라보는 수윤의 눈빛은 여느 때보다도 차분했다.

"그런 거 아니면 앉아."

차 회장이 또 무슨 말을 했기에 이러는 걸까. 차 회장은 사람을 상처 주는 데는 도가 튼 사람이었다. 최근에는 이런 일이 없다 싶더니 또 모진 말을 들은 모양이었다. 풀이 죽은 수윤의 모습을 보는 재하의 입술 사이로 옅은 한숨이 새어 나왔다.

"차 회장이 하는 말……."

"그럼 못 앉겠네요."

흘려들으라고 했잖아, 하고 말을 다 하기도 전에 수윤의 대답이 돌아왔다.

“저 결혼해요.”

별일이 아니라고 생각했던 재하의 눈동자가 별안간 커지는가 싶더니, 이내 제 자리를 찾아 돌아왔다. 언제 놀랐냐는 듯 평온해진 그의 동공이 수윤을 지그시 바라보았다. 차분한 듯 보였으나 그의 눈썹이 미세하게 흔들렸다.

“아마…… 내년 봄쯤 될 것 같아요.”

묻지도 않은 결혼 시기가 귓속으로 스며들자 불쾌함이 극도에 달했다. 뭐가 기분이 나쁜 걸까. 스스로 물었지만 답을 찾지 못한 채, 재하는 머릿속으로 그녀가 한 말을 되뇌었다. 내년 봄. 입 속으로 중얼거리던 그가 수윤의 옆으로 보이는 창문 밖으로 시선을 던졌다. 아직 창밖으로는 하얀 눈이 펑펑 내리고 있었다.

“상대는?”

“영신 패션 유은성 본부장이에요.”

“……나쁘지 않네. 은성이 괜찮은 놈이야.”

객관적으로 영신 패션의 유은성 본부장은 상당히 괜찮은 남자였다. 친구로서, 또 사업 파트너로서도 어디 하나 빠지지 않았다. 다정하고, 배려심이 깊었다.

선한 성품 이면에는 사람들을 이끄는 카리스마도 있는 사람이었다. 어디에 갖다 놓아도 빠지지 않는 차재하와 비교했을 때도 은성은 나쁘지 않았다.

아니, 오히려 남편감에는 차재하보다 유은성이 더 적합한 남자일지도 몰랐다.

"마음에 드나 봐."

결혼 얘기를 꺼내는 수윤의 모습은 아주 담담했다. 며칠 전 파티에서 한 번밖에 만나 보지 않은 남자와의 결혼을 얘기하면서도 싫은 기색 하나 보이지 않았다.

수윤은 재하의 질문에 부드럽게 미소를 지었다. 이미 그가 그런 질문을 할 것을 예상이라도 한 듯한 표정이었다.

"파티에서 꽤 대화를 나눴거든요. 얘기 나눠 보니까 좋은 분 같더라고요. 그런 분과 결혼을 하게 되어서 전 영광이죠."

"……그래?"

"네. 사장님도 축하해 주셨으면 좋겠습니다."

재하는 얼굴 가득 웃음을 지으며 다른 남자와의 결혼을 축하해 달라고 하는 수윤을 가만히 바라보았다.

"……."

"축하 안 해 줄 거예요?"

알 수 없는 불쾌감이 온몸에 번져 나가는 기분이다. 잠시 동안 침묵을 지키던 재하가 입술을 천천히 열었다. 어쩐지 입술이 제대로 움직이지 않는 것 같은 느낌이 들었다.

"결혼 축하해."

"행복하게 잘 살게요. 감사합니다."

방긋 웃은 수윤이 인사를 하고는 미련 없이 사장실을 벗어났다.

사장실을 빠져나온 수윤은 힘없이 걸음을 옮겼다. 재하는 며칠 동안 왜 연락이 되지 않았냐는 상투적인 질문은 하지 않았다.

결혼을 하게 되었다는 말에 그는 그리 놀라지 않은 모습이었다. 그것도 모자라 수윤의 남편이 될 남자를 칭찬하는 말까지 입에 담았다.

'결혼 축하해.'

차라리 잘 됐다고 생각했다. 그 말 한마디에 가슴 한구석에 남아 있는 미련을 버릴 수 있었다.

수윤도 사랑하고 사랑받으며 조금은 행복한 삶을 살고 싶었다. 은성과 결혼을 하면 왠지 그럴 수 있을 것만 같은 기분이 들었다.

"근데 왜 눈물이 나는 거야……."

잘 됐다는 생각과는 달리 눈물은 속절없이 뺨을 타고 흘러내렸다.

은성에게서 연락이 온 것은 주말이 거의 끝나갈 무렵이었다.

—유은성입니다. 갑자기 연락해서 놀랐죠?

"아니요. 괜찮아요."

—혹시 아직 식사 전이면, 저녁 같이 먹을래요?

갑작스러운 제안이었으나 수윤은 알겠다는 대답을 남기고 전화를 끊었다. 은성은 문자로 곧장 약속 장소를 알려 주었다.

"또 눈이 오네……."

서둘러 준비를 마치고 집을 나서니 그날처럼 눈이 내리고 있었다. 어쩐지 마음이 싱숭생숭했다. 손바닥을 펼쳐 그 위로 내려앉는 눈을 보던 수윤은 차가운 감촉이 느껴지기가 무섭게 주먹을 꽉 쥐었다.

심란한 마음을 다잡으며 바로 택시를 타고 약속 장소로 향했다. 먼저 도착한 수윤은 창가 자리로 안내받아 어두워진 바깥을 내다보고 있었다.

"수윤 씨!"

제 이름을 부르는 목소리에 고개를 돌리자 그곳에는 은성이 서 있었다. 뛰어온 모양인지 목소리가 조금 거칠었다. 은성이 숨을 고르며 말을 이었다.

"미안해요. 내가 만나자고 해 놓고 늦었어요."

"아니에요. 제가 좀 일찍 왔어요."

환히 웃는 은성의 어깨 위로 작은 물방울들이 송골송골 맺혀 있는 것이 보였다.

"우산은 안 가지고 오셨어요?"

"저 정도 눈은 눈도 아니죠. 눈 맞는 거 좋아해서요."

눈이 녹아 젖은 어깨를 보며 말을 건네자 은성이 별거 아니라는 듯 어깨를 툭툭 털어 내며 수윤의 맞은편에 앉았다.

"어, 나돈데."

"수윤 씨도 눈 좋아해요?"

"네. 왠지 눈이 쌓인 걸 보면 마음이 포근해지는 것 같아서요. 차가운데 포근한……, 그런 느낌 아세요?"

수윤이 민망한 웃음을 지으며 말하자 은성이 눈을 커다랗게 떴다.

"나도 그래요. 와, 나랑 똑같이 생각하는 사람이 여기 있었네."

은성은 수윤과의 공통점을 찾아 기쁜 모양이었다. 은성의 얼굴에 미소가 한가득 번졌다. 기분 좋은 미소에 수윤이 덩달아 미소를 짓다 창밖으로 시선을 돌렸다. 밖에는 새하얀 눈이 대기를 타고 천천히 떨어지고 있었다.

그 눈을 가만히 보고 있자니 그녀의 머릿속에 습관처럼 재하의 얼굴이 스쳐 지나갔다. 차가운데 포근한 사람. 수윤에게 재하가 그랬다.

처음 보았을 때, 차가운 표정을 짓고 있었지만 그가 내민 손은 수윤이 잡아 본 손 중 가장 따뜻했었다.

"아, 그럼 결혼 날짜를 좀 일찍 잡을 걸 그랬나 봐요. 신혼여행을 눈 오는 곳으로 가게."

잠시 허튼 생각에 잠겨 있던 수윤이 은성과 눈을 마주하며 웃었다.

"그럼 겨울에도 또 가면 되죠."
"좋은 생각이네요."
그 말에 은성이 고개를 끄덕이며 부드럽게 미소 지었다. 창립 기념 파티에서 처음 봤을 때만 해도 은성과 이런 관계가 될 줄은 상상하지 못했었는데, 이제 고작 두 번째로 보는 남자와 이런 대화를 나누고 있다는 사실이 수윤은 어색하면서도 신기하게 느껴졌다.
"많이 놀랐죠? 일이 이렇게 될 줄은 몰랐어요. 수윤 씨와 내가 결혼이라니."
"그러게요. 저도 많이 놀랐어요."
"혼사 얘기가 예전부터 나오긴 했었는데, 선진 그룹일 거라고는 생각 못 했거든요. 알다시피 재하가 선진의 유일한 후계자라."
결혼에 대한 이야기를 들은 건 꽤 오래전부터라고 했다. 상대가 수윤이라는 것은 은성도 창립 기념회 파티 이후에 알게 된 모양이었다. 아마 두 회장님이 혼담을 나눈 것은 꽤 오래전부터일 거라는 추측이었다.
"아 참. 그날 아버지 만나셨다면서요? 예의 바르고 예쁜 아가씨라고 칭찬하시더라고요."
"별로 말씀도 못 나눠 봤는걸요."
"재하가 엄청 칭찬했다고 하던데요? 우리 유 회장님이 또 차 사장을 엄청 신뢰하고 계셔서요."
"아, 그랬구나."

오래전부터 혼담이 오갔다면, 어쩌면 재하도 수윤이 결혼할 거라는 사실을 미리 알고 있었는지도 몰랐다. 별로 놀라지 않은 것 같은 반응을 봐도 그랬고, 유 회장에게 수윤의 칭찬을 했단 말을 들으니 더 확신이 생겼다.

그게 아니라면 유 회장에게 수윤의 이야기를 꺼낼 이유가 전혀 없을 것이다.

"저랑 결혼을 해도……, 생각하시는 것보다 얻는 건 없을 거예요."

수윤의 말에 내내 미소를 짓고 있던 은성의 입가에 미소가 순간 사라졌다. 수윤은 제 앞에 놓인 물 잔을 응시하고 있었던 터라 은성의 표정까지 살피지는 못했다. 은성의 시야로 그녀의 입술에 씁쓸한 미소가 걸려 있는 게 들어왔다.

"수윤 씨."

진중하고 다정한 목소리에 수윤이 시선을 들어 은성을 바라보았다.

"우리끼리는 재고 따지고 하지 말죠?"

"네?"

"그런 건 두 분 회장님께서 알아서들 하시라고 하고, 우리는 그런 거 생각하지 말자고요."

은성이 메뉴판을 펼쳐 들고 수윤을 향해 내밀었다.

"음, 우리는 일단……, 식사부터 할까요? 점심을 좀 일찍 먹어서 배가 너무 고프네요. 수윤 씨도 배고프죠?"

"아, 네……."

"수윤 씨는 뭐 좋아해요?"

은성은 자주 와 본 가게인 듯 메뉴를 하나하나씩 수윤에게 설명해 주기 시작했다. 수윤은 은성이 추천하는 대로 주문을 했다.

"여동생이 있는데, 그 애가 여기 단골이거든요. 자주 따라오다 보니 여기 있는 건 거의 다 먹어 본 것 같아요."

얼마 지나지 않아 식사가 나왔다. 식사를 하는 내내 은성은 다양한 주제의 얘기를 꺼냈다. 은성은 사람을 편안하게 해 주는 재주가 있었다.

덕분에 수윤은 식사 시간이 즐거웠다. 언제 이렇게 웃으면서 식사를 했었는지 잘 기억이 나지 않았지만 굉장히 오랜만이라는 생각이 들었다.

식사를 마친 후, 잠깐 전화를 받으러 다녀온 은성은 다시 회사로 돌아가야 할 일이 생겼다며 곤란한 표정을 지었다.

수윤은 괜찮다며 다음을 기약했다. 한사코 거절을 하는데도 은성은 그녀를 집까지 데려다주었다.

"너무 아쉬워요. 하필 회사에서 전화가 와서."

"어쩔 수 없죠. 오늘만 날은 아니잖아요."

"그렇긴 하죠."

"오늘 고마웠어요. 덕분에 식사도 맛있게 했고요."

"수윤 씨가 좋아해 주니 제가 다 기쁘네요."

"그럼 다음에 다시 만나요. 조심히 가세요."

인사를 마친 수윤이 안전벨트를 풀고 막 문을 열려던 참이었다.

“저기, 수윤 씨.”

은성이 멋쩍은 표정으로 말을 꺼냈다. 수윤이 ‘네?’ 하며 그를 보았다.

“미안해요.”

“뭐가요?”

내리는 수윤을 향해 은성이 멋쩍은 웃음을 지었다. 수윤은 의아한 얼굴로 은성을 바라보았다.

“아무래도 결혼은 사랑하는 사람과 하는 게 맞잖아요. 나만 아니었으면 수윤 씨도 사랑하는 사람과 만났을 텐데, 수윤 씨가 억지로 결혼을 하게 된 건 아닐까 해서요.”

은성은 식사를 하는 내내 수윤이 신경 쓰였다. 내색은 전혀 하지 않았지만 수윤은 어딘가 기운이 없어 보였다. 은성은 그게 자신과의 결혼 때문이라는 생각을 지울 수 없었다.

수윤은 은성의 말에 고개를 저었다.

“그럴 리가요. 유은성 씨가 없었으면 아마 다른 사람과 결혼해야 했을 거예요.”

“어, 내 이름 기억하고 있네요?”

전혀 다른 포인트에서 놀란 은성을 보며 수윤이 피식 웃었다.

“그때 잊어버리지 말라고 명함 주셨잖아요.”

“오늘 만나서 내 이름 한 번도 안 부른 거 알아요? 그래서 난 또 잊어버린 줄 알았어요. 며칠이나 지났으니까.”

"너무 하시네요. 저 그 정도로 머리 나쁘진 않아요."

그날은 한 시간도 안 되는 시간에 다시 본 건데도 이름을 잊어버렸으니 은성이 그런 생각을 하는 것도 무리는 아니었다. 은성이 웃음을 터뜨리자 수윤의 입가에도 미소가 걸렸다.

"그러는 은성 씨도 마찬가지잖아요. 내가 미안하죠."

"미안해하지 말아요. 싫었으면 이렇게 수윤 씨 만나서 같이 식사하지 않았을 거예요."

"다행이네요."

"첫눈에 환상의 파트너가 될 것 같은 느낌이 팍 들었거든요."

"그게 뭐예요."

수윤이 풉, 하고 웃음을 터뜨렸다. 은성은 그 웃음에 덩달아 미소를 짓다가 잠시 고민하는 듯하더니 수윤을 똑바로 바라보았다.

"사실, 첫눈에 반했어요."

수윤이 아, 하고 소리 없이 입을 벌렸다. 퍽 당황한 듯한 얼굴에 은성이 머쓱한 웃음을 지으며 말을 이었다.

"재하하고 무슨 사이냐고 물은 것도 마음이 조급해서 그랬어요. 재하하고 별 사이 아니면 제가 수윤 씨한테 데이트 신청하려고 마음먹고 있었거든요. 일이 이렇게 될 줄은 몰랐지만."

솔직한 사람이었다. 이렇게 솔직할 수 있을까 싶을 정도로 너무 솔직했다. 갑작스러운 고백에 수윤은 어떤 반응을 보여야 할지 알 수가 없었다.

"그래서 말인데, 우리 좀 친해져 볼까요?"

"친해…… 져요?"

"나랑 데이트할래요?"

데이트라는 말이 낯설어 수윤은 한참이나 은성을 멍한 얼굴로 바라보았다.

"주말에 하면 좋을 텐데, 주말에는 제가 일정이 있어서요. 월요일 저녁에는 시간이 될 것 같은데 수윤 씨는 어때요? 시간 괜찮아요?"

"아, 네."

"그럼 우리 뭐 할까요?"

"어, 저는……."

수윤은 얼떨결에 대답을 하고는 우물거렸다. 재하 이외에 다른 남자를 만나 본 적이 없었던 탓이었다. 재하와는 데이트다운 데이트를 해 본 적이 없었고, 줄곧 집에서만 만났었기에 평범한 데이트가 어떤 건지 바로 떠오르지 않았다.

대답을 망설이는 수윤의 모습이 귀엽게 느껴진 은성은 풋, 하고 웃음을 터뜨렸다.

"그냥 뭐 좋아하는지 말해 봐요."

"……딱히, 없어요."

"그럼 우리 하나씩 생각해 오기로 할까요?"

수윤이 작게 고개를 끄덕이자 은성은 그 모습이 귀엽다는 듯 살며시 미소 지었다.

"그럼 내일 내가 회사 앞으로 데리러 갈게요."

수윤은 일부러 데이트에 온 신경을 집중했다. 그러지 않으면 수시로 재하의 얼굴이 떠올라 기분이 우울해졌다. 눈을 뜨자마자 떠오르는 그의 얼굴을 애써 지워 내며 그 자리를 은성으로 가득 채웠다.

"……은성 씨한테 집중해야지."

다짐하듯 중얼거린 수윤은 곧장 침대에서 일어났다. 오늘은 은성과 데이트를 하는 날이었기에 신경 써서 준비를 할 생각이었다. 그녀는 아침 일찍부터 거울 앞에 서서 이 옷 저 옷을 제게 대어 보았다.

"……이건 좀 별로인가?"

너무 꾸미는 건 좀 오버 같고……. 이런 고민을 했었던 적이 있었던가. 립스틱 하나까지 뭘 바를까 고민하는 스스로가 새롭게 느껴졌다.

아침부터 내내 고민에 빠져 있던 수윤은 결국 무난한 검은색 원피스를 골랐다. 몸에 붙는 재질이라 회사에 잘 입고 가지 않는 옷이긴 했으나 그나마 데이트에 어울리는 차림이라는 생각이 들어서였다. 귀걸이도 하고, 화장도 평소보다 조금 진하게 한 뒤 출근을 했다.

"좋은 아침입니다."

인사를 하고 사무실 안으로 들어서자 앞자리에 앉은 혜정이 파티션 너머로 눈을 빼꼼 내밀며 의아한 표정을 지었다.

"어? 이 대리, 웬일이야? 치마를 다 입고?"

"그냥 기분 좀 내 봤어요."

"화장도 좀 달라진 것 같은데?"

혜정이 의심의 눈초리를 보내며 자리에서 일어났다. 막 자리에 앉으려는 수윤에게 가까이 다가온 그녀가 속삭이듯 말했다.

"남자지? 남자?"

수윤이 아무런 대답을 하지 않은 채로 빙긋 미소 짓기만 하자 혜정의 두 눈이 번뜩 뜨였다.

"어어? 진짠가 보네?"

평생 남자 얘기와는 거리가 멀었던 수윤이 누군가를 만나는 것 같은 기색을 보이자 혜정은 제가 연애하는 것처럼 설레는 표정을 지으며 수윤을 이끌었다.

"안 되겠다, 수윤 씨. 나 너무 궁금한데 우리 시작하기 전에 커피 한 잔 마시고 하자. 내가 살게."

오늘따라 일찍 출근한 터라, 아직 일을 시작하기까지는 시간이 꽤 남아 있었다. 수윤과 혜정은 회사 로비에 입점해 있는 카페로 향했다.

"무슨 남자야? 나한테 남자 얘기한 적 없었잖아. 어디서 만났어? 소개받은 거야? 내가 해 준다고 할 때는 그렇게 싫다고 해 놓고선?"

따뜻한 라테 한 잔을 주문하고 나서 기다리고 있는 사이, 혜정의 질문이 속사포처럼 쏟아졌다.

"썸? 썸인 거야?"

"아직은 얘기하기가 좀 그래요. 나중에 얘기할게요."

수윤이 빙긋 웃으며 대답했다.

"그래. 나중에 꼭 얘기해 줘야 한다?"

"네. 제일 먼저 얘기할게요."

혜정은 만족스럽다는 듯 고개를 끄덕였다. 마침 나온 커피를 들고 수윤과 혜정은 커피숍을 빠져나왔다. 그때, 로비 입구로 들어오는 재하와 딱 마주쳤다. 몇 년을 같은 회사에서 일을 했지만 회사에서 우연히 마주치는 건 그리 흔치 않은 일이었다.

"안녕하십니까, 사장님."

혜정이 먼저 재하를 알아보고 인사를 건넸다. 수윤에게 어서 인사를 하지 않고 뭘 하느냐는 듯 옆구리를 쿡 찔렀다.

"안녕하세요."

수윤이 인사를 하자 잠깐 동안 수윤의 모습을 눈에 담던 재하가 입술을 열었다.

"좋은 아침입니다."

짧은 인사를 마친 그가 이내 제 갈 길을 갔다. 뒤에서 따라오던 강 비서가 가볍게 묵례를 하기에 수윤도 고개를 숙여 인사를 했다.

"아침부터 운이 좋았네. 사장님 얼굴도 다 보고."

혜정이 재하의 뒷모습에서 눈을 떼지 못하며 말을 이었다.

"저 키에, 저 몸매 봐. 슈트 핏이 어쩜 저렇게 자비가 없니. 진짜 여자 여럿 울리고 다녔을 거야. 그치?"

"소문은 그렇더라고요."

"사장님이랑은 별로 안 친해? 그룹에서 후원받았다고 했잖아."

"그냥…… 오다가다 몇 번 본 게 다예요."

"그래?"

수윤의 대답에 혜정이 아쉽다는 듯 입맛을 다셨다.

"어쨌든 회사에서 그렇게 보기 힘들다는 사장님을 봤으니, 오늘 좋은 일이 생기려나?"

수윤은 멀어지는 재하의 뒷모습에 눈길조차 주지 않았다. 아직 그 자리에 서서 재하의 뒷모습을 보고 있던 혜정을 향해 입술 끝을 올려 웃으며 말했다.

"시간 다 됐어요. 우리 얼른 올라가요."

업무가 거의 끝날 무렵이었다. 이제 곧 출발한다는 은성의 문자를 받고, 수윤은 왠지 모르게 가슴이 두근거렸다. 처음 하는 데이트라 생각하니 괜히 긴장이 되는 모양이었다.

부장이 수윤을 부른 것은 그때쯤이었다.

“이 대리. 지금 바빠?”

“아니요. 괜찮아요.”

은성이 보낸 문자를 보고 있던 수윤이 화들짝 놀라 휴대폰을 숨기며 자리에서 일어났다. 부장은 그런 수윤을 향해 이리 오라는 손짓을 했다.

“네, 부장님.”

“이것 좀 사장실에 전해 줘.”

“네?”

“사장실. 이거 사장님이 부탁하신 건데 내가 지금 좀 바빠서.”

평소에 시키지도 않던 심부름을 시켜 얼떨떨했다.

“사장실…… 말씀이세요?”

“뭘 그렇게 여러 번 물어?”

부장은 왜 그러느냐는 듯 수윤을 쳐다보며 빨리 다녀오라 재촉했다. 같은 회사에 있지만 업무적으로 마주친 적은 이 손에 꼽을 정도였다. 그런데 오늘만 벌써 두 번째다. 만나고 싶지 않다고 생각을 하자 거짓말처럼 재하를 만날 일이 생기고 만다.

수윤은 부장이 건네는 서류를 받고는 내키지 않는 발걸음을 옮겨 사장실로 가는 엘리베이터에 몸을 실었다. 재하의 얼굴을 마주할 생각을 하자 한숨부터 새어 나왔다.

차라리 자리에 재하가 없었으면 좋겠다는 생각이 들었

다. 아니. 있더라도 비서진에게 서류를 전달하고 돌아와야 겠다고 생각했다.

수윤이 사장실 앞에 다다르자 때마침 안에서 정건이 나오고 있었다.

"안녕하세요, 강 비서님."

"오셨습니까, 아가씨."

인사를 하자 정건이 수윤을 향해 예의 있게 고개를 숙였다. 이미 수윤이 올 것을 알고 있었던 것 같은 말투가 이상했으나 지금 그건 중요하지 않았다. 수윤은 빨리 서류를 건네고 돌아가고 싶은 마음뿐이었다.

"사장님께서 부탁하신 서류입니다. 이것 좀 전해 주세요."

"직접 전하시는 게 좋을 것 같습니다."

수윤이 서류 파일을 내밀자 정건은 파일을 건네받는 대신 사장실과 연결된 비서실의 문을 열었다.

"아니요. 전 그냥 서류 전달만 하러 온 거라 자세한 사항은 고 부장님과 직접 말씀 나누시는 게 편하실 겁니다."

하지만 정건은 수윤의 말은 들은 체도 하지 않고 비서실을 통과해 사장실 문 앞에 다가섰다. 그러고는 문을 두드려 수윤의 방문을 재하에게 알렸다.

"이수윤 대리님 오셨습니다."

안쪽에서 대답이 들린 모양인지 정건이 사장실 문을 활짝 열었다.

"들어가시죠."

수윤은 한숨을 푹 내쉬며 천천히 걸음을 옮겼다. 열린 문 앞으로 다가서자 재하가 책상 앞에 앉아 있는 모습이 보였다.

그녀가 사장실 안으로 걸음을 들여놓자 달칵, 하는 소리가 들렸다. 뒤를 돌아보니 정건이 이미 문을 닫은 후였다.

"고 부장님께서 서류 전해드리라고 해서 왔어요."

서류를 전달하고 빠르게 돌아갈 심산으로 재하의 책상 앞에 섰다. 그의 앞으로 서류를 밀어 놓고는 고개를 숙여 깍듯하게 인사를 했다.

"유은성 만나러 가?"

"사적인 얘기는 사양하겠습니다."

뜬금없는 질문에 단호하게 대답한 수윤은 한 치의 망설임도 없이 재하에게서 등을 돌렸다. 동시에 그가 자리에서 일어나는 소리가 들렸다.

수윤은 또각또각 빠르게 걸음을 옮겼지만 금세 재하에게 따라잡혔다. 팔을 붙드는 강한 힘에 수윤의 몸이 그를 향해 획 돌아갔다.

"뭐 하시는 거예요?"

재하는 수윤의 말에 대답하지 않은 채 손을 뻗어 수윤의 뺨을 감싸 쥐었다.

"입술이 진하다."

엄지를 세워 립스틱으로 빨갛게 물들여 놓은 아랫입술을 꾹 눌렀다.

"안 어울려."

"이거 놔요."

놓으라는 말에도 재하는 꿈쩍하지 않았다. 입술의 색을 다 지우려는 듯 아랫입술을 꾹꾹 문지르기만 할 뿐이었다.

수윤은 그의 손을 단번에 쳐 내며 그에게서 걸음을 물렸다. 보이지는 않아도 립스틱이 얼굴에 번진 것이 느껴졌다. 손등으로 입술을 닦아 내자 립스틱이 붉은 피처럼 묻어났다.

"그만 나가 보겠습니다."

수윤이 꾸벅 고개를 숙였다. 나는 이제 더 이상 당신과 사적인 관계가 아니라는 것을 각인시켜 주기 위해 일부러 더 예의를 갖추었다.

그러나 재하는 수윤을 놓아줄 생각이 없는 모양이었다. 수윤이 몸을 돌리기도 전에 다시 그녀의 손목을 움켜쥐었다.

"그대로 나가려고?"

"왜 이래요, 정말."

"그대로 나가면 사람들이 오해할 텐데."

길게 설명하지 않았으나 수윤은 재하가 무슨 말을 하고 싶은 건지 단숨에 알아차렸다. 멀쩡하던 입술이 번졌다는 건, 남들이 보기에 충분히 오해할 수 있는 상황이었다.

"알아서 할 테니까,"

이것 좀 놔요, 하고 말을 꺼내기도 전에 그의 손이 조심스레 그녀의 뺨에 와 닿았다.

"진짜로 하면."

그녀의 입술에 시선을 고정한 채 립스틱이 번진 입술을 엄지로 훑어 내렸다.

"억울하진 않잖아."

수윤이 빠져나가지 못하게 강한 힘으로 그녀의 허리를 감은 재하는 한 치의 망설임도 없이 수윤의 입술을 향해 다가갔다.

수윤은 그에게 손목이 잡힐 때부터 그가 원하는 것이 무엇인지 예상하고 있었기에, 그에게 잡히지 않은 다른 손으로 다가오는 그의 입술을 막았다.

재하는 제 행동이 저지되자 날카로운 시선으로 수윤을 응시했다. 수윤은 그의 시선을 피하지 않고 똑바로 마주 보았다. 아주 가까운 거리에서 두 사람의 시선이 얽혀 들었다.

"안 해요."

"……."

"이제 이런 거, 하고 싶지 않아요."

스스로도 놀랄 만큼 단호한 목소리였다.

"한 번만 더 이런 식으로 나오면."

"……."

"두 번 다시 안 볼 거예요."

허리를 감은 그의 손에서 스르르 힘이 빠지는 것이 느껴졌다. 수윤은 그가 제 허리에서 손을 완전히 풀고 나서야 그의 입술에서 손을 뗐다.

수윤의 행동에 재하는 조금 당황스러운 듯한 표정을 지었다. 그 표정이 불만스러운 표정으로 바뀌는 데에는 그리 오랜 시간이 걸리지 않았다.

제 할 말을 마친 수윤은 표정 변화 없이 재하를 향해 살짝 고개를 숙여 인사를 하고는 바로 사장실을 벗어났다. 혹시나 밖으로 소리가 새어 나갔을까 싶어 나오는 길에 비서실 안을 흘긋 보았으나 비서실에는 아무도 없었다.

곧장 화장실로 들어간 수윤은 거울에 비친 제 얼굴을 살폈다. 립스틱이 입가에 잔뜩 번져 있는 모습이 눈에 들어왔다.

“하아…….”

입술 사이로 옅은 숨이 흩어져 나왔다. 그가 멋대로 구는 것이 놀라운 일은 아니었다. 그가 좋아서, 언제나 그의 말을 거부하지 않고 맞춘 쪽은 자신이었다.

관계가 이 지경까지 와 버린 건 어쩌면 제 잘못이 아닐까 하는 바보 같은 생각이 들어 수윤은 눈을 지그시 감았다가 떴다. 그러자 다시 엉망으로 흐트러진 입술이 보였다. 수윤은 임시방편으로 휴지를 뜯어 입술 주변을 정리했다.

화장실을 나와서 사무실로 걸음을 옮기는 동안, 그녀의 머릿속엔 조금 전 자신이 했던 말이 계속 맴돌았다.

“……다시는 안 볼 거라니.”

제 입으로 뱉어 놓고도 어이가 없는 말이었다. 그런 말을 한 것이 낯 뜨거울 정도로 유치하고 창피했다. 아랫입술을 입 안으로 말아 물자 충격을 받은 것 같은 재하의 얼굴이 떠올랐다. 결혼을 축하한다고 해 놓고선 왜 제게 그런 짓을 한 것인지 도무지 이해가 되지 않았다.

대체 무슨 생각으로……. 설마, 결혼과 상관없이 이 관계를 유지할 수 있다고 생각한 걸까.

"……."

어쩌면 그런 생각을 하고 있는지도 몰랐다. 결혼은 사랑 같은 쓸데없는 감정놀음으로 하는 게 아니라고, 오로지 회사의 이익을 위해서 하는 것이라고 차 회장은 어렸을 때부터 귀에 딱지가 앉도록 말을 했었다. 오랫동안 그 얘기를 들어온 재하라면 그런 생각을 하는 것도 무리는 아니었다.

어느덧 사무실 앞에 선 수윤은 좌우로 머리를 흔들었다. 좀 전에 있었던 일을 애써 지워 내며, 조금 후에 있을 은성과의 만남에만 집중을 하기로 마음을 다잡았다.

일을 마치고 내려오자 은성이 로비에서 초조한 듯 왔다갔다 하고 있었다. 멀리서 봐도 안절부절못하는 모습에 수윤은 작은 웃음이 터져 나왔다.

"은성 씨."

가까이 다가가 이름을 부르자 은성이 화들짝 놀랐다. 깜짝 놀란 얼굴이 수윤을 발견하자마자 미소 가득한 얼굴로 변했다. 가식이라고는 찾아볼 수 없는 그의 모습에 수윤의 입가에 미소가 조금 더 짙어졌다.

"아, 수윤 씨. 빨리 내려왔네요?"

"은성 씨야말로 일찍 오셨네요."

"당연하죠. 첫 데이트인데요."

정각에 맞추어 오겠다는 은성을 오래 기다리게 할 수 없어 원래 퇴근 시간보다 조금 일찍 빠져나왔는데도, 은성은 수윤보다 먼저 도착해 있었다. 그런 걸 보면 은성은 상당히 이른 시간부터 그녀를 기다리고 있었던 모양이었다.

"일단 차로 갈까요?"

수윤은 은성을 따라 그의 차에 올랐다. 차에 타자마자 은성이 물었다.

"데이트 뭐 할지 생각해 봤어요?"

"그냥…… 저녁 먹고 영화 보는 거요."

수윤의 대답에 은성이 빙긋 미소를 지었다. 이제 보니 은성의 오른쪽 뺨에 예쁘게 움푹 팬 보조개가 있었다.

"은성 씨는요?"

"전 다른 걸 생각해 왔죠."

"뭔데요?"

"저녁 먹고 나서 알려 줄게요."

무슨 큰 비밀이라도 되는 양 은성은 장난스럽게 웃었다.

"저녁은 뭘 먹을까요?"

"……뭐 좋아하세요?"

"전 가리는 것 없이 다 잘 먹어요."

"이 근처에 유명한 김치찌개 집 있는데. 거긴 어때요?"

"좋죠. 그럼 그쪽으로 갈까요?"

수윤이 은성에게 가게 이름을 알려 주자 은성이 곧바로 차를 출발시켰다.

도착한 곳은 허름하고 낡은 외관의 백반 전문점이었다.

가끔씩 차 회장과 함께하는 식사 자리가 불편했기 때문인지는 몰라도 수윤은 이렇게 정감 있는 곳에서 식사를 하는 게 마음이 더 편했다. 게다가 이곳은 알아주는 맛집이었다.

"이런 데 많이 안 와 보셨죠?"

수윤이 망설임 없이 가게 안으로 들어서자 은성이 그녀의 뒤를 어색해하며 따라 들어왔다. 빈자리로 가서 앉은 은성은 가게 내부를 살펴보더니 신기하다는 듯한 표정으로 고개를 끄덕였다.

"영화에서만 봤지, 실제로 와 본 건 처음이에요."

"죄송해요. 제 마음대로 정해서."

그 말에 은성이 고개를 저었다.

"전 좋은데요? 수윤 씨랑 처음으로 같이할 수 있는 게 있어서."

이런저런 대화를 이어 가는 사이 식사가 나왔다. 은성은 원래 먹성이 좋은지 가리는 것 없이 복스럽게 음식을 먹었다.

식사를 하고 나자 생각보다 시간이 늦어 있었다. 영화를 보기에는 애매한 시간이었다. 상영 시간표를 확인한 수윤이 아쉬운 듯한 목소리로 말했다.

"오늘은 영화 보기 힘들 것 같아요. 자리가 없네요. 미리 예약해 둘 걸 그랬어요."

"괜찮아요. 영화는 내가 다음에 예매할게요."

"근데 은성 씨가 생각해 온 데이트는 뭐예요?"

"가 보면 알아요."

그렇게 은성이 한참을 달려 수윤을 데리고 도착한 곳은 야경이 한눈에 들어오는 곳이었다.

"도착했어요."

"와아."

"내릴까요?"

은성의 말에 수윤이 고개를 끄덕이고는 차에서 내렸다. 오랫동안 서울에 살았지만 이런 곳이 있는 줄은 몰랐었다. 어둑하게 내린 밤공기를 훅 들이마셨다가 내뱉으니 개운한 기분이 들었다. 날씨가 그리 따뜻한 편은 아니었지만 춥다는 생각은 들지 않았다.

함께 차에서 내린 은성이 수윤의 옆으로 다가서다가 잊고 있었다는 듯 작은 탄식을 내뱉었다.

"잠깐 여기서 기다려요."

다시 급하게 뒷좌석으로 돌아간 은성이 손에 이것저것을 들고 돌아왔다.

"이런 건 또 언제 준비하셨어요?"

그의 손에는 담요와 핫팩이 들려 있었다. 가까이 다가온 은성은 수윤의 어깨 위에 담요를 둘러 주고는 핫팩을 꺼내 있는 힘껏 흔든 후에 수윤의 손에 쥐여 주었다.

"사실 아까 회사로 가는 길에 급하게 샀어요. 동생한테 야경 보러 갈 거라고 하니까 미쳤냐고 하더라고요. 한겨울에 무슨 야경이냐고. 갈 거면 담요라도 들고 가라고요."

"동생분이 센스가 있으시네요."

"은경이가 수윤 씨 많이 보고 싶어 해요."

은경이라는 이름을 듣자 파티 때의 일이 떠올랐다. 어쩌면 은경이 재하의 아내가 되었을지도 모른다는 생각을 하자 이상한 기분이 들었다.

"어머니도 수윤 씨를 빨리 만나 보고 싶으신가 봐요."

"아……."

"조만간 상견례 하기로 했는데, 그 전에 시간 되면 집으로 한번 데리고 오라고 하시더라고요."

수윤이 조금 당황한 얼굴로 은성을 바라보았다. 은성은 수윤이 부담스러워할지도 모른다는 생각에 아주 조심스럽게 말을 꺼냈다.

"너무 빠르죠? 아직 우리도 그렇게 친하지 않은데."

처음부터 결혼을 하기 위해 만난 상대였다. 결혼이 결정되었으니 은성의 부모님을 만나는 건 당연한 수순이었다. 수윤도 곧 은성의 부모님을 만나게 되지 않을까, 막연히 생각하고 있었지만 막상 그것이 현실로 다가오자 걱정부터 앞섰다.

제게는 뭐 하나 내세울 것이 없었다. 고아에 후원자를 잘 만나 좋은 조건의 남자와 결혼을 한다는 게 상식적으로 말이 안 되는 일이었다.

"걱정돼요?"

"좀…… 긴장이 돼서요."

수윤에게 어른이란 항상 어려운 상대였다. 보육원의 원장이 그랬고, 차 회장이 그랬다. 부모님이 계시지 않기 때문인지 나이가 있는 어른들과 대화를 하는 것은 항상 망설여지고 또 조심스러웠다.

"너무 부담스러우면 다음으로 미뤄요. 부모님께는 제가 잘 말씀드릴게요."

"아니에요. 괜찮아요. 빨리 뵙고 친해지면 좋죠."

은성은 긴장되는 얼굴로 말을 하는 수윤의 어깨에 조심스럽게 손을 올렸다. 그러고는 그녀의 어깨를 가볍게 토닥였다.

"제 부모님이라서 하는 말이 아니고, 우리 부모님 무서운 분들 아니세요. 걱정 말아요. 내가 옆에 있을게요."

은성은 자신만 믿으라는 듯 가슴을 팡팡 두드렸다. 그 모습을 보며 수윤이 웃음을 터뜨렸다.

"든든하네요."

"나만 믿어요."

"그럼 말씀 나눠 보시고 언제 가면 좋을지 알려 줘요."

수윤의 말에 은성이 고개를 끄덕였다. 수윤은 온화한 얼굴로 말을 하는 은성을 보며, 은성의 곁에 있으면 이렇게 웃을 일이 많지 않을까 하는 생각을 했다.

야경을 함께 본 뒤 은성은 수윤을 오피스텔 앞까지 데려다주었다.

"그럼 조심해서 들어가요."

"네. 은성 씨도요. 데려다줘서 고마워요."

수윤은 은성과 짧게 인사를 나눈 뒤 오피스텔로 올라가는 엘리베이터에 몸을 실었다. 늦은 시간까지 데이트를 하느라 피곤하긴 해도 귀찮거나 싫다는 생각은 들지 않았다.

가슴이 뜨겁고 저릿해지는 사랑이 아니라도, 은성과 함께하는 미래가 조금씩 그려지기 시작했다. 수윤은 제 결혼 상대가 은성이라서 참 다행이라는 생각이 들었다.

다음 날, 이른 아침부터 전화가 걸려 왔다. 차 회장의 비서실장이었다.

—회장님께서 점심 같이하자고 하십니다.

"……알겠어요."

이제는 할 말도 남아 있지 않을 텐데, 또 무슨 말을 하려고 그러는 걸까. 습관처럼 긍정의 대답을 하고 나서 수윤은 후회했다. 이제 더 이상 차 회장에게 휘둘리고 싶지 않았다.

[수윤 씨. 오늘 점심 어때요?]

게다가 수윤에게는 아주 좋은 핑곗거리가 있었다. 때마침 은성에게서 온 메시지를 보고 있던 수윤은 바로 비서실장에게 전화를 걸었다. 신호가 얼마 가지 않아 비서실장이 전화를 받았다. 수윤이 먼저 용건을 간단히 말했다.

"약속이 있어서 못 갈 것 같아요."

—무슨 약속이시죠?

"그런 것까지 일일이 다 얘기해야 하나요?"

수윤의 말에 잠시 침묵하던 비서실장이 다시 말을 꺼냈다.

—회장님께 전화 연결해드리겠습니다.

제게 말하지 않을 거면 차 회장과 말을 하라는 태도에 수윤은 차라리 차 회장에게 말하는 게 낫겠다 싶어 잠자코 전화가 연결되길 기다렸다.

—널 부르는 건 오늘이 마지막이다.

"은성 씨와 점심 약속이에요."

수윤은 마른 입술을 축이며 말을 이었다.

"회장님도 이 결혼 성사시키고 싶으시잖아요. 그러니까……."

은성을 만나러 가겠다는 말을 하려고 할 때였다. 수윤의 말에 차 회장이 껄껄 웃음을 터뜨렸다. 전화 너머로 들리는 그 웃음소리가 왜인지 꺼림칙하게 느껴졌다.

—더 잘됐구나.

"……."

—유 본부장도 같이 데리고 오너라.

"……네?"

—그래도 공식적으로는 내가 네 후원자이니 유 본부장과 식사 한 번 정도는 해야 하지 않겠니.

"회장님."

—아, 그래. 유 본부장한테는 내가 연락하마. 늦지 않게 오거라.

수윤의 말은 더 이상 들을 필요도 없다는 듯 전화가 뚝 끊겼다. 곧이어 은성에게 좀 이따가 보자는 메시지가 도착했다. 한숨을 한 번 내쉰 수윤은 나갈 채비를 했다.

약속 장소는 차 회장이 즐겨 찾는 고급 중식당이었다. 가게로 들어서기 전부터 수윤은 속이 메슥거리는 듯한 느낌이 들었다. 문을 열고 안으로 들어서자 매니저가 기다렸다는 듯 그녀를 맞이했다.

"어서 오세요. 회장님께서 기다리고 계십니다."

여러 번 방문한 적이 있던 터라 매니저는 친근하게 수윤을 안쪽으로 안내했다. 매번 가는 안쪽 끝의 방이라는 안내를 받고 그 문 앞에 섰을 때였다.

"누구 마음대로 결혼을 합니까."

안에서 재하의 목소리가 들려왔다.

"대체 무슨 생각으로 결혼을 시키는 거냐고 묻잖습니까."

그의 목소리에 조금 날이 서 있는 것 같은 건 제 착각일까. 그날 제 결혼을 축하해 주던 것과는 사뭇 다른 온도의 목소리에 수윤은 문을 열려다 말고 손을 멈추었다.

"네가 대체 무슨 소리를 하는지 모르겠구나."

"수윤이 결혼, 회장님 짓 아닙니까?"

다소 무례한 단어 선택이었으나 차 회장은 개의치 않는지 껄껄 웃음을 터뜨렸다.

"내가 결정하다니 뭔가 오해가 있는 모양이다."

"그럼 수윤이가 결정했다는 말입니까?"

다른 누구의 결정도 아닌 제 결정이었다. 재하를 더 이상 사랑하고 싶지 않은, 제 결정.

곧 은성이 도착할 거라는 생각에 이제 그만 두 사람의 대화를 끊고 싶었다. 수윤이 크게 호흡을 가다듬고는 미닫이 문을 열었다.

"그래. 수윤이 선택이다."

문을 열자 차 회장과 정면으로 눈이 마주쳤다. 마치 수윤의 등장을 기다리고 있었다는 듯 차 회장이 그녀를 향해 물었다.

"내 말이 맞지 않니, 수윤아?"

동시에 재하가 문이 열린 곳으로 시선을 옮겨 수윤을 바라보았다. 어서 대답을 하지 않고 뭐 하느냐는 눈빛에 수윤은 차 회장의 시선을 피하며 재하를 보았다.

"제가 하고 싶어서 하는 결혼 맞아요."

"이수윤."

"저한테 물어보시지 그러셨어요."

수윤이 애써 입꼬리를 끌어 올려 웃고는 걸음을 옮겼다.

재하와 차 회장은 둥그런 테이블에 마주 보고 앉아 있었다. 두 사람 사이에 앉고 싶지 않았지만 수윤은 비어 있는 자리에 가서 앉았다.

재하의 시선이 수윤의 움직임을 따라 천천히 옮겨졌다. 그는 수윤이 자리에 앉는 모습을 눈에 담으며 기가 찬 듯한 목소리를 내뱉었다.

"말도 안 되는 소리."

"……제가 결혼하는 게 그렇게 말도 안 되는 일인가요?"

그럴 리가 없다는 듯한 말투에 수윤이 담담한 목소리로 대꾸를 했다. 그러자 차 회장이 껄껄 웃음을 터뜨렸다.

"수윤이도 이제 결혼할 나이가 되지 않았니. 유 본부장 정도면 아주 괜찮은 신랑감이다."

그녀로서는 감히 넘볼 수도 없는 상대라고 말하던 차 회장의 말이 떠올라 수윤은 쓰게 웃었다.

"그걸 묻는 게 아니잖습니까."

수윤과 차 회장의 말을 불만스러운 표정으로 듣고 있던 재하가 입술을 열었다.

그럼 그는 지금 무슨 말을 하고 싶은 걸까. 수윤은 그의 다음 말이 궁금했다. 하지만 재하가 막 입술을 열려고 할 때, 문이 열리며 은성이 모습을 드러냈다.

"늦었습니다."

은성은 안으로 들어와 차 회장을 향해 고개를 숙여 인사했다.

"어서 오게, 유 본부장."

"잘 지내셨습니까, 회장님."

재하가 무슨 말을 꺼낼지 궁금했던 수윤은 그의 입술이 굳게 닫히는 모습을 확인하고는 새어 나오는 한숨을 삼켰다.

은성에게로 빠르게 시선을 돌리자 은성과 눈이 마주쳤다. 은성은 차 회장에게 짤막하게 인사를 건넨 뒤 수윤을 향해 활짝 웃으며 눈인사를 건넸다. 수윤이 가볍게 미소를 지어 그의 미소에 응답했다.

"재하도 있었구나."

은성 역시 재하가 온다는 말은 듣지 못한 모양이었다. 테이블에 가까이 걸어온 은성이 재하의 어깨를 가볍게 두드리며 빈자리에 앉았다. 그렇게 불편한 식사 자리가 시작되었다.

"그래, 유 회장 내외는 만나 봤고?"

"아니요. 아직 뵙지는 못했어요."

"안 그래도 저희 어머니께서 식사 초대하셨어요. 조만간 뵈러 집에 같이 갈 것 같습니다."

차 회장의 질문에 수윤이 짧게 대답했다. 그러자 은성이 그녀의 대답에 말을 덧붙였다.

"쇠뿔도 단김에 빼랬다고, 조만간 상견례를 하는 게 좋겠구나."

"그럼 제가 부모님께 말씀드려 보겠습니다."

"아니야. 내가 직접 유 회장에게 전화 걸어 보겠네."

수윤은 이 자리도, 대화 주제도 너무나 불편했다. 더 이상 결혼을 주제로 얘기를 하지 않았으면 했지만 차 회장은 일부러 그녀의 결혼에 초점을 맞추어 대화를 이어 가고 있었다.

차 회장이 재하를 만나는 자리에 굳이 은성까지 부른 이유를 알 것 같았다. 재하에게 관계를 알아서 정리하라는 무언의 압박이었다.

차 회장은 재하가 수윤에게 특별한 감정을 품고 있다고 생각하고 있었다. 그러니 이 자리를 빌려 재하가 더 이상 수윤에게 미련을 가지지 않게끔 하려는 것이 분명했다.

……바보 같긴. 세상을 다 아는 것처럼 구는 차 회장이 재하의 마음 하나를 몰라서 이렇게 쓸데없는 자리를 만들어 공을 들이는 게 웃겼다.

"식이 몇 달 남지 않았으니 둘 다 바쁘겠구나."

"알아보니까 그동안 할 게 많더라고요. 집도 알아봐야 하고, 혼수도 알아봐야 하고요."

"시간이 없으면 비서에게 맡기는 것도 방법이지."

"아니요. 수윤 씨랑 함께 알아보고 싶어요. 저희가 쓸 물건인걸요."

은성과 차 회장은 계속해서 결혼에 관한 대화를 이어 갔다. 수윤은 그들의 대화를 들으며 제 왼편에 앉은 재하를 흘긋 바라보았다.

그는 시선을 내리깐 채 무슨 생각을 하는지 전혀 알 수 없는 표정으로 묵묵히 식사를 하고 있었다. 그는 언제나 그랬다. 표정만으로는 그의 생각을 좀처럼 읽을 수가 없었다.

"너도 참석해야지?"

다시 상견례에 대한 얘기를 하던 차 회장이 시선을 옮겨 관심 없다는 듯 식사를 하고 있는 재하를 바라보았다.

"……."

"동생 같은 아이와 오랜 친구가 하는 결혼이니 두말하지 않아도 되겠지."

차 회장의 말에 재하는 아무 말도 하지 않은 채 식사를 계속했다. 누가 봐도 일반적이지 않은 반응에 수윤은 숨이 막혔다. 차 회장의 물음에 가타부타 말하지 않는 재하가 신경이 쓰였다.

혹시 재하와의 관계를 은성이 알게 되기라도 한다면……. 침묵을 지키는 재하의 태도를 보며 수윤은 노파심이 들었다. 입술이 바싹 마르는 것 같았다.

하지만 은성은 그런 재하가 조금도 이상하게 느껴지지 않는 모양이었다. 은성이 특유의 밝은 음성으로 재하를 보며 말했다.

"그래, 맞아. 바빠도 꼭 와 줘. 네가 있어야 수윤 씨가 든든할 것 아냐."

그 말에 재하가 젓가락을 내려놓고 시선을 들어 수윤을 바라보았다.

"그래?"

"……."

아무것도 모르는 은성이 하는 말이 우습다는 듯 픽 웃은 그가 수윤을 보던 시선을 은성에게로 옮겼다.

"봐서."

인정머리라고는 눈곱만큼도 없는 대답이었으나 은성은 재하의 대답이 딱히 싫지 않은 모양이었다.

그 후로도 얼마간 의미 없는 대화와 불편한 식사가 계속되었다. 수윤은 체증이 있는 것 같아 식사를 얼마 하지 못하고 젓가락을 내려놓았다.

"회장님."

식사가 거의 다 마무리되어 갈 무렵, 은성이 먼저 말을 꺼냈다. 차 회장이 시선을 주자 은성이 말을 이었다.

"수윤 씨와 먼저 일어나도 되겠습니까? 둘이서 데이트하고 싶은데 점심시간이 얼마 남지 않아서요."

은성이 제 손목에 자리 잡고 있는 시계를 가리키며 부드럽게 미소 짓자 차 회장이 호탕한 웃음을 터뜨렸다.

"내가 눈치도 없이 두 사람을 붙잡고 있었구먼. 그래, 얼른 가 보게. 나중에 보자꾸나, 수윤아."

은성이 자리에서 일어나 차 회장을 향해 예의 바르게 고개를 숙였다.

"그럼 다음에 또 뵙겠습니다."

수윤이 은성을 따라 자리에서 일어나 걸음을 옮겼다. 은성이 그런 수윤의 어깨를 감싸며 얼른 그 자리를 빠져나갔다.

차 회장은 수윤과 은성이 나가는 모습을 보며 흐뭇하게 미소를 지었다. 동시에 점원이 들어와 차 회장이 즐겨 먹는 다과를 놓고 나갔다.

"두 사람 모습이 참 보기 좋구나."

"이제 제대로 말씀해 보시죠. 이 결혼, 왜 하는 겁니까."

식사 시간 내내 음식을 집적거리기만 하던 재하가 젓가락을 테이블 위에 소리 나게 내려놓았다.

"이유가 뭐냐고 묻잖습니까."

"네가 은경이와의 혼사를 거절하지만 않았어도 일이 이렇게 되진 않았다."

"영신과 굳이 그런 관계를 맺지 않아도 좋은 파트너가 될 수 있다고 생각했습니다."

"그건 네 생각이고."

조금 전 점원이 놓고 간 차를 입 안에 머금은 차 회장이 말을 이었다.

"네 생각처럼 이 바닥이 호락호락하지 않단다."

"그럼 저 두 사람이 결혼하면 우호 관계를 유지할 수 있다고 생각하십니까? 입양아도 아니고, 고작 후원인데요."

"그건 네가 걱정할 바가 아니다. 내가 알아서 할 문제지."

"회장님이 원하는 대로 하면 수윤이는 안 건드리겠다고

하셨잖습니까. 왜 한 입으로 두말하십니까?"

"그럼 그 아이와 그런 관계가 되지 말았어야지."

"여태껏 영신과의 관계는 제가 관리해 왔습니다. 결혼 같은 건 필요 없습니다. 회장님이나 물러나 있으세요."

재하가 자리에서 일어났다.

"저 아이가 결혼을 하는 게 그렇게 속상하고 화가 나느냐?"

"……."

"식사 내내 얼굴에 싫은 티를 숨기질 못하더구나. 감정을 숨겨야 큰 사람이 될 수 있다고 했거늘."

차 회장이 마음에 들지 않는 듯 쯧쯧, 하고 혀를 찼다.

"난 네가 저 아이를 집에 들였을 때부터 이렇게 될 줄 알았다. 어떻게 하는 짓이 제 아비를 쏙 빼닮았는지."

"……."

"이쯤 방황했으면 됐다. 너한테도 조만간 좋은 짝을 붙여 줄 테니 허튼 생각하지 말고 조용히 기다리거라. 정 그 아이가 탐이 난다면 네가 가진 걸 다 내놓고 가 보지 그러니."

"……아버지한테도 그렇게 말씀하셨습니까?"

"네 애비는 멍청한 놈이었어. 그러니 권력과 명예보다 그런 천한 여자를 선택했지. 근데 그 선택의 결과를 봐라."

천한 여자. 재하의 모친을 가리키는 말이었다.

"너도 네 애비처럼 그렇게 되고 싶은 건 아니겠지?"

차 회장이 픽 웃었다.

"재하야. 네가 선진 그룹 없이 할 수 있는 건 아무것도 없어."

"그만 가 보겠습니다."

재하가 나가는 모습을 눈에 가득 담은 차 회장은 문이 닫히는 것을 보며 옆에 놓인 찻잔으로 손을 가져갔다. 방금 전까지 달콤한 디저트를 맛보고 있었음에도 입 안이 썼다. 다 식은 차 한 잔을 다 비워 내고는 탁, 소리가 나게 컵을 내려놓았다.

재하까지 제 아들과 똑같은 길을 걷게 할 수는 없었다.

"수윤 씨. 괜찮아요?"

은성의 차를 타고 레스토랑을 빠져나오는 길, 수윤은 속이 메스꺼워 더 이상 차를 타고 있을 수가 없었다. 잠깐 갓길에 차를 세워 달라고 한 그녀는 차에서 내려 가로수 아래로 달려가 헛구역질을 했다.

은성은 수윤의 등을 조심스러운 손길로 두드리다, 잠깐 있어 보라고 하며 자리를 떴다. 수윤은 한참이나 헛구역질을 하고는 손수건으로 입가를 닦아 냈다.

"이것 좀 마셔 봐요."

근처에 있는 약국에서 소화제를 사 온 은성이 수윤에게 뚜껑을 따 내밀었다. 수윤은 소화제를 받아 단숨에 마셨다.

"미안해요. 이런 모습 보여서……."

"아픈 게 죄도 아닌데 왜 미안해해요."

"그래도……."

"난 수윤 씨가 그렇게 불편해할 줄 몰랐어요. 재하랑 사이가 좋아 보여서 차 회장님과도 사이가 좋을 줄 알았거든요."

수윤이 죄를 지은 것처럼 고개를 숙이자 은성이 그녀의 어깨를 토닥이고는 조수석의 문을 열었다.

"앉아서 좀 쉬어요."

수윤은 차에 올라 조수석에 몸을 깊이 묻었다. 뒤이어 은성이 운전석에 올랐다.

"앞으로 차 회장님이 부르는 자리에는 꼭 나랑 같이 가요. 절대로 혼자 갈 생각하지 말고요. 알겠죠?"

식사 시간 내내 은성은 수윤을 주시하고 있었다. 차 회장과 대화를 나누는 틈에도 그의 온 신경은 수윤을 향해 있었다.

수윤은 어제 저녁 식사를 할 때와는 달리 어딘가 모르게 많이 경직되어 있었다. 밥을 먹는 둥 마는 둥 하며 차 회장이 말을 꺼낼 때마다 표정이 조금씩 굳어졌다. 그것만 봐도 수윤이 차 회장을 어려워하고 있다는 것을 알아차릴 수 있었다.

은성은 제 말에 고개를 끄덕이는 수윤을 보며 빙긋 미소 지었지만 마음이 좋지 않았다. 하지만 굳이 말하지 않는 걸 캐물어 보는 것도 예의가 아닌 것 같아 그에 관한 궁금증은 마음속에 접어 두었다.

"조퇴하는 게 어때요?"

"그 정도는 아니에요."

"내가 보기엔 그 정도예요. 재하한테 연락해 둘게요. 회사 쉬는 게 좋겠어요."

은성이 휴대 전화를 꺼내자 그의 팔을 잡으며 말렸다.

"아니요. 연락하지 마세요. 제가 직접 부장님께 말씀드릴게요."

절대로 안 된다는 듯 고개를 젓는 수윤을 이기지 못한 은성은 결국 수윤을 회사 앞까지 데려다주었다.

여자의 옷차림이나 화장에 대해서는 전혀 관심이 없었지만 수윤이 평소에 어떤 차림을 하고, 어떻게 화장을 하는지는 알고 있었다. 그녀는 항상 수수한 차림의 바지를 입는 일이 많았고 화장은 진하지 않게 했다.

그런데 어제 출근길에 만난 수윤은 제가 알고 있던 수윤이 아닌 것 같았다. 회사에서는 본 적 없는 원피스 차림에 어깨까지 오는 머리를 풀어 놓은 모습은 여성스러웠고, 평소와 달리 단화가 아닌 높은 굽의 구두를 신고 있었다.

무엇보다 마음에 들지 않은 것은 새빨간 입술이었다. 누구한테 그렇게 잘 보이고 싶어서 입술을 새빨갛게 칠한 걸까.

생각해 보지 않아도 상대는 뻔했다. 유은성.

가슴 속에서 알 수 없는 감정이 치밀었다. 그녀의 입술로 결혼 소식을 들었던 그 날부터 이런 기분이 계속되었다. 평소에는 미친 듯이 파고들었던 일도 최근 들어 집중이 되지 않았다. 단조로운 일상에서 변한 것이라고는 수윤의 태도뿐이었다.

아무런 감정 없는 얼굴로 거리끼지 않고 결혼을 축하해 달라고 하는 말에 가슴 속에서 무언가가 치밀어 올랐다. 까짓거 원하는 대로 해 주자는 마음에 축하한다는 말을 입에 담았지만 금세 후회가 되었다.

하지만 이미 물은 엎질러진 후였다. 축하가 아니라, 지금 무슨 말도 안 되는 소리를 하냐는 질문을 했었어야 했다. 달라진 수윤의 모습을 본 뒤로 재하는 하루 종일 정신이 사나웠다.

"차 회장은?"

"어제저녁 비행기로 돌아오셨다고 하십니다."

"그럼 바로 점심 약속 잡아."

재하가 자신을 찾을 거라는 사실을 알기라도 하듯 차 회장은 일주일 가까이 자리를 비웠다. 생각하면 할수록 열이 받았다. 누구 마음대로 결혼을 해. 차 회장이 무슨 생각으로 수윤을 결혼시키려 하는 건지 알 수가 없었다. 유정오 회장도 무슨 생각으로 차 회장의 제안을 받아들였는지 이해가 되지 않았다.

유은성도 마찬가지였다. 절대로 정략결혼 같은 건 하지

않을 거라며 사랑을 운운하더니 결국에는 집안의 뜻대로 한다는 게 웃겼다.

그중에서도 가장 마음에 들지 않는 건 이수윤이었다. 싫으면 싫다고 똑바로 말하지 않는 수윤이 답답했다. 차 회장과 트러블이 생기면 수윤은 혼자서 끙끙 앓곤 했었다. 그랬던 걸 알아채고 제가 나서서 해결한 적이 여러 번이었다. 그러니 이번 문제도 차 회장을 만나 매듭을 지으면 끝이라고 생각했다.

"……열 받아."

하지만 오늘 점심 약속에 차 회장은 보란 듯이 수윤과 은성을 불렀다. 차 회장은 자신의 뜻이 아니라 수윤의 뜻이라고 했지만 믿을 수가 없었다.

수윤의 입으로 직접 그 말을 전해 들었음에도 믿을 수가 없는 이유는, 그녀의 표정 때문이었다. 억지로 입꼬리를 들어 올려 웃는 그 표정은 재하가 가장 싫어하는 표정이었다.

그런 표정을 지으면서 결혼을 할 거라고. 아마 수윤과의 관계를 눈치챈 차 회장이 수윤을 압박했을 것이다. 수윤은 싫어도 차 회장의 압박에 못 이겨 그 뜻을 따랐을 것이고. 생각하면 할수록 열이 받았다. 두 사람이 뒤에서 자신 모르게 이런 일을 벌인 것이 유쾌하지 않았다.

"괜찮으십니까?"

차 뒷좌석에 오른 재하가 눈을 감으며 시트에 몸을 깊게 묻었다. 하지도 않을 상견례 따위 관심 없었다.

"이수윤 오피스텔로."

"네?"

눈을 감은 채 재하가 중얼거리자 듣지 못한 정건이 되물었다. 그에 재하가 목소리를 조금 높여 단호하게 말했다.

"수윤이 오피스텔로 가지."

어떻게든, 이 결혼을 망쳐 놓을 생각이었다.

수윤은 차마 조퇴를 하지 못하고 퇴근 시간까지 버티다 집으로 돌아왔다. 몸이 천근만근이었다. 옷도 갈아입지 않고 침대에 누워 깜빡 잠이 들었다가, 초인종을 누르는 소리에 잠이 깼다.

여전히 피곤했지만 그래도 한숨 자고 일어났더니 머리가 맑아진 기분이었다. 비몽사몽한 정신으로 아무 생각 없이 현관으로 나가 문을 열었다.

"누구세요?"

생각해 보면 집에 올 사람이 없었다.

"있었네."

"……."

문을 열자마자 그녀의 시야에 들어온 사람은 재하였다. 수윤이 황급히 문을 닫으려 하자 그가 손으로 현관문을 잡고, 닫지 못하도록 막아섰다.

"이제 대놓고 무시하는 건가?"

"……연락도 없이 무슨 일이에요."

그가 제집으로 찾아왔다는 사실에 수윤은 당황스러웠다. 처음 보는 재하의 모습이 마냥 낯설게만 느껴졌다.

"할 말이 있어."

"전 할 말 없어요. 그만 돌아가세요."

그 말에 재하가 문을 활짝 열고 현관 안으로 들어섰다. 재하와 거리가 가까워지자 진한 알코올 냄새가 코끝을 찔렀다. 그에 수윤이 조금 놀란 얼굴로 재하의 얼굴을 보았다.

"……술 마셨어요?"

"어."

재하는 술자리에 참석을 해도 술을 마시는 사람이 아니었다. 언젠가 들은 말로는, 술을 마시면 기분이 나빠진다고 했다. 그 때문에 그가 술을 마신 모습을 본 적은 단 한 번도 없었다. 그런데 오늘은 다가서기만 해도 풍길 정도로 독한 냄새가 났다.

"지금 시간이 몇 신데……."

"걱정해 주는 거야?"

재하가 입꼬리를 비스듬히 끌어올리며 웃었다. 지그시 바라보는 눈빛에 수윤이 재하의 눈동자를 피하며 휴대 전화를 꺼냈다.

"강 비서님 불러 줄게요. 얼른 집에 가세요."

"춥다. 들어가서 얘기 좀 해."

"할 얘기 없어요."

짧게 대답한 수윤은 정건의 번호를 누르고 신호음이 가기를 기다렸다. 그러나 재하가 수윤의 휴대폰을 단숨에 낚아챘다.

"잠깐 시간 내주는 게 그렇게 힘들어? 여기까지 왔는데?"

수윤이 아랫입술을 짓씹었다. 어떻게든 재하와 엮이고 싶지 않은데 재하가 집까지 찾아올 줄은 상상도 하지 못했다.

"그럼 용건만 간단히 말씀하세요."

"처음 온 건데 야박하군. 들어오라는 말도 안 할 건가?"

"이미 들어오셨잖아요."

현관으로 들어온 그가 문을 닫았다. 좁은 공간에 있으니 그녀에게서 낯선 향이 풍겼다.

"향수……, 뿌렸나."

"네."

"싫어하는 거 알면서."

"사장님 취향 맞출 필요 없으니까요."

재하는 향수 냄새를 좋아하지 않았다. 후각이 예민한 편이라 진한 향기를 맡으면 두통에 시달리곤 했다. 수윤은 그런 그를 배려해 향수 같은 건 뿌리지 않았다. 여태껏 샴푸나 바디 워시, 심지어 화장품조차도 향이 진하지 않은 제품으로 사용했다. 오로지 차재하를 위해서.

하지만 이제 그런 노력은 더 이상 필요하지 않았다.

"무슨 급한 일이 있어서 여기까지 오셨어요?"

명백히 비꼬는 말이었다. 여태껏 단 한 번도 없었던 일이 일어나자 속에서 알 수 없는 감정이 북받쳤다.

무려 몇 년이 넘게 몸을 섞으면서도 재하는 수윤을 자신이 있는 곳으로 부르기만 했을 뿐, 수윤을 찾아온 적이 없었다.

그런데 왜, 마음을 독하게 먹은 지금에서야.

"이수윤."

"본론만 말씀하세요."

수윤의 말에 그가 망설임 없이 바로 본론을 입술에 담았다.

"그 결혼, 없던 일로 해."

"……."

"유은성한테 말해. 뒷수습은 내가 해."

재하는 자신이 말하는 것보다 당사자인 수윤이 직접 말을 하는 게 더 낫다고 생각했다. 사실상 영신 패션과의 결혼은 아무런 의미도 없었고, 이 의미 없는 결혼에 수윤을 끌어들이고 싶지 않았다.

수윤에게 싫은 걸 억지로 강요하고 싶은 생각은 추호도 없었다. 수윤이 파혼을 한다고 해도 별문제가 되지 않을 것이다.

다행히 유 회장은 재하를 꽤 마음에 들어 했다. 자신이 아끼는 사람이 억지로 결혼을 하는 모습을 볼 수 없다는 말 한마디면, 사람 좋은 유 회장은 껄껄 웃으며 강제로 결혼을 추진하지는 않을 것이다.

"넌 왜 항상 시키면 시키는 대로 하는 거야. 싫으면 싫다고 똑바로 얘기하라고 했잖아."

"……."

"네가 뭔데 거기서 결혼을 한다고 해. 네가 결혼을 한다고 해서……."

"억지로가 아니에요."

당연히 알겠다고 할 줄 알았다. 결혼 같은 거 하지 않겠다고, 원한 적 없다고 말할 거라 생각했다. 여태껏 수윤이 재하의 말을 듣지 않았던 적은 없었으니까.

"……뭐라고?"

"말씀드렸잖아요. 제가 회장님께 결혼하고 싶다고 했어요."

재하는 제 귀를 의심했다. 다른 남자와 결혼을 하겠다고 말하는 수윤이 낯설어 다시 한번 되묻자, 좀 더 정확한 대답이 돌아왔다.

"전 이 결혼 그만둘 생각 없어요."

마음에, 들지 않는다.

"……너, 지금 제정신이야?"

"네."

하. 헛웃음이 새어 나왔다.

"안 지는 얼마 안 됐지만 은성 씨, 다정하신 분 같아요. 대화도 잘 통하고 배려심도 깊은 것 같고. 그런 남자하고 결혼하면 행복할 것 같아요. 그래서 결혼하고 싶어요. 제 주제에 유은성 씨만큼 좋은 조건의 남자 못 만날 것 같거든요."

예상치 못한 반응에 뒤통수가 얼얼했다. 표정 변화 없이 결혼을 논하는 수윤의 얼굴이 그가 평소에 알던 수윤이 아닌 것 같았다.

"……정말로 결혼을 하겠다고."

"네."

질문도 대답도 아닌 애매한 듯한 말투였으나 수윤은 망설임 없이 대답했다.

"유은성 좋아해?"

진부한 질문이었으나 궁금했다.

"첫눈에 반하기라도 했어?"

재하는 제가 질문을 하고 있으면서도 말도 안 되는 말이라 생각했다. 하지만 수윤은 재하의 말에 한 번 더 망설임 없이 고개를 끄덕였다.

"네. 그렇게 됐어요."

"……."

"은성 씨 좋은 사람이에요."

"사람은 겪어 봐야 아는 거야."

"사장님도 은성 씨가 좋은 남자라고 인정하셨잖아요."

분명히 제 입으로 은성이 좋은 남자라 얘기했었다. 객관적으로 봤을 때, 은성은 정말 괜찮은 남자였다. 하지만 은성의 상대가 이수윤이라면 얘기는 달라진다.

"근데 그 얘기하려고 여기까지 오신 거예요?"

수윤의 곁에 은성이 함께 있는 생각만으로도 불쾌한 기

분이 들었다. 어제만 해도 그러지 않았나. 수윤이 은성을 만나려고 옷과 화장에 신경을 쓴 것도 왠지 모르게 화가 났다. 엉망으로 만들어 버리고 싶었다. 두 사람을 만나지 못하게 하고 싶어 그녀를 제 사무실로 불렀다.

"헛걸음하셨네요. 그만 가세요."

수윤이 피곤하다는 듯 재하에게서 등을 돌려 안쪽으로 걸음을 옮겼다.

"수윤아."

재하가 그 뒤를 따라 들어와 그녀의 손목을 잡았다. 수윤의 시선이 그에게 잡힌 손목으로 향했다. 그녀가 작게 한숨을 내쉬었다.

"왜요?"

"……."

"왜 결혼하지 말라고 하시는 거예요?"

재하는 아무런 말도 할 수가 없었다.

싫어서. 그것밖에 다른 이유는 떠오르지 않았다. 마음이 복잡한데, 그걸 표현할 적당한 단어가 생각나지 않았다.

"축하한다고 하셨잖아요. 갑자기 저한테 왜 이러시는 건데요."

"그건……."

"아쉬우세요?"

재하가 제대로 대답하지 못하자, 수윤은 그럴 줄 알았다는 듯 헛웃음을 토해 냈다.

"당신이 원하면 언제든지 달려 나오던 이수윤이 이제 더 이상 없을 거라고 생각하니까 아까운 모양이죠?"

수윤은 내내 입고 있던 코트를 벗어 바닥에 아무렇게나 두었다.

"아니면. 그냥 한번 하고 싶어서 온 거예요?"

"이수윤. 말 그런 식으로 하지."

"아니라고는 안 하네."

입고 있던 니트를 벗어 코트 위에 아무렇게나 던졌다.

"지금 뭐 하는 거야."

"보시다시피요."

재하는 그녀의 그런 행동이 마음에 들지 않았다. 어제는 그녀의 차림이 마음에 들지 않는다는 이유로 수윤을 불러 억지로 입술을 훔치려 했으면서 막상 수윤이 저렇게 나오니 화가 났다.

"입어."

"왜요? 한 번 하고 깔끔하게 끝내요."

"입으라고."

"그게 사장님이 원하던 것 아닌가요?"

수윤은 손을 멈추지 않았다. 니트 안에 입고 있었던 셔츠의 단추를 하나씩 풀어 내리자 뽀얀 속살이 그대로 드러났다.

"말 안 듣지."

"그렇게 어린 애 취급하듯 말하지 말아요."

"너 정말……."

수윤이 재하의 앞으로 천천히 걸음을 옮겼다. 그의 앞에 선 수윤이 재하의 목을 팔로 감싸 안았다. 뒤꿈치를 들어 재하의 입술에 입을 맞추려 했다. 하지만 이내 재하의 손에 저지되고 말았다.

언제나처럼 허리를 감싸 안는 대신, 재하는 수윤의 어깨를 잡고는 밀어냈다. 눈이 마주치자 수윤이 재하의 어깨를 감은 손을 풀었다.

"그게 아니면 이런 식으로 찾아오지 마세요."

"……."

"이제 나도 지쳤어요."

수윤은 풀었던 단추를 잠그며 한숨 쉬듯 말을 이었다.

"섹스 파트너 같은 건, 이제 더 이상 하고 싶지 않아요."

"……뭐?"

"제가 결혼을 한다는 건, 이제 이런 관계는 그만하겠다는 뜻이에요. 다시는 찾아오지 마세요."

"……."

수윤은 친절하게 손수 문을 열고 재하를 밖으로 밀어냈다. 그렇게 재하는 수윤에게 끌려 그대로 밖으로 쫓겨났다.

"조심해서 가세요."

문이 쾅 닫혔다.

"……섹스 파트너?"

하. 헛웃음이 나왔다. 섹스 파트너라니. 생각해 보지도 못한 단어였다.

그동안 수윤과 자신의 관계를 깊게 생각해 본 적은 없었다. 관계를 제대로 정의해 볼 생각도 해 본 적이 없었다. 그래도 몸만이 목적은 아니었다. 다시 생각해도 그건 받아들이기 힘들었다.

그럼 우리 관계를 대체 어떻게 정의할 수 있을까.

“…….”

멍청하게도 정의할 수 있는 말이 하나도 떠오르지 않았다.

3

차 회장은 재하가 어렸을 때부터 강제로 봉사활동을 시켰다. 그룹의 미래를 맡기기 위해 미리 이미지 메이킹을 했던 것이다.

재하는 일 년에 너덧 번 하는 봉사활동이 죽도록 싫었다. 차 회장의 말을 억지로 따라야 하는 것과 겉치레식 행동만큼 짜증이 나는 일도 없었기 때문이다. 중학교 졸업을 앞두고 반항심은 점점 더 커져 가기만 했다.

수윤을 처음 본 곳은 억지로 방문했던, 겉만 멀쩡하고 속은 텅 빈 강정 같던 보육원이었다.

“매년 감사드립니다. 직접 방문까지 해 주시고.”

“당연히 해야 할 일을 하는 것뿐입니다.”

“덕분에 저희 보육원 아이들이 밝고 건강하게 자라고 있습니다."

원장과 차 회장 사이에서 틀에 박힌 대화가 오갔다. 재하는 그런 대화 같은 건 아무렴 상관없다는 듯 원장실을 한 바퀴 빙 돌았다.

"재하야. 이쪽으로 오거라."

의미 없는 대화가 오간 후에는 증거를 남기기 위해 사진을 찍었다. 신문 기사에 실릴 사진이었다. 내키지 않는 걸음을 옮겨 기부금을 전달하는 과정을 카메라에 담았다. 남에게 보여 주기 위해 이런 귀찮은 과정을 거친다는 게 정말 한심한 일이라는 생각이 들었다.

준비된 일정을 마치고, 재하는 원장실을 빠져나왔다.

"형!"

아이들이 모여 있는 놀이방으로 가자 눈에 익은 남자아이 한 명이 와다다다 달려 나와 재하의 품에 안겼다. 그래도 몇 번 찾아왔다고 아이들은 재하를 곧잘 따르곤 했다.

"잘 지냈어?"

"응!"

재하는 준비했던 선물을 아이들에게 나눠 주었다.

차 회장이 하는 일은 다 마음에 들지 않았지만 보육원 아이들과 함께 노는 시간은 그리 나쁘지 않았다. 여섯 살에 연이어 양친을 잃고, 할아버지와 단둘이 살게 된 아이에게, 보육원은 사실 조금 위안이 되는 공간이었다.

부모님을 잃은 그에게 남은 가족이라고는 생전 얼굴도

보지 못했던 할아버지뿐이었고, 그 할아버지라는 사람이 부자라 자신을 거두어 준 것뿐이었다.

차 회장이 없었다면, 사실 재하도 이 아이들과 다를 바 없는 삶을 살고 있을지도 몰랐다. 그래서 재하는 보육원에 있는 아이들에게 더 마음이 쓰였다.

"도련님. 돌아가실 시간입니다."

또 오라는 아이들의 인사를 받으며 밖으로 나온 재하는 원장과 인사를 하고 나온 차 회장을 따라 주차장으로 걸음을 옮겼다.

"방에 난방이 잘 안 되는 것 같던데, 후원금은 어디에 사용한대?"

아이들과 함께 있던 공간에 유난히 찬기가 맴돌았던 것을 떠올리며 재하가 물었다.

"그리고 그 원장, 술 냄새가 끔찍하던데 그냥 그대로 둘 거야? 애들한테 나쁜 짓 하고 있는 건 아닌지 확인 안 해 볼 거야?"

"그런 것까지 네가 신경 쓸 필요 없다."

차 회장이 쓸데없는 데에 관심을 둔다는 듯, 재하를 거들떠보지도 않고 말했다.

"굶어 죽든 얼어 죽든 우리는 돈을 건넸으니 그걸로 끝이야."

재하가 그 자리에 우뚝 걸음을 멈추었다. 진저리나는 대답이었다. 겉으로는 착한 척, 바른 척하는 위선적인 태도가 어이없었다.

"그럼 후원은 왜 해? 굶어 죽든 얼어 죽든 상관도 없다면서."

학교에서 배운 것과 차 회장에게서 배우는 것은 너무나도 달랐다. 그 사이에서 느껴지는 괴리감에 신물이 났다.

재하는 차 회장이 괴물 같다고 생각했다. 할아버지라고 생각해 정을 내려고 해도 정이 들지 않았다. 차 회장에게는 인간미라는 게 없었다. 한 번씩 사람을 사람 취급하지 않는 차 회장을 보면 그나마 있던 정도 모조리 사라지는 기분이었다. 재하는 차 회장이 제 할아버지라는 게 정말 마음에 들지 않았다.

"쓸데없는 소리 그만하고 타거라."

차 회장이 말을 끝맺으며 뒷좌석에 오르자, 비서가 뒷문을 닫았다. 재하는 검게 선팅이 된 유리창을 노려보듯 쳐다보았다.

"도련님. 얼른 차에 오르시죠."

"싫어."

비서가 재촉했으나 재하는 걸음을 다시 돌렸다. 이대로 차 회장과 같은 차에 몸을 싣고 집으로 돌아가고 싶지 않았다.

"도련님!"

"애들하고 더 놀다 갈래."

뒤에서 비서가 큰소리로 자신을 부르는 소리가 들렸으나 들은 체 만 체하며 다시 보육원으로 향했다.

“어떻게 할까요, 회장님?”

“둬라. 그만 가자.”

차 회장이 그런 재하의 뒷모습을 못마땅하게 쳐다보았다.

재하가 알기론 보육원에 들어가는 후원금이 그리 적지 않은 것으로 알고 있었다. 열 명 남짓한 아이들이 입고 먹고 생활하기에는 부족한 금액일지도 모르나, 기본적으로 보육원은 남루한 편이었다.

재하는 걸음을 옮기다 말고 그 자리에 서서 보육원 건물을 훑어보았다. 외관상으로는 멀쩡했다. 걸음을 옮겨 건물 안으로 들어섰다. 그러자 열 살쯤 되어 보이는 한 아이가 울상을 지으며 재하에게 달려왔다.

“오빠. 수윤이, 우리 수윤이 좀 구해 주세요.”

“수윤이?”

그 말에 재하가 고개를 한쪽으로 기울였다. 여태껏 방문하며 한 번도 들어보지 못한 이름이었다.

울먹이는 듯한 아이의 표정에 당황한 재하는 어쩔 줄을 몰랐다. 열여섯에 이미 어른들과 비슷한 눈높이를 가지게 된 재하는 무릎을 굽혀 아이와 눈높이를 맞추었다.

“수윤이가 왜?”

“수윤이, 수윤이가 그 방에 있어요.”

"그 방?"

주변을 살피던 아이는 재하에게 가까이 오라는 듯 손짓을 했다. 재하가 귀를 내어 주자 아이가 그의 귀에 조그맣게 속삭였다.

"원장 아저씨가 수윤이 때렸을 거예요. 그 방에서 안 나온 지 벌써 일주일이 넘었어요."

아이는 우는소리를 내면 혼날 거라 생각했는지 눈물을 뚝뚝 흘리면서도 울음소리 하나 내지 않으며 수윤이 있는 곳이 2층 구석에 있는 방이라는 것을 알려 주었다.

재하는 주머니를 뒤적여 아까 챙겨 두었던 사탕을 꺼내 아이에게 쥐여 주었다.

"울지 마. 내가 데려올게."

아이의 머리를 헝클이듯 쓰다듬고는 곧장 2층으로 걸음을 옮겼다. 혹시나 했던 생각이 들어맞았다. 실태를 알아보지도 않고 이런 곳에 후원을 하는 차 회장이 끔찍했다.

아니. 이미 알고 있었을지도 모르겠다는 생각이 들었다. 어차피 차 회장은 돈만 건네주면 좋은 일을 한 거라 생각하는 사람이었으니까.

막 2층으로 올라와 아이가 말했던 왼쪽 복도 끝으로 가려던 참이었다. 마침 그곳에서 원장이 계단을 내려오고 있었다. 아직 보육원을 떠나지 않은 재하를 보며 깜짝 놀란 듯한 얼굴을 하더니 이내 원장이 미소를 지었다.

"아직 안 가셨어요?"

"네, 아직. 애들이 귀여워서."

나름 선하게 웃는 모양이었으나 재하의 눈에는 음흉하게 비칠 뿐이다.

"애들은 아래층 놀이방에 있어요."

"알아요."

"여기는 함부로 올라오시면 안 되고요."

함부로, 라는 말을 강조하듯이 뱉은 원장이 어서 내려가자는 듯 계단이 있는 쪽을 가리켰다.

달칵. 문을 닫는 듯한 소리가 난 건 바로 그때였다. 원장이 내려온 계단 위에서 나는 소리였다. 그 소리에 재하가 원장을 보자 바로 원장과 눈이 마주쳤다. 원장은 무언가를 숨기는 듯한 눈빛으로 곤란한 얼굴을 하고 있었다.

"먼저 내려가겠습니다."

재하가 가볍게 묵례를 하며 발걸음을 돌리자 원장의 얼굴에 안도의 기색이 비쳤다.

"같이 내려갑시다."

원장이 재하의 뒤를 따랐다. 아마 저 윗방에 수윤이라는 아이가 있을 거라는 것은 직감적으로 알 수 있었다.

하지만 그 찰나의 시간 동안 재하는 먼저 여기서 자리를 뜨는 게 좋겠다는 판단을 내렸다. 원장은 왜소한 편이었다. 이제 막 170을 넘어선 재하보다 반 뼘은 작고 마른 체형이었다.

만일의 사태에 대비해 재하는 어렸을 때부터 운동을 몇

개씩이나 배웠다. 힘으로 제압한다면, 어쩌면 상대해 볼 수도 있을 것 같다는 생각이 들었지만 괜히 분란 거리를 만들고 싶지는 않았다. 쓸데없는 분란 거리는 차 회장이 가장 싫어하는 것이었다.

아래층으로 내려온 원장은 재하가 놀이방으로 들어간 것을 확인한 후에 어디론가 사라졌다.

재하는 한동안 아이들과 어울려 놀다 밖으로 나왔다. 재빨리 2층으로 걸음을 옮겨 아까 원장이 나왔던 복도 끝으로 갔다. 복도 끝에는 위로 올라가는 계단이 있었다. 그리고 그 계단의 끝, 오른쪽에는 문이 하나 있었다. 아마도 방인 듯싶었다.

애매한 위치에 방문 하나가 덜렁 있는 것을 보고 재하가 미세하게 고개를 기울였다. 밖에서는 보이지 않은 공간이었다. 2층이 다인 줄 알았는데, 그게 아니었던 모양이다. 재하는 숨겨진 그곳을 향해 성큼성큼 걸음을 옮겼다.

얼마 되지 않는 계단을 오르자, 문 앞에 걸려 있는 팻말이 보였다.

"……창고, 라."

문고리를 잡고 돌려 보았으나 문은 열릴 낌새도 보이지 않았다. 문을 살펴보았지만 잠금장치 같은 건 없었다. 안에서 열 수 있는 문 같았다.

"문 열어."

분명히 제 목소리가 들렸을 것임에도 안에서는 아무런 소리도 들리지 않았다.

"얼른 열어."

하지만 재하의 말에도 아무런 대꾸가 들려오지 않았다. 귀를 기울여 보았지만 안에서는 아무런 기척이 느껴지지 않았다.

"네가 안 열면, 어쩔 수 없지."

주변을 살피자 문 옆에 바로 소화기가 있었다. 재하는 망설임 없이 소화기를 집어 들고는 낡은 문고리를 있는 힘껏 내리쳤다.

우지끈거리는 소리가 나며 문고리가 단숨에 바닥으로 내동댕이쳐졌다. 문이 아무런 저항 없이 스르르 열렸다. 재하는 소화기를 바닥에 내팽개치고 안으로 들어섰다.

"……."

방은 빛 하나 들어오지 않는 캄캄한 어둠뿐이었다. 아무리 오늘 날씨가 흐리다고는 해도 일부러 빛을 차단해 놓지 않는 이상 이렇게 어두울 수는 없었다.

재하는 방 안으로 들어가 벽을 더듬었다. 스위치를 찾는 데까지는 그리 오래 걸리지 않았다. 딸각이는 소리와 함께 방 안이 환해졌다.

방 한구석에 웅크리고 앉은 아이가 보였다. 열 살 정도 되었을까. 아이는 몸을 잔뜩 웅크린 채 재하를 경계하는 눈으로 보고 있었다.

"네가 수윤이야?"

천천히 걸음을 옮겼다. 가까이에서 보니 몰골이 말이 아니었다. 엉망으로 짧게 잘린 머리는 헝클어져 있었고, 입고 있는 옷은 후줄근하게 늘어나 있었으며, 늘어진 티셔츠 사이로 보이는 목덜미에는 시퍼런 멍이 들어 있었다.

"……들어오지 마요."

아이가 겨우 입을 열었다. 얼마나 말을 하지 않은 것인지 목소리가 아이답지 않게 잠겨 있었다.

"문 닫고 얼른 나가요. 제발요."

"왜."

"원장 아빠가……, 싫어할 거예요."

재하가 찬찬히 걸음을 옮기자 아이는 뒤로 물릴 곳도 없으면서 엉덩이를 벽 끝까지 밀어붙였다.

"그냥 문 닫고 나가는 건 내가 싫은데."

"원장 아빠……, 힘세단 말이에요. 아픈 거 싫어요. 빨리 나가요."

아이의 말에도 재하는 걸음을 멈추지 않았다.

"나도 힘세."

"……."

"원장보다 내가 돈도 더 많아."

내 것이 아니라 차 회장 거지만. 재하는 굳이 뒷말은 더 잇지 않기로 했다.

"난 안 세요. 난 돈도 없어요. 그러니까 빨리……!"

"괜찮아. 내 뒤에 숨어 있어."

가까이에서 본 아이는 생각보다 더 작았다. 눈가에 눈물이 그렁그렁 맺혀 있었다. 큰 뜻이 있는 건 아니었다. 정의의 사도 같은 걸 흉내 내고 싶은 생각도 없었다. 그렇게 정의롭고 바르게 사는 것도 아니었다.

그저, 눈앞의 아이가 가여워서. 작고 여린 몸으로 이를 악물고 버티는 것밖에 할 수 없었을 아이가 안쓰러워서.

그 모습이 부모님을 잃고 차 회장의 집에 들어왔던 자신과 겹쳐 보였다. 캄캄한 방에 들어앉아 하루 종일 우는 것밖에, 다른 것은 할 수 없었던 어린 날의 자신과 닮아 보였다. 그래서 저도 모르게 손을 뻗었다.

"나랑 같이 가자."

아이가 눈물을 뚝뚝 떨구어 냈다. 눈물이 그렁그렁했지만 여전히 경계는 늦추지 않은 눈빛이었다.

"내가 옆에 있어 줄게."

조금 더 손을 뻗자 망설이던 아이가 찬찬히 손을 들었다. 재하가 고개를 끄덕이자 아이의 손이 그의 손 위로 조심스레 포개어졌다. 재하는 제 손바닥 위에 얹어진 작은 손을 꼭 감싸 쥐었다.

"가자."

그게 수윤과의 첫 만남이었다.

창을 통해 들어오는 빛에 소파에서 아무렇게나 누워 자

고 있던 재하가 인상을 찌푸리며 눈을 떴다.

술을 마셔서 그런 걸까. 평소에 꾸지 않던 꿈도 다 꾸고. 머리가 지끈거렸다. 이래서 술을 마시는 걸 별로 좋아하지 않는데, 어제는 지나치게 술을 많이 마셨다.

엉망인 몸을 대충 가누고 자리에서 일어났다. 반쯤 시체가 된 것처럼 터덜터덜 걸음을 옮겨 컵에 물을 가득 채우고는 한 컵을 모조리 다 비웠다.

탁. 재하가 컵을 소리 나게 식탁 위로 내려놓았다.

"……."

꿈을 꾸어서 그런지 그때의 일이 마치 어제 있었던 일처럼 선명하게 떠올랐다. 재하는 수윤의 손을 잡고 망설임 없이 보육원을 빠져나온 후에, 그녀를 제집으로 데려왔다. 그 후로 수윤은 언제나 재하와 함께였다.

학업을 이유로, 또 다른 이유로 몸이 오랫동안 떨어져 있었던 적은 몇 번 있었지만 그녀가 이런 식으로 자신을 밀어냈던 적은 없었다.

'섹스 파트너 같은 건, 이제 더 이상 하고 싶지 않아요.'

"섹스 파트너……."

중얼거린 재하가 아랫입술을 짓씹었다. 여전히 그 말을 들은 충격에서 벗어날 수 없었다. 다시 생각해도 기가 막히게 어이없는 단어 선택이었다. 수윤이 자신과의 관계를 고작 그렇게 여기고 있었다는 걸 깨닫자 말로 설명할 수 없이 머릿속이 복잡했다.

그래서 집으로 돌아와 진열해 두고 거들떠보지도 않던 위스키를 땄다. 생각을 정리하기 위해 마시기 시작했으나 취기만 돌 뿐, 생각이 좀처럼 정리되지 않았다.

수윤과는, 그저 함께인 것이 당연하다고 생각했다. 그게 다였다. 수윤과 함께 있는 동안에는 아무것도 하지 않아도 시간이 잘 흘렀다. 함께 있으면 마음이 편해지는 유일한 사람이 수윤이었다.

한마디 말로 정의하기 어려운 관계라고 생각했다. 딱히 말로 정의하지 않아도 수윤과 자신의 사이에는 강한 유대감이 존재한다고 믿었다. 꼭 어떠한 말로 정의를 해야 할 필요가 있는 관계라 생각하지 않았다.

"……."

여태껏 한 번도 해 보지 않은 생각들이 머릿속에서 꼬리를 물고 이어졌다. 재하는 눈을 질끈 감았다. 숙취로 인한 두통이 조금 전보다 더 심해지는 것 같은 느낌이다.

"사장님?"

주방에 가만히 서서 눈을 감고 있는데 갑자기 정건의 목소리가 들려왔다. 눈을 뜨자 멀끔한 차림의 정건이 시야에 들어왔다.

"초인종을 눌렀는데 대답이 없으셔서 들어왔습니다."

"……어."

갈라지는 목소리로 짧게 대답한 재하가 옅은 숨을 쉬어 냈다. 정건의 목소리가 들릴 때까지 초인종을 누르는 소리도, 어떤 인기척도 느끼지 못한 걸 보니 컨디션이 확실히 좋지 않았다.

정건은 식탁 앞에 서 있는 재하의 상태를 살폈다. 재하는 어딘가 넋이 나간 사람처럼 보였다. 최근에 무슨 일이 있었던가, 되짚어 보던 정건은 곧 식탁 위에 굴러다니고 있는 빈 술병과 마시다 남은 술잔을 발견했다. 정건의 얼굴에 의아한 기색이 비쳤다.

"혼자서 이걸 다 드신 겁니까?"

"……어쩌다 보니."

의아함은 곧 놀라움으로 바뀌었다. 평소에 술이라면 질색을 하던 재하가 혼자 집에서 술을 마셨다는 사실에 놀라지 않을 수 없었다.

재하는 선물로 와인이나 위스키가 들어와도 다른 사람에게 주거나 장식용으로 선반 위에 올려놓곤 했다. 그런 재하가 어제 거래처 대표와의 술자리에서 술을 하는 것도 굉장히 낯설었는데, 숙취로 괴로워하고 있는 모습은 더 낯설기만 했다.

"괜찮으세요?"

재하가 머리를 짚으며 눈을 지그시 감는 모습에 정건이 재빨리 그의 옆으로 다가섰다. 정건을 향해 괜찮다는 듯 손을 내저으며 그를 지나쳐 거실로 나간 재하는 가죽으로 된 검은색 소파 위에 털썩 앉아 등을 깊게 묻었다.

정건의 시선이 재하를 따라 움직였다. 평소 깔끔하던 거실 소파 위에 그가 벗어 둔 옷들이 질서를 모르고 아무렇게나 흩어져 있었다. 정건이 소파로 다가와 널브러져 있는 옷을 정리하기 시작했다.

"어쩐 일로 술을 다 하셨어요. 술도 싫어하시는 분이. 이렇게 독한 술, 한 번에 마시면 죽습니다. 다시는 이렇게 무식하게 드시지 마세요."

정건이 잔소리를 해 댔으나 아무런 감흥이 들지 않았다. 왜 술을 마셨느냐는 질문에 어제 보았던 수윤의 얼굴만 눈앞에 아른거릴 뿐이었다.

"정건아."

"네, 사장님."

"이수윤이 유은성과 결혼을 한다더군."

예상하지 못한 말에 정건이 옷을 주워 정리하던 손을 멈추었다. 조금 벙찐 얼굴로 재하를 보던 정건은 재하의 표정이 멍한 이유가 수윤 때문이라는 것을 어렵지 않게 짐작할 수 있었다. 아마 술을 이렇게 많이 마신 것도 전부 수윤과 관련이 있으리라.

"괜찮으십니까?"

"……기분이 더러워."

재하는 초연한 얼굴로 입술을 움직였다. 제 결혼이 왜 싫냐고 묻던 수윤의 얼굴이 눈앞에서 사라지지 않았다.

싫어서 싫다고 한 건데, 거기에 무슨 이유가 필요하지? 그걸 고작 몸이 아쉬워서 그런 거라고 비약하는 수윤의 말이 떠올라 재하가 짜증스럽게 눈썹 사이를 좁혔다.

"말리셨습니까?"

정건이 묻자 재하의 시선이 느릿하게 정건을 향해 움직였다.

"내가 왜 말려야 하지?"

"그야……, 아가씨를 특별하게 생각하시니까요."

"특별이라……."

좀처럼 감정 기복이 없는 재하가 저기압일 때는 꼭 수윤에게 치근덕거리는 남자가 하나씩 있곤 했었다.

객관적으로 봤을 때 수윤은 예뻤다. 동그란 눈에 예쁘게 자리 잡고 있는 쌍꺼풀, 유난히 새카만 눈동자, 적당히 높은 콧대에 매끄럽게 호선을 그리는 붉은 입술, 갸름한 턱선에 하얀 피부, 늘씬한 몸매까지.

게다가 학창시절에는 공부도 잘했고 취직을 한 이후에는 맡은 일도 똑 부러지게 잘 해냈다. 잘 웃지 않아 차가운 인상이긴 해도 한 번 웃으면 주변 사람들을 사르르 녹이는 미소를 가지고 있었다.

정작 수윤은 단 한 번도 느낄 틈이 없었겠지만 그동안 정건이 뒤에서 수윤에게 관심을 보이는 남자를 쳐 낸 것만 해도 몇 번이나 되었다. 그런 재하를 보며 정건은 어렴풋이 짐작하고 있었으나 오늘 보니 정작 재하는 제 감정을 잘 모르는 듯했다.

정건은 재하와 사적인 대화는 일절 하지 않을 뿐 아니라 두 사람의 관계에 끼어들고 싶은 생각은 추호도 없었다. 하지만 답답해하고 있는 재하를 보고 있으니 한마디 거들지 않을 수 없었다.

"아가씨가 다른 남자와 대화하는 것도 싫어하시잖아요."

"……."

정건의 한마디에 재하의 얼굴이 금세 심각한 표정으로 바뀌었다.

재하는 정건의 말을 머릿속으로 되뇌며 생각에 잠겼다. 자신이 그녀가 다른 남자와 있는 걸 싫어하는 줄은 스스로도 몰랐다.

기억을 되짚어 보면 그랬던 것 같기도 했다. 고등학교에 들어간 수윤이 처음으로 남학생에게 선물을 받고 기뻐했을 때도, 대학생 때 과 선배라며 집 앞까지 남자를 데려왔을 때도, 지금 회사에서 수윤에게 치근거리는 박 과장이라는 인간도.

모조리 눈에 거슬렸다. 다 치워 버려야 속이 시원했다. 그래. 그것도 다 수윤의 곁에 얼쩡거리는 인간들이 싫어서 그랬던 것이다. 싫어서 그랬던 것뿐인데, 거기에 무슨 이유가 더 필요한 거냐고.

재하가 으, 하고 낮게 신음을 내뱉자 정건은 괜한 말을 한 것 같다는 생각을 하며 조심스레 말을 꺼냈다.

"오늘 점심 일정 취소할까요?"

"일정이 있었나?"

머리가 아픈 듯 관자놀이 근처를 문지르며 재하가 혼잣말처럼 중얼거리자 정건이 네, 하고 짧게 대답했다.

"뭐였지?"

"J 컴퍼니 대표님과 점심 식사 자리입니다. 컨디션 안 좋으시면 제가 회장님께 양해를……."

"아니야."

거친 손길로 이마 위에 흐트러진 머리칼을 넘긴 재하가 망설임 없이 곧장 자리에서 일어났다.

"가지."

"수윤 씨. 몸은 어때요?"

휴대폰 화면에 떠 있는 수윤의 번호를 보며 혼잣말하던 은성이 한숨을 푹 내쉬었다.

"혹시 저녁에 시간 되면……."

곤란하려나. 은성이 뒷머리를 긁적였다. 수윤에게 부담을 주지 않으려 마음을 먹었음에도 저도 모르게 부담을 주는 것만 같았다. 시도 때도 없이 만나자고 하면 금세 질려 하지는 않을까.

"몸도 안 좋은데 그냥 안부 전화만 하지 뭐."

어제 보았던 수윤이 계속 신경 쓰였다. 얼굴을 보면 신경이 덜 쓰일 것 같았으나, 몸도 좋지 않은데 괜히 수윤을 피곤하게 만드는 것 같아 선뜻 만나자고 하기가 미안했다.

메시지를 보냈는데도 답이 없어 오전 내내 고민하던 은성이 겨우 마음을 먹고 수윤에게 전화를 걸려고 했을 때였다. 사무실 문이 벌컥 열리며 은경이 안으로 급하게 들어왔다.

"오빠!"

"이 시간에 연락도 없이 웬일이야?"

"점심 같이 먹어. 나 배고파."

은경은 은성이 앉아 있는 책상 앞으로 곧장 걸어왔다.

"근데 뭐 하고 있었어? 핸드폰은 그렇게나 손에 꼭 쥐고."

의아한 얼굴로 은성을 보던 은경이 이내 알았다는 듯 아, 하고 입을 크게 벌렸다.

"그 여자 연락 기다리는 거야?"

"그 여자라니. 새언니 될 사람인데."

"그래, 새언니."

은경이 불만스럽게 입술을 비죽였다. 들어 보니 저보다 나이가 한두 살은 어린 것 같은데, 저보다 어린 사람에게 새언니라고 부르는 것이 영 내키지 않았다.

"진짜 결혼할 거야?"

"그럼 가짜로 해?"

"갑자기 마음이 바뀐 이유가 뭐야? 오빠 그런 거 싫어했잖아."

다음 달이면 서른둘이 되는 은성은 결혼의 기역 자만 나와도 불편한 기색을 숨기지 않았다. 그랬던 은성이 갑자기 나온 혼담에 긍정적인 태도를 보이는 게 은경은 영 수상했다. 반대로 말하면 그만큼 은성의 마음을 뒤집어 놓은 그 결혼 상대가 궁금했다.

그건 은경의 모친, 경숙도 마찬가지였다. 결혼이 결정된 지 이제 일주일밖에 되지 않았으나 경숙은 어서 빨리 수윤을 만나 보고 싶은 모양이었다. 오늘 은경이 이렇게 은성의 사무실을 방문하게 된 이유도 경숙의 등쌀에 못 이겼기 때문이었다.

"결혼은 사랑으로 하는 거라면서?"

워낙에 잉꼬부부인 부모님을 보고 자라면서, 은성은 자신도 부모님처럼 소중한 사람을 만나 결혼하고 싶었다. 집안의 이해관계 때문에 사랑이 없는 결혼은 하고 싶지 않았다.

다행히 부모님도 그에게 결혼을 강요하지는 않았다. 마음에 드는 사람이 생기면 언제든 집으로 데려오라고 했다.

하지만 시간이 지나도 은성이 특별히 만나는 사람이 없는 것 같아 그의 부모님은 최근 들어 선 자리를 몇 번 주선하곤 했다. 나이가 차고 있던 아들의 혼사가 걱정이 되었던 것이다. 차 회장과의 혼담도 그중 하나였다.

"그래, 사랑으로 하는 거지."

예전과 변함이 없는 은성의 대답에 은경의 동공이 크게 확장되었다.

"뭐어? 그 짧은 시간에 사랑에 빠졌다는 거야?"

"사랑에 빠지는 데 시간이 뭐가 중요해?"

그야 틀린 말은 아니었다. 하지만 은경은 단 한 번도 은성이 금세 사랑에 빠지는 모습은 본 적이 없었기에 좀 걱정이 되었다.

"……진심이라는 거지?"

은경의 말에 은성이 고개를 끄덕였다.

"좋았어! 그럼 내가 팍팍 밀어줄게."

"밀어주고 말고 할 게 뭐가 있어."

"아, 그러게. 어차피 결혼하는데 도와주고 말고 할 것도 없구나."

은경의 말에 은성이 픽 웃음을 터뜨렸다. 은경은 제 오빠의 사랑을 성심성의껏 도와줘야 한다는 생각에 사로잡힌 나머지, 수윤이 차 회장과 무슨 관계인지 알아 오라고 했던 경숙의 말을 모조리 잊어버리고 말았다.

"배고프다면서. 밥 먹으러 가자."

은성이 자리에서 일어나 걸음을 옮기다 잊고 있었다는 듯 아, 하고 낮은 탄식을 뱉어 냈다.

"그 전에 전화 한 통만. 먼저 나가 있어."

"응."

은경이 짧게 대답을 하고는 먼저 사무실을 나섰다.

여전히 화면에 떠 있는 수윤의 전화번호를 보며 은성은 생각했다. 비록 지금은 수윤이 자신을 사랑하지 않더라도,

함께 있는 시간이 길어질수록 그녀의 마음도 서서히 열렸으면 좋겠다고.

바로 전화를 걸자 신호음이 몇 번 이어졌다. 곧 수윤의 차분한 목소리가 전화 너머로 들려왔다.

수윤은 며칠을 바쁘게 지냈다. 혹여 재하에게서 연락이 올까 봐 휴대폰을 방치한 채였다. 그러다 보니 자연스레 은성의 연락도 받지 않게 되었다.

"연락을 왜 그렇게 안 받아요."

"미안해요, 은성 씨."

"난 또 많이 아픈 줄 알았잖아요."

아무래도 번호를 바꾸어야 할 것 같았다. 이대로 휴대 전화를 방치해 두는 것만이 능사는 아니었다. 재하에게서 연락이 오지 않는다 싶더니 어제부터 꾸준히 부재중 전화가 남았다.

전화를 받지 않으니 그 전처럼 사무실로 불렀지만 수윤은 더 이상 응해 줄 힘이 없었다. 결혼을 준비하는 것만으로 벅찼다.

"그래도 몸이 많이 좋아진 것 같아서 다행이에요."

오랜만에 만난 은성이 수윤을 걱정스럽게 살폈다.

"그날 좀 체했었나 봐요."

"그래도 당분간은 무리하지 않는 게 좋겠어요."

은성의 말에 수윤이 고개를 끄덕였다. 식사를 함께하자던 은성은 수윤을 데리고 예약해 놓은 한식당으로 갔다. 식당으로 들어가 자리에 앉자마자 다양한 음식들이 테이블 위를 가득 채웠다.

은성은 나오는 음식마다 수윤의 앞으로 밀어 주며, 수윤에게 골고루 먹으라는 말을 아끼지 않았다. 여전히 수윤의 몸 상태가 걱정이 된 모양이었다.

수윤은 제 걱정을 하는 은성을 더 이상 걱정시키고 싶지 않은 마음에 밥을 크게 한술 떠 입 안으로 집어 넣었다. 은성이 그런 그녀를 흐뭇한 얼굴로 바라보았다.

한동안 식사가 이어진 후, 식당에서 준비해 준 따뜻한 생강차를 한 모금 마시고 있는데 은성이 조심스레 입술을 열었다.

"아 참. 어머니께서 모레 시간 되면 저녁 같이하자고 하세요."

은성이 수윤의 표정을 살피며 말을 이었다.

"혹시 시간 괜찮아요?"

갑작스러운 제안이었으나 거절을 할 이유는 없었다. 저번에 한 번 나왔던 얘기라 은성의 말이 크게 놀랍지는 않았다. 수윤이 알겠다며 고개를 끄덕였다. 그러자 은성의 표정이 눈에 띄게 밝아졌다.

정말 속마음이 얼굴에 그대로 드러나는 사람이구나 싶었

다. 수윤은 그런 은성이 참 신기하게 느껴졌다.

"그럼 내가 점심때 데리러 갈게요."

"네. 준비하고 있을게요."

"그리고 다음 주 중으로 드레스 보러 가요. 내가 예약해 놓을게요."

"아…… 벌써요?"

수윤은 저도 모르게 되물었다. 그러다 결혼을 별로 원하지 않는 것 같은 반응을 보였다는 것을 깨닫고 황급히 입술을 꾹 다물었다. 그녀는 미안한 얼굴로 제 앞에 앉아 있는 은성을 바라보았다. 하지만 은성은 여전히 웃는 얼굴이었다.

"보통 몇 개월 전부터 준비를 한다고 하더라고요. 수요일 오후에 시간 비워 둘게요. 수윤 씨도 회사에 말해서 조금 일찍 나와요."

"네, 그럴게요."

"식사 다했으면 일어날까요?"

수윤은 조금 전 자신이 그런 반응을 보였다는 것에 죄책감을 느꼈다. 결혼을 하기로 마음을 먹었으면서 표정 관리 하나 제대로 못 해 은성을 불편하게 한 게 마음에 걸렸다. 아무렇지 않은 얼굴로 웃으며 자신을 대하는 은성을 보자 미안한 마음이 홍수처럼 불어났다.

두 사람은 얼마 지나지 않아 수윤의 오피스텔 앞에 도착을 했다. 다 왔다는 말에 고맙다는 말을 하고 차에서 내리자 은성이 수윤을 따라 내렸다. 은성이 보닛을 돌아 수윤의 앞에 섰다. 그의 얼굴에 아쉬운 기색이 가득했다.

"집에 가서 푹 쉬어요."

"데려다주셔서 감사합니다."

"나 그런 인사는 이제 안 듣고 싶은데."

은성의 말에 수윤이 입을 아, 하고 작게 벌렸다.

"매번 그렇게 깍듯한 인사 들으면 거리감 느껴지는 거 알아요?"

"미안해요."

"미안하단 말도 하지 말고요."

어떻게 말을 해야 할지 몰라 바로 사과를 하자 그런 말도 하지 말라고 한다. 수윤이 그럼 어떻게 해야 하느냐는 표정으로 은성을 바라보자 그는 이게 아닌데, 하는 표정으로 콧잔등을 찡긋했다.

"아, 그냥……. 내 말은 수윤 씨가 날 너무 불편해하지 않았으면 좋겠다는……, 그런 뜻이에요."

저 만큼이나 연애에 서툰 것 같은 은성의 모습에 수윤이 쿡쿡하고 작게 웃음을 터뜨렸다. 수윤이 살며시 웃는 모습을 본 은성은 쑥스러운 듯 목 뒤를 쓸었다. 그러다 수윤의 뒤쪽으로 시선을 돌렸을 때였다. 은성의 시야에 익숙한 얼굴이 들어왔다.

"어? 재하야?"

은성의 입에서 나온 이름에 수윤의 두 눈이 커다래졌다.

몸을 돌려 뒤를 보자 그곳에는 재하가 우두커니 서 있었다. 은성은 재하를 이곳에서 만날 줄 몰랐다는 얼굴로 그를 바라보았다.

"여긴 무슨 일이야?"

"잠깐 볼일이 있어서."

부름에 답하지 않았더니 결국 이 사달이 났다. 수윤은 그 자리에 불편하게 서서 옴짝달싹하지 못했다.

"수윤 씨한테?"

은성이 의아한 얼굴로 물었다. 재하는 대답 대신 수윤과 시선을 맞추었다. 수윤이 그 시선을 바로 피했다.

"만나기로 했었어요?"

수윤에게 들은 것이 없었던 은성은 여전히 의아한 듯한 얼굴로 수윤을 보며 물었다. 그에 수윤이 살짝 고개를 숙이고는 머리를 좌우로 살며시 흔들었다.

그런 수윤의 반응을 보며 은성은 이상한 기분이 들었다. 하지만 괜한 생각을 하는 것 같아 억지로 머릿속에서 그 생각을 지우며 다시 재하를 보며 물었다.

"무슨 일인데?"

"중요한 일 아냐. 회장님께서 모레 집으로 들르라고 하셔서."

"아아. 그런 건 전화로 하지 그랬어. 수윤 씨가 언제 올 줄 알고 여기서 기다렸어."

어쩐지 뼈가 있는 듯한 말이었다. 수윤은 이런 상황에서 뭘 어떻게 해야 할지 알 수가 없었다. 차 회장이 한 자리에 불러 모았을 때도 그랬지만 재하와 은성이 한 자리에 함께 있는 상황이 아주 많이 불편했다.

"근데 이거 어쩌지. 주말에 수윤 씨 우리 집에 인사하러 가기로 했는데."

수윤이 뭐라고 말을 할 새도 없이 은성이 그녀를 대신해 거절을 해 주었다.

"수윤 씨. 늦었어요. 그만 들어가서 쉬어요."

"조심히 가요, 은성 씨."

수윤이 은성을 보며 고개를 끄덕였다. 재하를 향해 가볍게 고개를 숙여 인사를 하고 나서 수윤은 황급히 자리를 떠났다.

은성은 수윤이 안으로 들어가는 모습을 직접 확인하고는 차로 돌아가다가, 여전히 그 자리에 붙박인 듯 서 있는 재하를 보고 그를 향해 물었다.

"넌 안 가?"

"……가야지."

어쩐지 재하는 평소와 다른 분위기를 풍기고 있었다. 은성은 왠지 그런 재하를 외면할 수가 없었다.

"재하야."

그래서 은성은 막 제게서 등을 돌리는 재하를 불러 세웠다.

"술 한잔할래?"

차재하가 술을 안 마시는 건 익히 알고 있었다. 술 한잔 하자는 말을 하고 나서 그 사실이 생각난 은성은 아차 하며 괜한 말을 했다고 생각했다.

그런데 웬일인지 재하가 흔쾌히 제안을 받아들였다. 두 사람은 가볍게 한 잔을 하고 갈 요량으로 근처에 있는 바로 향했다.

"네가 웬일이야. 술을 다 마시겠다고 하고."

"나도 가끔씩 술이 마시고 싶을 때가 있어."

"너도 사람이긴 하구나?"

은성이 핀잔을 주고 쿡쿡 웃으니 재하가 쓸데없는 소리를 한다는 듯 시선을 주고는 앞에 놓인 칵테일로 손을 뻗었다.

"수윤 씨 말이야."

시답잖은 소리는 뒤로하고, 은성이 바로 본론을 꺼냈다.

"차 회장님하고 사이가 많이 안 좋아?"

사실 재하의 분위기가 가라앉아 보여서 그에게 술자리를 제안한 이유도 있었지만 그것보다는 수윤과 차 회장의 관계가 더 궁금했다.

수윤에게 물어보는 건 왠지 그녀에게 상처를 주는 행동인 것만 같아 선뜻 물어볼 수가 없었다. 그렇다고 해서 마냥 수윤이 말을 해 줄 때까지 기다리는 건 또 답답했다. 은성은 수윤의 일이라면 뭐든 알고 싶었다.

"그게 왜 궁금한데."

"내가 그걸 좀 알아야 할 것 같아서."

"……."

"결혼할 사이잖아."

투명한 칵테일 잔을 빙글빙글 돌리던 재하의 손이 돌연 멈추었다.

"그날 같이 식사하고 나서 돌아오는 길에 수윤 씨 체해서 몽땅 다 토했어. 그건 그 자리가 굉장히 불편했다는 뜻이니까."

"앞으로는 그런 자리 없도록 내가 알아서 하지."

결혼, 이라는 단어에 손을 멈칫했던 재하가 다시 잔을 빙글 돌리며 말을 이었다.

"근데 넌 왜 수윤이랑 결혼하려는 건데."

"좋아서."

"……."

"내가 반해 버렸어."

자신이 말을 하고도 민망했는지 은성이 머쓱한 웃음을 지었다.

"나도 신기해. 내가 누군가에게 첫눈에 반할 거라고는 생각 못 했거든."

은성이 잠깐 망설이는 듯한 기색을 비치며 제 앞에 놓인 잔을 들었다. 달짝지근한 술로 목을 축인 은성은 이내 마음을 먹은 듯 말을 꺼내기 시작했다.

"창립 기념일 파티 때, 내가 은경이 방으로 착각해서 수윤 씨 피팅 룸에 들어갔었거든."

"……."

"그때 수윤 씨가 커튼을 열고 나오는데 천사인 줄 알았어. 거짓말 안 하고, 진심으로."

다시 생각해도 마음이 들뜨는 모양이었다. 수윤에 관해 얘기하는 은성의 얼굴에서 수줍은 미소가 사라지지 않았다.

"근데 주차장에서 다시 만났잖아. 그때 생각했어. 절대 놓치면 안 되겠다고. 네 파트너라서 혹시 특별한 사이일까 봐 걱정했는데 다행히 아니더라고."

근데 그게 왜 이렇게 마음에 들지 않는 거지. 은성의 말을 내내 가만히 듣고 있던 재하의 얼굴에 미세한 균열이 일었다.

"특별한 사이 맞아."

"그래. 다른 의미로 특별한 사이지."

불쾌한 목소리가 막을 새도 없이 입 밖으로 터져 나갔지만 은성은 재하의 말을 진지하게 듣지 않은 모양이었다. 특유의 눈웃음을 지은 은성은 아무렇지 않게 그의 말을 웃어넘겼다.

"너한테는 정말 고맙게 생각해. 너 아니었으면 수윤 씨 만나지 못했을 테니까."

"……."

"네가 은경이랑 결혼 안 한다고 한 덕분에 일이 이렇게 됐잖아."

그 덕에 일은 생각지도 못한 방향으로 진행되었다. 자신이 결혼을 하지 않는다고 하면 그걸로 끝이라고 생각했었다. 일이 이렇게 될 줄 알았다면 차라리 제가 결혼을 하는 게 더 나을 뻔했다.

거기까지 생각한 재하는 은성 모르게 옅은 한숨을 내쉬었다. 아니, 수윤의 결혼을 막기 위해 제가 결혼을 추진하는 것도 그리 현명한 방법은 아니었다. 그럼 대체 어떻게 했어야 이런 상황이 오지 않았을까.

생각이 제대로 이어지지 않는다. 이건 답이 없는 문제였다. 재하는 말없이 애꿎은 잔만 만지작거렸다.

"고맙다, 재하야."

"고마워할 것 없어."

생글생글 웃으며 고맙다는 말을 하는 은성을 보자 얹힌 것처럼 명치가 갑갑했다. 저도 모르게 차가운 목소리를 뱉어 낸 재하가 잔을 들어 독한 술을 단숨에 들이켰다. 독한 술로도 가라앉지 않는 감정에, 은성과 같은 자리에 앉아 있는 게 버겁게 느껴졌다.

그런 재하의 마음을 절대로 알 리 없는 은성은 설렘을 가득 담은 얼굴로 계속해서 말을 이었다.

"근데 수윤 씨 너무 예쁘지 않아?"

은성의 입술 사이로 흘러나오는 수윤의 얘기를 듣고 싶지 않았다.

"착하고 배려심도 깊고. 또 되게 순수하더라."

안 지 얼마나 됐다고. 수윤을 잘 알지도 못하면서 멋대로 말을 하는 은성이 아니꼽게 느껴졌다.

"정말 신기한 게, 수윤 씨만 보면 웃음이 나와. 수윤 씨 웃는 것만 보면 내가 막 즐거워. 행복해지는 기분이야."

"……."

"예전에는 먹는 것만 봐도 배부르다는 말이 전혀 이해가 안 됐는데, 지금은 그 기분이 뭔지 알 것 같아."

은성의 입술 사이로 흘러나온 말에 멋대로 자리를 박차고 일어나려던 재하가 멈칫했다. 왠지 그 자리에 앉아 은성의 이야기를 조금 더 들어야 할 것 같은 기분이 들었다. 재하는 은성의 얘기에 귀를 조금 더 귀를 기울였다.

"수윤 씨 그날 체했다고 했잖아. 근데 그 후로 연락이 잘 안 되는 거야. 갑자기 너무 겁이 났어. 어디 심하게 아픈 건 아닌가 하고."

"……."

"연락이 안 되니까 일도 잘 안 되고, 하루 종일 수윤 씨 생각만 나더라. 화도 나고 초조했다가 걱정도 되고 연락은 또 왜 안 오나 싶고."

재하는 침묵을 지키는 것밖에는 아무것도 할 수가 없었다.

"며칠 동안 롤러코스터 타는 기분이었어. 내가 가족들도 이렇게 걱정해 본 적이 없는데, 불안해 미치는 줄 알았다니까."

은성의 입술 사이로 흘러나온 말들은 얼마 전 수윤이 갑자기 연락을 받지 않았을 때 그가 느꼈던 것과 완전하게 닮아 있었다.

그뿐만이 아니었다. 은성이 수윤을 보며 느끼는 감정 또한 재하에게도 아주 익숙한 감정이었다.

"이런 게 좋아하는 마음이구나 싶어."

은성은 그것을 좋아하는 감정이라고 깔끔하게 결론짓는다.

"……그런 게 사랑인가?"

중얼거리듯 꺼낸 그의 말에 은성이 뭐 그런 걸 물어보느냐는 듯 대답했다.

"그게 사랑이 아니면 뭐야?"

재하가 바보같이 입술을 작게 벌렸다. 은성이 픽 웃으며 그런 그의 어깨를 툭 쳤다.

"왜 그래? 한 번도 사랑해 본 적 없는 사람처럼."

은성은 우스갯소리로 말을 했지만 재하는 웃음이 나오지 않았다. 뒤통수를 얻어맞은 것처럼 골이 얼얼했다.

며칠 내내 그저 특별하다는 것 외에 다른 정의는 내릴 수 없었던, 자신의 감정과 제대로 마주하는 순간이었다.

수윤은 긴장이 되었다. 최근 들어 이렇게 긴장을 해 본 적이 없는데 날이 추운데도 손에 땀이 차는 것 같은 기분이 들었다.

"긴장돼요, 수윤 씨?"

"조금요."

"손 이리 줘 봐요."

은성이 그녀의 손을 조심스럽게 감싸 쥐었다.

갑작스럽게 은성의 체온이 닿자 수윤이 움찔했지만 이내 은성이 하는 대로 가만히 두었다.

이것도 차차 익숙해져야 할 것들 중 하나였다.

"바람 좀 쐬다가 들어갈까요?"

"아니에요. 바로 들어가요."

수윤은 선물로 산 커다란 과일 바구니를 들고 은성의 집 앞에 도착했다. 긴장되는 마음을 감추며 애써 차분한 척하였으나 으리으리한 은성의 본가에 도착하자 마음을 숨길 수가 없었다.

"그럼 초인종 누를게요."

수윤이 침을 꿀꺽 삼키며 마른 입술을 혀끝으로 축였다. 처음 뵙는 어른들 앞에서 실수를 하면 안 된다는 생각에 부담은 점점 커져 갔다.

은성은 가슴을 쓸어내리는 수윤을 흘긋 보더니 귀엽다는 듯 미소를 지으며 초인종을 눌렀다. 딩동, 하는 소리와 동시에 기다렸다는 듯 밝은 목소리가 들려왔다.

—어서들 와요.

문이 열리자 손질이 잘 된 넓은 정원이 보였다. 긴장되는 걸음을 옮겨 현관 앞에 가까워지자 때마침 현관문이 활짝 열렸다. 그곳에는 숏컷 머리에 세련된 외모의 중년 여성이 은성과 수윤을 반갑게 맞이하고 있었다.

“어머나! 어서 와요!”

“아, 안녕하세요.”

은성의 모친, 경숙이었다. 그녀는 활짝 웃으며 반갑다는 듯 수윤의 손을 잡고 위아래로 흔들었다.

“만나서 정말 반가워요. 수윤 양이라고 했죠? 여기까지 오느라 고생 많았어요.”

“아니에요. 초대해 주셔서 감사합니다.”

수윤이 고개를 숙여 인사하자 경숙이 흐뭇한 얼굴로 수윤을 바라보았다. 이대로라면 계속 현관에서 대화를 나눌 기세라 은성이 웃으며 현관 안쪽을 가리켰다.

“엄마. 얼른 안으로 들어가요. 추워요.”

“아 참, 내 정신 좀 봐.”

경숙이 잊고 있었다는 듯 박수를 짝 치더니 이내 수윤에게 안으로 들어오라 손짓했다.

“어서 들어와요, 수윤 양.”

수윤은 자신을 반갑게 맞아 주는 경숙을 보자 괜히 긴장을 했다는 생각이 들었다. 경숙의 미소가 은성과 아주 많이 닮아 있어서 조금 마음이 놓였다.

“이거 수윤 씨가 준비했어요.”

"뭘 이런 걸 준비했어요. 빈손으로 와도 되는데."

은성이 건넨 과일 바구니를 받은 경숙이 호들갑을 떨었다. 수윤이 수줍게 웃자 경숙은 호호, 웃으며 주방에 과일 바구니를 가져다 놓았다.

"일단 식사부터 할까요?"

경숙은 서재에 있던 유 회장을 데리고 나왔다. 그래도 한 번 본 적이 있다고 유 회장은 수윤을 굉장히 편하게 대해 주었다.

"어때요? 입에 맞아요?"

"네. 너무 맛있어요."

식탁 위에는 진수성찬이 차려져 있었다. 손수 준비를 했다는 말에 한 번 놀라고, 맛을 보고는 두 번 놀랐다. 수윤이 눈을 커다랗게 뜨고 연신 맛있다고 말하자 경숙의 어깨가 으쓱해졌다.

"이 사람이 딴 건 몰라도 요리 솜씨 하나는 끝내줘요."

"맛있게 먹어 줘서 고마워요, 수윤 양."

"두 분 다 말씀 편하게 하세요."

유 회장과 경숙의 존대가 부담스러워 수윤이 말하자 경숙은 바로 웃으며 고개를 끄덕였다.

"그럼 그럴까?"

"네."

결혼에 관한 얘기를 드문드문하며 화기애애한 식사가 이어졌다.

그렇게 식사가 거의 마무리되어 갈 무렵이었다. 내내 궁금하다는 얼굴을 하고 있던 경숙이 수윤을 보며 대뜸 물었다.

"그런데 수윤 양은 차 회장님 먼 친척이야? 손주는 재하밖에 없다고 들었는데, 아직 무슨 관계인지 제대로 듣지를 못해서."

수윤이 당황스러운 표정으로 경숙과 유 회장을 번갈아 쳐다보았다. 유 회장 역시 당황스러운 얼굴로 잊고 있었다는 듯 아, 하고 입을 벌렸다.

"아버지. 어머니께 말씀 안 드렸어요?"

당황한 건 은성도 마찬가지였다. 수윤에 관한 얘기는 전적으로 유 회장에게 맡겼더니 이런 상황이 벌어지고 말았다.

"내가 깜빡하고 집사람에게 말을 안 했구나."

영문을 모르는 경숙이 얼굴에 웃음을 머금고 의아한 표정으로 앉아 있는 사람들을 번갈아 보았다.

"아, 그게……."

"차 회장님이 아끼는 아이라고 해요. 오랫동안 선진 그룹에서 후원을 했다고 하더군요."

수윤이 입술을 열어 설명을 하려 했으나 유 회장이 중간에서 말을 가로챘다. 유 회장의 말을 끝까지 들은 경숙이 지금 무슨 말을 하느냐는 얼굴로 표정을 굳혔다.

"……네? 그게 무슨 말이에요?"

"엄마. 그건 제가 다시 설명 드릴게요."

수윤은 고개를 푹 숙였다. 다 알고 제게 친절하게 대해주는 줄 알았는데 그게 아니었다는 것을 깨닫자, 마치 죄를 지은 것처럼 얼굴을 들 수가 없었다.

화기애애했던 분위기가 순식간에 찬물을 끼얹은 듯 가라앉았다. 은성의 말에 잠시 표정을 굳히고 침묵을 지키던 경숙은 언제 그랬느냐는 듯 금세 입가에 웃음을 머금었다.

"그럼 얘기는 나중에 하고, 후식으로 차 한잔할까?"

수윤이 어색하게 웃으며 네, 하고 대답하자 경숙이 차를 준비하기 위해 자리에서 일어났다.

그 후로 언제 그랬느냐는 듯 화기애애한 분위기가 이어졌지만 수윤은 불편함을 감출 수 없었다. 앉은 자리가 가시방석처럼 느껴졌다.

후식으로 차까지 마신 은성은 수윤을 데려다준다며 자리에서 일어났다.

유 회장 내외는 은성과 수윤을 웃는 얼굴로 배웅했다. 두 사람이 밖으로 나가고 나자 경숙의 얼굴에서 웃음기가 몽땅 사라졌다. 먼저 거실로 들어서는 유 회장을 따라 들어가며 경숙이 날카로운 목소리로 말했다.

"아까 그게 무슨 말이에요? 후원이라니요?"

"말 그대로예요. 차 회장님이 어릴 때 거두어서 손녀딸처럼 키운 아이라 하더군요."

경숙의 물음에 유 회장이 부드러운 어투로 대답하며 소파에 앉았다. 경숙이 유 회장의 맞은편에 앉으며 그게 무슨 말이냐는 듯 따져 물었다.

"어릴 때 거두었다구요?"

"보육원에 있는 아이를 데려다가 키운 모양이에요."

"그럼 입양된 거란 말이에요?"

경숙은 제 입으로 물으면서도 이상한 기분을 지울 수 없었다. 입양과 후원이라는 말이 매치가 되지 않아서였다. 아니나 다를까, 유 회장이 고개를 저었다.

"그건 아닌 모양이에요."

그 말에 경숙은 기가 막혔다.

"참나. 입양아라고 해도 맘에 들까 말깐데, 그런 아이를 우리 은성이 짝으로 들인다고요? 당신 지금 생각이 있는 거예요, 없는 거예요?"

"차 회장님이 결혼 제의를 하시기에 은성이 녀석에게 의견을 물었더니, 망설이지도 않고 곧장 하겠다고 하는 걸 어떻게 말려요."

은성은 결혼에 관련한 얘기가 나오면 피하기 일쑤였다. 그런데 선진 그룹에서 결혼 제의가 왔다고 하자 상대가 누구냐고 묻더니, '이수윤'이라는 이름을 듣고는 1초의 망설임도 없이 결혼을 하겠다고 했다. 유 회장은 아들의 의견을 전적으로 존중했다.

"그걸 지금 말이라고 해요? 애초에 소개를 안 했으면 됐잖아요!"

"은성이가 어떤 여자를 데려오든 두 팔 들고 환영이라면서요?"

유 회장의 말에 경숙은 할 말이 없어졌다. 얼마 전까지만 해도 은성이 결혼할 여자만 데리고 오면 어떤 사람이라도 상관없다는 생각을 하고 있었기 때문이었다.

하지만 막상 은성이 자기보다 한참 부족한 여자를 데리고 오자 속이 상했다. 애지중지 키운 자식이었다. 그랬기에 남부럽지 않은 결혼을 시키고 싶었다. 부족한 것 없이 사랑받으며 자란 여자가 은성의 짝이 되었으면 했다.

자식이 더 나은 사람과 결혼하기를 바라는 건 부모로서 당연한 바람이었다. 아들이 조건에 한참을 못 미치는 여자와 결혼을 한다는 생각만 해도 가슴이 콱 막히는 것 같았다.

"은성이가 먼저 이 결혼 하고 싶다고 했어요. 결혼을 하는 당사자는 은성이잖아요. 은성이 의견이 제일 중요한 거죠."

"그래도 고아는 좀 아니잖아요."

차라리 평범한 집안의 아이였다면 이렇게까지 싫은 마음이 들지는 않았을 것이다. 하필이면 저런 여자를. 경숙이 짜증스럽게 얼굴을 찌푸리자 그런 그녀를 보며 유 회장이 말을 이었다.

"난 은성이가 저렇게 웃는 모습 봐서 좋기만 한데, 당신은 안 그래요?"

"그야……."

수윤을 데려와 소개하는 내내 은성의 입가에서 웃음이 떠나지 않았다. 다정하게 수윤을 챙기는 모습에 경숙은 절로 입가에 웃음이 번졌다.

제 아버지를 닮아 아내를 잘 챙길 거라는 생각이 들어 경숙은 그저 흐뭇할 따름이었다. 만난 지 얼마 되지 않았는데도 두 사람 사이가 좋은 것 같아 다행이라는 생각을 했었다.

"내가 반대하지 않은 이유는 하나예요. 차 회장님이 권해서도 아니고, 수윤 양이 불쌍해서도 아니에요."

"……."

"은성이가 결혼하고 싶다고 하니까. 은성이가 좋아하면 난 그걸로 괜찮다고 생각해요. 마음 가는 사람을 만나는 일이 가장 어렵다는 거, 당신도 잘 알잖아요."

유 회장의 말이 맞았다. 그 마음 가는 사람이 생기지 않아서 은성은 여태껏 혼자였다. 조건이 안 되는 아이를 데려왔다고 해서, 은성이 좋아하는 아이를 무조건 내칠 수는 없는 일이었다.

"그러니까 당신도 은성이 의견을 존중해 줬으면 좋겠어요."

유 회장의 말에 경숙이 무거운 숨을 내쉬었다. 머리로는 알고 있지만 마음은 영 내키지 않았다.

은성은 수윤을 집까지 데려다준 뒤 바로 돌아갔다. 집으로 오는 길에 은성은 내내 미안하다고 사과를 했다. 그런 은성에게 수윤은 괜찮다고, 제 걱정은 하지 말라며 은성을 돌려보냈다.

은성을 보내고 난 뒤 수윤은 곧장 집으로 들어왔다. 한 것도 별로 없는데 피곤이 물밀 듯 밀려 들어왔다. 옷도 갈아입지 않은 채 무거운 몸을 침대로 내던졌다.

대자로 누워 천장을 보고 있으니 당황스러운 얼굴로 자신을 보던 경숙의 얼굴이 떠올랐다. 쉬운 게 하나도 없었다. 은성은 자신이 알아서 말씀드리겠다며 늘 그렇듯 온화한 얼굴로 수윤을 보며 웃었다.

하지만 걱정이 되지 않을 수가 없었다. 생각을 거듭하면 할수록 은성이 제게 과분한 사람이라는 생각이 머릿속을 떠나지 않아서였다.

"하아……."

깊은숨을 내쉰 수윤은 눈을 감았다. 요즘 이것저것 신경을 많이 써서 그런지 틈만 나면 졸음이 쏟아졌다. 잠깐 누워 있자고 생각하다가 사르르 선잠에 들었을 때였다. 진동으로 해 둔 휴대 전화가 요란스럽게 울리기 시작했다. 수윤은 전화가 오는 소리에 깜짝 놀라 눈을 떴다.

시끄럽게 전화가 울리는 소리를 들으며 받기 싫다는 생각이 먼저 들었다. 혹시나 제게 전화를 건 사람이 재하일까 봐 스트레스부터 쌓이는 기분이었다. 그의 전화가 이렇게까지 거북했던 적은 처음이었다.

그날 은성과 셋이 마주친 후에는 연락이 없더니, 고작 제 몸 하나 때문에 이 결혼에 집착을 하는 것이 참 우습게 느껴졌다.

재하의 전화라면 받지 않을 생각으로 화면을 확인하자, 그 위에는 오랜 친구인 명희의 이름이 떠 있었다.

"어, 명희야."

–수윤아. 너 지금 집에 있어?

"어, 응. 있어."

–나 위로 좀 해 줘. 짜증 나 죽겠어.

무슨 일이야, 하고 물으니 곧 가서 말을 해 주겠다는 명희의 말에 수윤이 알겠다는 대답을 하고 전화를 끊었다.

딩동–.

통화를 끝낸 지 얼마 되지 않아 초인종 소리가 들렸다. 문을 열자 명희가 수윤을 와락 끌어안았다.

"무슨 일 있어?"

"내가 이놈의 일을 때려치우든가 해야지!"

보육원에서 함께 어린 시절을 보냈던 명희는 어린이집에서 일을 한 지 벌써 4년이 다 되어 가고 있었다. 최근에는 다른 곳으로 이직을 했는데 일의 강도가 센 모양인지 얼굴이 반쪽이 되어 있었다. 안으로 들어와 바닥에 아무렇게나 앉은 명희가 좀처럼 분이 풀리지 않는 듯 열변을 토해 냈다.

"같이 일하는 것들이 다 얌체야. 서로 다 일 안 하려고 하고, 그래서 나만 업무 늘어나고. 근데 원장은 그거 알면서도 다 나한테 일 맡기는 거 있지! 내가 정말 내 어린이집 차리고 만다!"

수윤이 물을 가져다주자 한참이나 씩씩거리며 분노를 표출한 명희가 찬물을 단숨에 들이켰다. 그러다 수윤을 보더니 의아하다는 얼굴로 대뜸 물었다.

"근데 넌 어디 갔다 왔어? 결혼식이라도 다녀온 거야?"

아직 옷을 갈아입지 않은 수윤은 깔끔한 정장 차림이었다.

"아니, 결혼식은 아니고."

수윤이 잠시 뜸을 들였다. 명희가 고개를 갸웃했다.

"시댁에 인사드리고 왔어."

"아, 시댁에……."

수윤의 말을 예사로 따라 하던 명희가 순간 눈을 커다랗게 떴다.

"뭐어어? 시댁이라고?"

깜짝 놀란 명희가 집이 떠나갈 듯 고래고래 소리를 질렀다. 수윤이 머쓱한 얼굴로 고개를 끄덕였다.

"봄에 결혼하게 될 것 같아."

"와, 대박! 이렇게 갑자기?"

"어쩌다 보니 그렇게 됐네."

"너 결혼 안 할 거라 그랬잖아. 내가 그렇게 연애하라고 할 때는 듣는 척도 안 하더니!"

명희가 제 일처럼 기뻐하며 호들갑을 떨기 시작했다. 그 반응에 수윤이 작게 웃음을 터뜨리자 명희가 동글동글한 눈을 빛내며 말을 이었다.

"와. 내가 살다 살다 이수윤이 결혼하는 모습을 다 보네. 잘됐다, 정말. 축하해!"

"고마워."

해맑은 얼굴로 축하 인사를 건네던 명희의 얼굴에 별안간 그늘이 지어졌다.

"아니, 근데 수윤이 너, 그 차 회장이라는 할아버지 감당할 수 있겠어? 그 오빠 우리랑 다른 세계 사람이잖아. 그 할아버지가 널 무진장 싫어한다며."

"어……?"

확신하는 듯한 목소리에 수윤이 얼빠진 목소리를 냈다. 수윤의 반응을 눈치채지 못한 명희가 계속해서 말을 이었다.

"그렇게 못된 시댁 어른이 있는데 괜찮겠냐고. 둘이 좋아하는 건 보기 좋은데, 난 그 댁 어른이 걱정이다."

명희는 예전에 수윤이 했던 말을 떠올리며 한숨을 내쉬었다.

"그래도 둘이 예쁜 사랑하고 있었구나. 그 오빠가 너 안 좋아한다고 할 때부터 내가 딱 알아봤어. 좋아하지도 않는 사람이 너 데리러 다니고 할 리가 없잖아."

명희는 결혼이라는 말에 본인이 더 설레는 표정을 지었다. 예전에 하루가 멀다고 수윤을 만났을 적에, 매번은 아니었지만 열에 다섯 번은 재하가 수윤을 데리러 왔던 기억이 났다.

기억 속의 두 사람은 연인처럼 다정한 모습이었다. 오랫동안 함께했던 두 사람이 결혼을 한다는 말에 명희의 목소리가 하늘을 날아갈 듯 붕붕 날아다녔다.

"그래서 아, 네가 부끄러워서 그러는 건가 보다 하고 모른 척했지. 어쨌든 그 오빠 덕에 후원받아서 공부도 하고 우린 정말 사람 잘 만난 것 같아."

"아니야."

명희의 말을 가만히 듣고 있던 수윤이 고개를 저었다.

"응? 뭐가?"

"내가 결혼할 사람, 그 사람 아니라고."

"어……? 그럼 누구……?"

수윤의 말에 명희의 눈이 커다래졌다.

"얼마 전에 소개받은 사람이야. 선진 그룹에서 결혼할 남자도 다 소개해 주더라."

"……넌 그 결혼을 하란다고 하고 싶었어?"

수윤이 입을 다물었다.

"너 재하 오빠 좋아하잖아."

"나랑 결혼할 사람은 사장님보다 더 좋은 사람이야."

"좋은 사람이랑 좋아하는 사람이랑 같아? 좋은 사람이라고 사랑할 수 있는 건 아니잖아."

"좋아한다고 해서 다 이루어지는 것도 아니지."

"수윤아……."

"내가 행복해지고 싶어서 한 결정이야. 너도 축하해 줬으면 좋겠어."

명희는 잠시 동안 아무런 말을 하지 않은 채 수윤을 바라보았다. 이미 모든 것을 결정한 듯한 그 표정에 명희는 아무런 말도 할 수가 없었다.

"후회 안 할 자신 있어?"

수윤이 단호하게 고개를 끄덕였다.

"조만간 소개해 줄게. 너도 그 사람 보면 좋아하게 될 거야."

수윤의 웃는 얼굴에 명희는 더 이상 아무 말도 할 수가 없었다.

"오늘은 중요한 손님이 오니까 넌 나오면 안 돼. 알겠니?"

열 살 남짓한 여자아이가 고개를 끄덕이자 남자는 스산한 웃음을 지으며 웃었다. 한쪽 무릎을 바닥에 대고 쪼그려 앉아 아이와 눈을 맞춘 남자가 아이의 자그마한 머리를 우악스러운 손길로 쓰다듬었다. 남자의 행동에 아이는 몸을 파르르 떨었다.

"나오면 그때는 너도나도 끝장이야."

남자의 협박성이 짙은 말에 아이가 고개를 힘차게 끄덕였다. 남자는 만족스럽다는 듯 얼굴 가득 미소를 지으며 그 자리에서 일어섰다.

"손님이 가시고 나면 데리러 오마."

남자가 환하게 켜져 있던 불을 끄고, 문을 닫고 나갔다. 아이는 그제야 깊은숨을 내뱉으며 떨리는 호흡을 가다듬었다.

아프다. 너무 아파. 온몸이 욱신거렸다. 어제도, 그제도.

요즘 들어 하루도 거르지 않고 몸 곳곳에 시퍼렇게 멍이 들어갔다. 원인은 원장의 폭력이었다. 멋대로 도망을 치다가 걸린 기억 때문에 수윤은 쉽게 도망갈 궁리도 하지 못했다.

얼마 전, 자신이 도망치다가 걸리는 바람에 본때를 보여주기라도 하듯 친구인 명희가 흠씬 두들겨 맞았다. 차라리 자신이 맞는 게 나았다. 몸이 약한 명희와 한참 어린 다른 아이들이 맞는 건 싫었다.

참는 게 답이라고 생각했다. 참아야 다들 행복할 수 있을 거라 생각했다. 그러던 중에, 재하가 나타났다.

'나랑 같이 가자.'

그 말에 홀린 듯이 그의 손을 잡고 나온 이유는 여태껏 단 한 번도 누군가가 손을 내밀어 준 적이 없었기 때문이었다.

그의 짙은 눈동자를 보는 순간, 오로지 그곳에서 탈출하고 싶다는 생각만 들었다. 그래서 무섭지만 그의 손을 잡았다.

그의 손을 잡고 밖으로 나오자 새하얀 눈이 하늘에서 조금씩 내리고 있었다. 싸라기 같은 눈은 피부에 닿자마자 녹아내렸다. 얇은 봄옷을 걸치고 있던 수윤에게 바깥은 너무나도 추웠다. 하지만 맞닿아 있는 재하의 손이 너무나 따뜻해서, 수윤은 아무래도 상관없다는 생각을 했다.

재하는 바로 사람을 불러 제집으로 수윤을 데리고 갔다. 온몸이 멍 자국으로 도배되어 있던 수윤을 보며 심각한 얼굴을 하던 그는 의사를 집으로 불러 수윤을 치료하게 했다.

처음 느껴 보는 다정함이었다. 그 지옥 같은 보육원에서 탈출했다는 사실이 무척이나 기뻤다. 입양이 되었다는 말을 듣고 처음으로 행복하다고 생각했다.

그런 한편, 마음이 무거웠다. 아직 보육원에 있는 친구들은 그 지옥 같은 곳에 그대로 있을 테니까.

보육원에 있는 아이들은 명희를 제외하고는 예닐곱 살 내외로 모두 수윤보다 어린 아이들이었다. 자신이 사라졌으니 다음 타깃은 깊게 생각하지 않아도 뻔했다. 또 그때처럼 명희가 그 악마 같은 남자에게 당하고 있으리라. 수윤은 생각이 짧았던 자신을 탓했다.

'보육원으로 돌아가고 싶어요.'

하지만 그럴 필요가 없었다. 이미 보육원 원장은 아동 폭행죄로 기소가 되어 조사를 받고 있는 상태였고, 아이들은 모두 다른 보육원으로 뿔뿔이 흩어졌기 때문이었다.

'내가 돈 많다고 했잖아.'

소파에 기대어 슬며시 웃은 재하는 그 아이들이 자라서 취업을 할 때까지 지원을 아끼지 않을 거라 덧붙였다.

어린 나이에 느꼈던 그 무거운 마음마저도 재하의 말 한마디면 가벼워지는 것 같은 기분이 들었다. 허허벌판에 버려진 자신을 재워 주고 먹여 주고 입혀 준 재하를 동경했다.

차 회장은 재하 때문에 자신을 어쩔 수 없이 집에 들였다고 했다. 그 말을 들은 수윤은 재하에게 언젠가는 꼭 은혜를 갚아야겠다는 생각을 했었다.

티가 나지 않게 자신을 챙겨 주는 그가 좋았다. 말은 무심하게 해도 정작 행동은 하나도 그렇지 않아서 어느 순간부터 그만 보면 심장이 요란한 소리를 내며 뛰었다.

그러다가 어느 틈에 그를 사랑하게 되었다. 정확히 언제부터였는지는 기억이 나지 않았다. 모르는 사이에 서서히. 그렇게 재하는 수윤의 마음 깊은 곳에 자리 잡게 되었다.

이수윤에게 차재하는, 도저히 마음을 주지 않을 수 없는 남자였다.

또 재하에게서 연락이 올까 전전긍긍하며 마음을 졸였지만 그 후로 재하에게서 연락은 없었다.

포기했구나. 그렇게 생각하자 바보같이 또 씁쓸한 마음이 들었다. 발버둥 치며 그에게서 벗어나고 싶어 했으면서, 이렇게나 아쉬운 마음이 들다니. 수윤은 스스로도 제 마음을 종잡을 수 없었다.

그의 주변에는 언제나 여자가 많았다. 고작 몸뿐인 관계를 받아들일 사람도 얼마든지 있을 것이 분명했다. 그러니 그가 저 하나 따위에 미련을 갖는 것이 더 이상한 일이었다.

수윤은 허튼 생각을 지워 버리기 위해 고개를 좌우로 흔들었다. 웨딩드레스를 보러 가는 날이라 그런지 별의별 생각이 다 들었다.

반차를 내고 회사를 나오자 회사 앞으로 은성이 보내 준 차량이 도착했다. 차는 수윤을 싣고 부드럽게 움직여 곧장 숍으로 향했다. 길지 않은 시간 동안 차를 타고 숍에 도착해 들어가자, 직원이 반갑게 수윤을 맞았다.

"어서 오세요, 신부님."

신부라는 말이 낯설어 어색하게 웃자 직원은 능숙하게 수윤을 안쪽으로 안내했다.

"여기 잠깐만 앉아서 기다리고 계세요."

수윤이 고개를 끄덕이자 직원은 잠시 자리를 비웠다. 널찍한 소파에 앉은 수윤은 휴대 전화를 꺼내 바로 은성에게 전화를 걸었다.

"은성 씨, 어디에요? 나 지금 숍에 왔어요."

—수윤 씨, 이거 어떡하죠? 정말 미안한데 갑자기 일이 생겨서 못 갈 것 같아요.

전화를 받자마자 은성의 곤란한 목소리가 들렸다. 뭔가 문제가 있기라도 한 모양인지 전화 너머가 어수선했다.

"그럼 드레스 혼자 보고 갈게요."

—정말 미안해요. 같이 가고 싶었는데.

"회사 일이 먼저죠. 전 괜찮아요."

—내가 안 괜찮아서 그래요. 수윤 씨 드레스 입은 모습 정말 보고 싶었는데…….

그 말과 동시에 전화 너머에서 은성을 재촉하는 듯한 목소리가 이어졌다. 아마도 은성의 비서인 듯했다.

"다음번에는 꼭 같이 와요."

수윤의 말에 은성이 알겠다고 대답하며 전화를 끊었다. 미리 시간을 비워 두었다고 했었는데 갑자기 이렇게 된 걸 보면 정말 급한 일인가 어림짐작할 뿐이다.

소파에 잠깐 앉아 있으니 좀 전에 수윤을 맞았던 직원이 다시 피팅 룸 안으로 들어왔다.

"신랑님이랑 같이 방문한다고 하시지 않으셨나요?"

"네, 그랬는데 바빠서 못 올 것 같아요."

"그럼 바로 드레스 보시겠어요?"

수윤이 고개를 끄덕이자 직원이 숍에서 가장 잘 나가는 라인을 여러 벌 보여 주었다. 일단 입어 봐야 느낌을 안다는 말에 수윤은 직원의 도움을 받아 드레스를 갈아입기 시작했다.

직원이 추천해 준 드레스는 세미 머메이드 라인의 드레스로 수윤의 볼륨감 있는 몸매를 잘 살려 주는 디자인이었다.

꽃무늬로 된 화려한 티아라에 새하얀 베일, 거기에 소품으로 비치되어 있던 부케까지 수윤의 손에 쥐여 주며 직원이 물었다.

"어떠세요?"

수윤은 거울에 비친 제 모습을 보았다. 새하얀 웨딩드레스를 입고 있는 제 모습을 보자 왠지 모르게 눈물이 날 것만 같았다. 말로 표현을 하기는 어려웠지만 마음이 싱숭생숭했다.

"마음에 드세요?"

"네…… 예뻐요."

예쁘다는 말에 여직원의 얼굴이 환히 밝아졌다. 잠깐 다른 라인의 드레스를 가지고 오겠다던 직원은 밖으로 나가자마자 금세 안으로 다시 들어왔다.

"신부님. 밖에 신랑분이 오신 것 같아요."

"네? 일 때문에 못 온다고 했었는데."

"신부님이 보고 싶어서 일 빨리 끝내고 오셨나 봐요."

직원이 생글생글 웃는 얼굴로 대답했다. 은성과 전화 통화를 한 지 30분도 채 안 된 것 같은데 갑자기 일정이 바뀔 수가 있나.

휴대 전화를 확인해 볼까 하다가 왠지 은성이라면 일을 빨리 끝내고 왔을 수도 있을 것 같았다. 은성은 수윤이 웨딩드레스를 입은 모습을 아주 많이 보고 싶어 했었다.

"신랑님께 드레스 입은 모습 한번 보여드릴까요?"

"네."

직원은 드레스를 입은 모습을 예비신랑에게 보여 줄 생각을 하자 본인이 더 설레는 모양이었다. 수윤에게 커튼이 쳐져 있는 방향으로 몸을 돌리라고 하더니 큰소리로 말했다.

"그럼 커튼 열겠습니다!"

커다란 목소리와 함께 커튼이 촤르륵 소리를 내며 걷혔다. 살짝 고개를 숙이고 있던 수윤이 어색한 미소를 지으며 고개를 슬며시 들었다.

"……."

"……."

그러자 그녀의 시야로 들어온 사람은 은성이 아니라, 재하였다.

재하를 본 그녀가 눈을 커다랗게 떴다. 생각지도 못한 사람이 눈앞에 있자 당황스러워서 수윤은 그 자리에 그대로 얼어붙고 말았다.

"어머. 신부님이 너무 예쁘셔서 신랑님이 너무 놀라셨나 봐요. 신랑님, 뭐라고 한 말씀 해 주세요. 신부님 민망해하시잖아요."

호호, 하고 웃은 직원이 두 사람 사이에 흐르는 묘한 분위기를 읽지 못하고, 재하에게 대답을 재촉했다. 재하는 그 자리에 선 채로 한참이나 수윤을 물끄러미 바라보았다. 아무 말도 하지 않을 것만 같던 그가 느리게 입술을 열었다.

"드레스 잘 어울리네."

"……."

"……예쁘다."

생각지도 못한 칭찬이 그의 입술 사이로 흘러나왔다.

기분이 이상했다. 재하가 제게 이런 말을 했던 적이 있었나. 수윤은 할 말을 찾지 못하고 자신을 물끄러미 바라보는 시선을 황급히 피했다.

어떻게 재하가 이곳까지 온 것인지 알 수가 없었다. 그가 제게 저런 류의 칭찬을 하는 것이 몹시 어색했다. 표정 관리가 제대로 되지 않는 것만 같아 고개를 숙였다.

옆에 있던 직원이 이를 이상하게 여기며 제 얼굴을 들여다보았으나 애써 모른 척을 했다.

그때 갑자기 문이 벌컥 열렸다.

"어머. 여기 계셨구나."

"아, 원장님 오셨어요."

짧은 커트 머리의 여자가 안으로 들어서자 수윤의 옆에서 있던 직원이 여자를 향해 인사했다. 원장이라 불린 여자는 어쩔 줄을 몰라 하는 얼굴로 황급히 수윤에게 다가왔다.

"안녕하세요. 원장 김윤희라고 합니다. 예정 시간보다 일찍 오셔서 저희 직원이 다른 분과 착각한 것 같아요."

원장의 말에 직원의 얼굴이 당황한 기색으로 물들었다. 영문을 알지 못한 수윤이 얼떨떨한 얼굴로 그 자리에 서 있자 원장이 미안한 듯 고개를 숙였다.

"정말 죄송합니다. 일단 드레스 갈아입으시고 나면 제가 직접 준비한 라인으로 보여드릴게요. 현주 씨는 얼른 옷 갈아입는 거 도와드려요."

원장이 직원에게 자리를 맡기고 룸을 나섰다. 직원은 얼른 커튼을 닫고 수윤이 옷을 갈아입는 것을 도와주었다. 도중에도 몇 번이나 사과를 하는 바람에 수윤은 괜찮다고 말하며 어색하게 웃음을 지었다.

"근데 신랑님이 사진과 많이 다르시네요."

드레스를 벗고 다른 드레스를 기다리는 중에 직원이 궁금한 어투로 물었다. VIP 손님이 온다는 소식에 며칠 전부터 원장은 은성의 사진을 보여 주며 실수하지 말라 일러뒀었다.

예비 신랑 신부가 함께 온다는 말을 듣고 혼자 온 수윤을 다른 사람이라 착각했지만 아무리 보아도 바깥에 앉아 있는 남자와 사진 속 남자는 풍기는 분위기부터 달랐다.

"신랑 아니에요."

"네?"

"오늘 바빠서 못 오나 봐요."

수윤은 직원이 민망해하지 않게 입가에 미소를 띠며 성실히 대답했다.

"그럼 밖에 계시는 분은 누구……?"

"오빠예요."

그녀의 말에도 직원은 여전히 궁금증이 풀리지 않는 얼굴이었다. 조금 전, 신랑이라는 말에 부정을 하지 않아 놓고서 이제 와 오빠라고 하는 게 이상한 모양이었다.

수윤 역시 제 입으로 말을 해 놓고도 어이없는 웃음이 새어 나올 뻔했다. 커튼 하나를 사이에 두고 제 목소리가 그에게 들리지 않을 리 만무했다.

복수를 하고 싶었던 걸까. 여동생이라는 말이 끔찍했었다. 자신을 틀 안에 가두고 그 이상의 무언가는 기대하지 말라는 듯한 그 단어가 미치도록 듣기 싫었다. 그러니 재하도 제 기분을 한 번쯤은 느껴 봤으면 하는 마음이 들어 일부러 오빠라는 단어를 입에 담았다. 물론, 재하에게는 아무런 감흥도 없는 단어일 테지만.

드레스를 벗고 잠깐 기다리고 있으니 원장이 특별히 준비했다는 드레스를 가지고 왔다. 수윤은 여러 벌의 드레스를 갈아입을 때마다 커튼을 열고 재하에게 드레스를 입은 제 모습을 보여 주었다.

그에게 드레스를 입은 모습을 보여 주는 게 불편하기 그지없었지만 그 모습을 꿋꿋하게 끝까지 보여 준 이유는,

재하에게 더 확실하게 선을 긋고 싶었기 때문이었다.

"수고 많으셨어요."

준비했던 드레스를 다 입어 보고 제 옷으로 갈아입은 수윤을 향해 원장이 환한 얼굴로 인사를 했다.

마음에 드는 드레스가 있었느냐는 질문에 마지막 드레스가 가장 마음에 들었다는 대답을 하자, 그럴 줄 알았다는 듯 원장은 수윤과 그 드레스가 얼마나 잘 어울렸는지 칭찬을 하기 시작했다.

한참 동안 드레스에 관해 얘기를 늘어놓던 원장은 수윤이 피곤한 기색을 보이자 눈치껏 말을 끊었다.

"그럼 잠깐 여기 앉아 계세요. 차 한 잔 가져다드릴게요."

"네, 감사합니다."

드레스를 입어 보는 일이 이렇게 힘든 일인 줄 몰랐다. 최근 들어 뚝뚝 떨어지기만 했던 체력이 또다시 바닥을 찍는 기분이었다.

커튼이 활짝 열리며 가봉을 도왔던 직원들이 밖으로 빠져나갔다. 재하가 자리에서 일어났으나 수윤은 그를 억지로 모른 척하며 걸음을 옮겼다. 신고 있는 구두가 그리 높지 않은 데도 굽이 얇아서 그런지 제대로 서 있기가 힘들었다.

요즘 신경 쓰는 것이 많고 먹는 양도 줄어서 그런 걸까. 갑자기 현기증이 일었다. 재하의 앞에서 빈틈을 보이고 싶지 않다는 압박감에 정신을 붙잡고 있으려 했지만 의도치 않게 눈앞이 캄캄해졌다.

수윤이 중심을 잃고 휘청거렸다. 그러자 어느새 거리를 좁혀 온 재하가 강한 힘으로 수윤의 허리를 감싸 안았다.

"아……."

"밥은 제대로 먹고 다니는 거야?"

"……."

"살이 빠진 것 같은데."

허리에 느껴지는 힘 있는 손길에 수윤이 재하의 가슴을 밀어냈다. 하지만 재하는 꼼짝 않고 그 자리에 서 있었다.

"일단 병원부터 가."

"괜찮아요."

"말 들어."

"잠깐 누워 있으면 돼요."

수윤이 대답을 하자 그녀의 정수리 위로 옅은 숨이 퍼졌다.

"좀 비켜요."

재하가 제 몸에 손을 대는 게 싫어서 그를 밀치자 그와 동시에 몸이 공중으로 붕 떴다. 깜짝 놀란 수윤이 그 어떤 소리도 내지 못 하고 눈을 질끈 감으며 그의 옷깃을 꾹 잡았다. 재하는 수윤을 그대로 안아 올려 소파에 눕혔다.

"정말 병원 안 갈 거야?"

"내 몸은 내가 제일 잘 알아요. 신경 쓰지 마세요."

"알긴 뭘 알아. 그런 사람이 쓰러지고 그래?"

"빈혈이 있어서 잠깐 그런 거예요. 예전에도 그랬어요.

그쪽이 몰라서 그렇지."

컨디션이 좋지 않아 그런지 그동안 가슴속에 꾹꾹 눌러 담아 놓기만 했었던 말이 걷잡을 수 없이 날카롭게 새어 나갔다.

수윤은 자신이 투정을 부리는 어린애처럼 느껴졌다. 이대로 대화를 나누다가는 더 유치해질 것만 같았다. 더 이상 재하와 실랑이를 하고 싶지 않아서 수윤은 자신을 내려다보는 시선을 피하며 눈을 꾹 감았다.

"어떻게 온 건지 궁금하지도 않나 봐."

"네. 안 궁금해요."

알고 싶지 않다고 말했는데도 재하는 멋대로 입술을 열었다.

"은성이가 부탁했어. 너한테 가 보라고."

이유는 알 수 없었으나 은성은 수윤이 재하와 아주 친한 사이라 생각했다. 어렸을 때부터 함께 자란 사이였으니 아니라고 하기도 부자연스러워 수윤은 대충 웃어넘겼었다.

그렇게 웃어넘긴 게 후회가 되는 순간이었다. 재하가 좀 불편하다는 언급을 미리 해 두었으면 이런 일은 생기지 않았을 텐데.

은성은 수윤이 혼자서 드레스를 보는 게 마음에 걸려 재하에게 일부러 연락을 한 게 분명했다. 마음은 고마웠지만 사려 깊은 은성이 갑자기 원망스러워졌다.

"드레스도 다 봤으니까 그만 가 봐요."

"집까지 데려다줄게."

"됐어요."

"부탁받았다고 했잖아."

언제부터 남의 말을 잘 들었다고. 수윤은 대답 없이 재하에게서 돌아누웠다.

"쉬고 있어. 좀 괜찮아지면 다시 얘기해."

수윤이 대답을 하지 않자 잠시 동안 침묵이 이어졌다. 곧 걸음을 옮기는 발소리가 점점 멀어져 갔다. 문을 여닫는 소리와 함께 구두 소리가 완전히 사라졌다.

재하가 밖으로 나가는 소리를 들으며 수윤이 스르르 눈을 떴다. 어쩐지 두통이 밀려오는 느낌에 일어나 앉으려다 말고 한참을 그대로 누워 있었다. 재하가 직원들에게 말을 해 둔 것인지 수윤이 쉬는 동안 아무도 그녀를 찾으러 오지 않았다.

근래 부쩍 컨디션이 좋지 않았다. 잠시 누워 있던 수윤은 괜히 숍에 민폐를 끼치는 것 같아 천천히 몸을 일으켰다. 아무래도 집에 가서 쉬는 게 좋을 듯해 가방을 챙겨 피팅룸을 빠져나왔다. 그러자 그곳에 두리번거리며 자신을 찾고 있는 은성의 모습이 보였다.

"은성 씨……?"

"수윤 씨!"

다급한 걸음으로 수윤에게 다가온 은성이 그녀의 몸을 이리저리 살폈다. 어디 아픈 곳이 없나 확인하는 은성의 얼굴이 걱정으로 가득했다.

"여긴 어떻게 온 거예요?"

"수윤 씨가 갑자기 쓰러졌다고 연락받았어요. 얼마나 놀랐는지 알아요?"

차가운 바깥 공기를 머금은 손이 그녀의 이마를 점령했다. 열이 있던 이마 위로 시원한 기운이 퍼져 조금 전보다 기분이 상쾌해졌다.

"열 있어요."

"은성 씨 손이 차가운 거예요."

"병원부터 가요."

은성의 심각한 얼굴에 대답보다 웃음이 먼저 나왔다. 수윤이 풋, 하고 웃음을 터뜨리자 은성이 더 심각한 표정을 지었다.

"난 지금 심각한데."

"미안해요. 근데 정말 괜찮아요. 원래 빈혈이 좀 있어요."

"그러니까 병원 가야죠."

은성의 말에 수윤이 고개를 저었다. 은성이 몇 번이나 병원에 가자고 했지만 몇 번을 말해도 수윤의 대답은 같았다. 은성은 더 이상 수윤을 설득하지 못하고 한숨을 폭 내쉬었다.

은성의 휴대 전화가 울린 것은 바로 그때였다.

"잠깐만요. 전화 좀 받을게요."

전화를 받자마자 전화 너머에서 지금 어디십니까, 하는

우렁찬 고함이 들렸다. 은성이 당황하여 통화 소리를 줄였으나 수윤이 그 커다란 목소리를 듣지 못했을 리 없었다.

은성이 금방 들어갈게, 하고 대답하며 통화를 후다닥 끝냈다. 그러고는 수윤을 멋쩍은 얼굴로 보았다. 온 지 얼마 되지 않았는데 다시 회사로 들어가야 한다는 말을 입 밖으로 꺼내기가 어려운 것 같았다.

은성의 마음을 알아챈 수윤이 빙긋 웃으며 말했다.

"빨리 들어가야 하는 거죠?"

"미안해요."

수윤이 고개를 저었다. 아프다는 말에 누군가가 이렇게 와 준 적이 있었던가. 수윤은 바쁜 일을 제쳐 두고 제게 온 은성이 무척이나 고마웠다.

"미안은요. 오히려 내가 고마워요. 이렇게 와 줘서."

몸이 좋지 않아서 그런지 은성과 조금 더 함께 있고 싶다는 생각이 들었지만, 수윤은 습관처럼 속마음을 드러내지 않았다. 바쁜 은성에게 괜한 짐이 되고 싶지 않았다.

은성은 빙긋 웃는 수윤을 한동안 가만히 바라보았다. 수윤이 영문을 몰라 고개를 갸웃하자 은성이 조심스럽게 입술을 뗐다.

"안아……, 안아 봐도 돼요?"

"아……."

"그냥 지금 안아 주고 싶어서."

수윤은 어떤 대답을 해야 할지 몰라 우물쭈물했다. 대답을 망설이는 사이, 은성의 얼굴에 아쉬운 기색이 서렸다. 그 표정을 본 수윤은 더 이상 대답을 망설이면 안 되겠다는 생각이 들었다.

"안아 줄래요?"

"……정말요?"

"마음 변하기 전에 얼른요."

은성의 진지한 표정에 수윤이 장난스럽게 말을 덧붙였다. 장난스레 말을 던졌음에도 알 수 없는 긴장감이 두 사람의 사이를 맴돌았다. 은성이 조금 긴장된 얼굴로 수윤을 향해 조심스레 팔을 뻗었다.

"보는 눈이 많다는 걸 잊었나 봐."

하지만 그 손은 어디선가 불쑥 날아온 목소리에 갈 곳을 잃고 말았다. 은성은 수윤을 향해 팔을 뻗다 말고 황급히 제 등 뒤로 손을 숨겼다. 재하가 얼마 떨어지지 않은 곳에서 두 사람을 보고 있었다.

"하하. 있는 티를 좀 내지 그랬어."

은성이 재하를 보며 어색하게 웃음을 지었다. 재하의 얼굴을 보기가 민망한 모양인지 급하게 말을 돌렸다.

"아 참. 재하 너 안 바쁘다고 했지?"

재하는 대답을 하지 않았지만 은성은 그의 대답이야 어찌 됐든 상관없다는 듯 말을 이었다.

"네가 수윤 씨 좀 데려다줘. 내가 또 빨리 들어가 봐야 해서. 잠깐 시간 쪼개서 나왔더니 비서실에서 난리 났다."

"아니에요. 저 혼자 가도 돼요."

수윤은 은성의 말을 듣자마자 고개를 저었다. 혼자 갈 수 있다는 수윤의 반응에 은성은 영 미덥지 못한 표정을 지었다.

"이 몸으로 어떻게 혼자 가겠다는 거예요."

"택시 타면 금방이에요. 굳이 방향도 다른데 집까지 데려다줄 필요 없어요."

은성을 말리며 재하에게 도와 달라는 눈빛을 보냈지만 재하는 별다른 반응을 보이지 않았다. 또다시 재하와 둘만 있는 상황은 어떻게든 피하고 싶어 간절한 눈빛으로 은성을 바라봤으나 은성은 생각 외로 단호했다.

"오빠가 동생을 데려다주는 건 당연한 거예요. 병원 안 가는 건 내가 양보했으니, 이번에는 수윤 씨가 양보해요. 혼자 가다가 무슨 일이라도 생기면 어쩔 거예요."

은성은 막무가내였다. 혹여나 수윤이 제 말을 듣지 않고 혼자 가기라도 할까 봐, 재하의 차가 있는 주차장까지 직접 그녀를 데리고 갔다.

"오늘만 내 말 들어줘요. 응?"

은성이 수윤을 억지로 재하의 차에 태웠다. 간절한 눈빛에 수윤은 더 이상 거절을 할 수 없었다. 재하의 차에 몸을 싣자 은성이 만족스럽게 웃음을 지었다.

"수윤 씨. 집에 도착하면 연락해요."

"그럴게요."

"재하야. 우리 수윤 씨 좀 부탁할게. 잘 데려다줘."

"걱정 마."

은성이 문을 닫고 나서 수윤을 향해 손을 흔들었다. 수윤이 은성을 보며 같이 손을 흔들었다. 곧 재하가 차를 출발시켰다.

출발을 한 지 아직 1분도 채 되지 않았는데 벌써부터 시간이 느리게 가는 것처럼 느껴졌다.

"이 앞에 내려 줘요. 택시 타고 갈게요."

"그냥 가."

"이렇게 마주치는 거, 굉장히 불편해요. 앞으로는 은성씨 부탁이라도 나오지 마세요."

"싫어."

대화가 되지 않을 것 같아 수윤은 입을 다물었다. 집으로 가는 내내 차 안에는 침묵만이 감돌았다.

십여 분을 달려 그의 차가 수윤의 오피스텔 앞에 도착했다.

"갈게요."

더 이상 말을 길게 하고 싶지 않아 짧게 인사를 하며 내리려 할 때였다. 재하가 불쑥 목소리를 내었다.

"한 번만 더 말할게."

"……."

"파혼해."

"……그 얘기는 끝난 걸로 알고 있는데요."

수윤이 황당한 얼굴로 재하를 보자 그의 입술 사이로 말도 안 되는 말이 흘러나왔다.

"이 결혼, 네가 아니면 내가 깨."

자신에 대한 배려라고는 눈곱만큼도 없는 말이었다. 수윤이 미간을 좁히며 화난 얼굴로 그를 쏘아보았다.

"사람이 왜 이렇게 제멋대로예요? 난 뭐 생각도 없는 줄 알아요? 당신이 하자면 무조건 다 해야 하는 거예요?"

수윤이 이제 질린다는 얼굴로 문을 향해 손을 뻗었다.

"제발 나 좀 괴롭히지 말아요. 내 결혼이에요. 내가 한다는데 당신이 무슨 권리로 내게 이래라저래라 하는 거야."

말을 마친 수윤은 문을 열고 바로 차에서 내리려고 했다.

"좋아해."

하지만 그의 말 한마디에, 몸이 얼어 버린 듯 움직일 수 없었다.

4

손을 뻗은 수윤이 차마 문을 열지 못하고 그대로 손을 멈추었다.

"지금 무슨 말을……."

수윤의 속눈썹이 파르르 떨려 왔다. 심장이 빠르게 뛰기 시작했다. 고작 그의 눈을 바라보고 있는 것뿐인데 왜 이렇게 숨이 가빠지는 것 같은 느낌이 드는지 모를 일이다.

"내가 너 좋아한다고."

수년 동안 그에게 몸과 마음을 주면서 그토록 듣고 싶었던 말이었다. 한없이 바라고 또 바랐던 말이 귓속을 관통해 그대로 고막을 건드렸다.

현실감이 느껴지지 않았다. 수윤은 한동안 멍청한 얼굴로 재하의 얼굴만 보았다. 하지만 얼굴을 보아도 재하가 무슨 생각을 하는지 알 수 없었다. 그의 입술 사이로 흩어져 나온 말이 진심인지 아닌지 구분조차 제대로 되지 않는다.

"수윤아."

그의 입술이 느리게 움직이며 제 이름을 만들어 냈다. 그제야 수윤이 느리게 눈을 깜빡였다.

"……무슨 말을 하시는 건지 이해가 안 돼요."

수윤이 현실을 부정하듯 고개를 저었다. 그러자 재하가 좀 전에 했던 말을 다시 한번 입 밖으로 내뱉었다.

"네가 좋아."

"……."

"……내가, 너를 좋아해."

재하의 입술 사이로 흘러나온 말에 마음이 술렁인 것도 잠시. 이내 그녀의 입술 사이로 허탈한 숨이 뻗어 나왔다. 냉정하게 생각해 보면 재하가 제게 이런 말을 할 리 없었다. 착각이 분명했다. 어린아이도 갖고 있던 것을 빼앗기면 엉엉 울기 마련이었다.

"그거 좋아하는 거 아니에요. 그냥 아까워서 그런 거예요."

그러니 지금 차재하도, 착각하고 있는 것이다. 당연히 제 것이었던 수윤이 그의 품 안에서 벗어나려 발버둥 치자 마음대로 되지 않는 그녀가 짜증 나고 남에게 주기 아까운 것뿐이었다.

이제 와서 내가 좋아지다니. 말이 안 되잖아.

"……네가 왜 내 감정을 부정해."

"아니니까. 착각하지 말라고 알려 주는 거예요. 이렇게 감정 소모하는 거, 서로 시간 낭비잖아요."

수윤의 말에 여태껏 무덤덤해 보이기만 하던 재하의 얼굴에 작은 균열이 일었다. 재하가 답답하다는 듯 눈가를 미세하게 찌푸리며 매고 있던 검은 타이를 느슨하게 풀었다.

왜 제 말에 그가 더 상처받은 것 같은 표정을 짓는 걸까. 수윤은 그의 작은 행동 하나에 약해지는 마음을 다잡았다. 그가 상처받았다는 것 또한 자신의 착각이라는 생각이 들어 좀 더 차분히 마음을 가라앉혔다.

어떤 말을 들어도 동요하지 말아야 해. 거기까지 생각한 수윤이 단호한 눈빛으로 재하를 바라보며 입술을 열었다.

"그리고 만약 당신이 정말로 날 좋아한다고 하더라도."

"……."

"그게 나랑 무슨 상관이에요? 난 이 결혼 그만둘 생각 없어요. 은성 씨한테 상처 주고 싶지 않아요."

아직 재하를 좋아하는 마음은 그대로였다. 그동안 변하지 않았던 마음이, 쉽게 변할 리 없었다. 하지만 이미 수윤은 은성과 결혼을 하기로 마음을 정했다. 그 순간부터 재하에게로 돌아가겠다는 선택지는 더 이상 그녀에게 존재하지 않았다.

"당신 감정은 당신이 알아서 해요. 당신 마음 까지 신경 쓸 여유 없으니까."

수윤은 망설임 없이 문을 열고 차에서 내렸다.

"오늘 했던 말은 못 들은 걸로 할게요."

말을 마친 수윤은 재하에게 시선 하나 주지 않은 채 문을 세게 닫았다. 그가 계속 자신을 쳐다보고 있을 것 같다는 생각에 걸음을 빨리했다. 제 뒷모습을 보고 있을 재하의 시선 안에서 어서 빨리 사라지고 싶었다.

"잠깐만."

하지만 그럴 수 없었다. 수윤을 따라 차에서 내린 재하가 넓은 보폭으로 황급히 그녀의 뒤를 따랐다. 손목을 잡고 돌려세우는 우악스러운 힘에 수윤이 그대로 이끌려 갔다. 몸이 휙 돌아갔다.

"난 더 이상 할 말이……."

"이거."

매번 이런 식이라는 생각에 짜증스러운 목소리가 새어 나갔다. 그러나 할 말이 없다고 말을 끝맺기도 전에 재하가 수윤을 향해 검은 비닐봉지를 내밀었다. 수윤의 손에 봉지를 쥐여 주며 재하가 말을 이었다.

"네가 상관없다고 해도 난 이 결혼을 막아야겠어."

"뭐라고요……?"

"난 너 포기 못 해."

재하는 수윤의 말을 더 이상 듣고 싶지 않은지 그만 들어가서 쉬라는 말을 남긴 채 먼저 뒤돌아섰다.

재하가 떠나는 뒷모습을 멍하게 바라보고 있던 수윤은 여전히 멍한 얼굴로 집으로 들어왔다.

수윤은 제 손에 들린 검은 비닐봉지를 가만히 내려다보다가, 봉지를 벌려 안에 뭐가 들었는지 확인했다. 그 안에는 슈퍼에서 산 것 같은 소고기와 미역, 그리고 약국에서 산 것처럼 보이는 철분제가 들어 있었다.

한때 빈혈 때문에 인터넷을 수시로 검색했었던 수윤은 그 음식들이 모두 빈혈에 좋은 음식이라는 것을 알 수 있었다.

제가 누워서 쉬는 사이 인터넷을 뒤적이기라도 한 걸까. 정말, 나를…….

'좋아해.'

그의 한마디에 쓸데없는 기대감이 고개를 쳐들고 일어난다. 재하는 그동안 단 한 번도 제게 좋아한다는, 그 비슷한 말조차 한 적이 없었다. 그랬기에 마음은 더욱 요란한 소리를 내며 덜컹거리고 있었다.

"아니야. 그럴 리가 없어. 착각이야."

수윤이 고개를 좌우로 세차게 흔들며 스스로를 타이르듯

말했다. 착각이 아닐 수 없었다. 그와 몸을 섞은 지 3년이었다. 무심함 속에 가끔씩 피어나는 다정함은 항상 오해를 불러일으켰다. 차재하가 아무리 제게 다정하게 굴더라도 그건 사랑이 아니었다.

'좋아해요.'

위로가 필요했던 밤, 분위기에 휩쓸려 몸을 섞고 그렇게 어정쩡한 관계를 지속한 지 일 년쯤 되던 그 날. 수윤은 관계가 끝난 뒤 욕실로 향하는 그를 향해 조심스레 말했다.

지금 생각해도 좋은 타이밍은 아니었다. 그저 일 년이나 이어진 이 관계를 확실히 하고 싶어서. 재하도 자신과 같은 마음이길 바라서. 분위기에 취해 그동안 숨겨 왔던 마음을 그에게 전했다.

수윤에게 남녀가 몸을 섞는 행위는 사랑을 전제로 하지 않으면 불가능한 것이었고, 재하가 그동안 자신을 품어 온 이유가 사랑일 거라 믿어 의심치 않았다.

하지만 그는 뭐라고 했었나. 수윤의 말에 그는 걸음을 멈추더니 잠시 동안 침묵을 지켰다.

'너 그 말, 차 회장 앞에서는 하지 마라.'

수윤을 물끄러미 바라보던 그가 한 말은 겨우 그게 다였다. 그 자리에서 제 고백에 대한 답을 기다렸지만 끝끝내 아무 말도 돌아오지 않았다.

마음이 아팠다. 제 마음을 절대로 들켜서는 안 된다고 하는 것 같은 말에 수윤은 재하에게 제 마음을 더 이상 표현할 수 없었다.

또 거절을 당할까 봐 두려워서, 무서워서. 그렇게 2년이라는 시간이 더 흘렀다. 재하는 수윤과 함께한 3년 내내 한결같았다. 수윤이 손을 놓으면 언제든 끊어져도 이상하지 않은 관계가 두 사람의 관계였다.

지난 3년 동안 단 한 번도 생기지 않았던 마음이 이제 와서 생긴다고? 말도 안 되는 말이었다.

수윤은 걸음을 옮겨 주방으로 향했다. 재하가 준 검은 비닐봉지를 식탁 위에 올려 두며 그녀는 무거운 숨을 푹 내쉬었다.

이런 식으로 재하에게 사랑 고백을 들었다는 사실이 너무나 비참했다. 만약 제가 결혼을 한다고 하지 않았더라면 영원히 듣지 못했을 말이라 생각하자 어처구니가 없는 한편, 마음이 아팠다.

"……잔인해."

그의 사랑 고백이 단순한 오기라는 생각밖에 들지 않았다. 내가 벗어나려고 하는 게 그렇게나 못마땅한 걸까. 이렇게 거짓말을 하면서까지 제 마음을 흔들어 놓을 거라는 생각은 해 본 적이 없어서 수윤은 어찌해야 할지 갈피가 잡히지 않았다.

'난 이 결혼을 꼭 막아야겠어.'

조금 전 재하가 제게 했던 말이 떠올랐다.

'난 너 포기 못 해.'

……나더러 뭘 어떻게 하라고. 재하가 어떻게 나올지 좀처럼 예상이 되지 않았다. 이미 주사위는 던져졌고, 결혼을 막을 방법 같은 건 존재하지 않았다.

결혼 날짜를 잡고 은성의 부모님께 인사까지 드린 이 상황을 엎을 방법은 달리 없었다. 차 회장이 그 꼴을 가만히 앉아서 구경만 하고 있을 사람도 아니었다. 어떻게 해도 재하는 이 결혼을 받아들일 수밖에 없을 것이다.

수윤은 재하가 아무 짓도 할 수 없다고 안일하게 생각했다.

점심시간이 지난 지 얼마 되지 않아 은성에게서 전화가 걸려 왔다.

—재하야. 오늘 시간 있냐? 제발 있다고 해. 너까지 시간 없으면 안 돼. 내가 수윤 씨 볼 면목이 없다.

"본론부터 말해."

은성은 나름 심각하게 말한 것이었으나 재하가 듣기에는 장난스러운 말투였다. 재하가 귀찮다는 듯 대꾸하자 은성이 바로 본론을 꺼냈다.

—오늘 내가 수윤 씨랑 드레스 보러 가기로 했었거든. 근데 갑자기 프로젝트에 문제가 생기는 바람에 지금 회사에서 나가기 어려운 상황이 됐어. 그래서 말인데, 네가 나 대신 수윤 씨한테 가 줄 수 있을까?

"……."

은성이 수윤에 관련된 얘기를 꺼낼 거라 어림짐작하고 있었으나 막상 부탁을 받자 알 수 없는 긴장감이 온몸으로 퍼져 나갔다. 그날 은성과 술 한 잔을 하고 난 후, 우습게도 재하는 제 감정의 정체를 서서히 깨달아 갔다.

수윤을 생각하면 뜨거워졌다가 차가워졌다가, 속이 답답하기도 하고 한없이 기쁘기도 했던. 그동안 이해되지 않았던 그 모든 감정이 사랑이라는 단어 하나에서 나왔다고 생각하면 납득이 된다.

몰랐던 마음을 깨닫자 재하는 어떤 얼굴로 수윤을 마주해야 할지 알 수 없었다. 제 감정이 서서히 윤곽을 드러내니 스스로도 어색한 기분이 들었다.

—시간 안 돼? 뺄 수도 없어? 내가 엄청 거하게 쏠 건데, 그래도 안 돼?

재하가 대답 없이 침묵을 지키자 은성이 다급한 목소리

로 물었다.

—네가 안 되면 은경이한테 부탁하려고 하는데, 아직 수윤 씨랑 은경이 만난 적이 없어서 은경이 보내면 수윤 씨가 불편해할까 봐.

"내가 갈게."

—진짜? 가 준다고? 정말이지?

"위치가 어딘데."

그럼에도 수윤을 만나고 싶었다. 어떤 얼굴로 수윤을 봐야 할지 모르겠다는 생각이 들어 막막하긴 하였으나, 수윤의 얼굴을 봐야겠다는 일념 하나로 곧장 수윤이 있는 곳으로 향했다.

은성이 알려 준 숍에 도착해 직원의 안내를 받아 피팅 룸으로 들어갔다. 커튼 안에서 수윤이 드레스를 갈아입고 있으니 잠시 기다리라는 말에 묘하게 심장이 두근거렸다.

커튼이 열리고, 드레스를 입은 수윤을 마주한 순간, 그는 더 이상 아무런 생각도 할 수 없었다. 순백의 드레스를 입고 있는 그녀의 모습을 눈에 담으며 드는 생각은 오로지 하나뿐이었다.

놓치고 싶지 않다. 수윤이 다른 사람의 여자가 된다는 생각을 하자 가슴이 조여 왔다. 수윤의 옆에 있는 사람은 은성이 아니라 자신이어야 했다. 그녀의 곁에 자신이 아닌 다른 남자가 있는 것을 용납할 수 없었다.

잠시 자리를 비운 사이 은성과 수윤이 대화를 나누는 모습을 보며 마음이 급해졌다. 어떻게든 빨리 이 상황을 종결시키고 싶었다. 때문에 준비가 되지 않은 상태에서 다급하게 좋아한다는 말을 꺼냈다.

그 결과, 제 마음을 통째로 부정당하고 말았다. 그래도 상관없었다. 수윤이 제 마음을 받아들이는 것보다 더 중요한 건, 그녀의 결혼을 막는 것이었다.

다음 날. 어느덧 퇴근 시간이 되어 창밖이 어둑어둑해졌을 무렵. 까만 밤을 두 눈 가득 담으며 휴대 전화를 만지작거리고 있던 재하가 어디론가 전화를 걸었다. 그가 전화를 건 사람은 보지 않아도 뻔했다.

—어, 재하야.

통화음이 서너 번 울리는가 싶더니 은성의 감미로운 목소리가 전화 너머로 흘러나왔다.

—어제 수윤 씨 잘 데려다줬다며? 먼저 연락해서 고맙다는 인사라도 했어야 했는데 내가 좀 많이 바빴어.

"감사 인사는 됐고."

재하가 잠시 동안 뜸을 들였다. 검지로 책상을 일정하게 톡톡, 두드리던 그가 이내 결심한 듯 손가락을 멈추며 느릿하게 입술을 열었다.

"할 말이 있는데, 시간 어때."

수윤에게 말해서 해결책이 생기지 않는다면, 다른 방법을 쓰는 수밖에 없었다.

급한 일이냐고 묻는 말에 그렇다는 대답을 하자 은성은 흔쾌히 나오겠다고 대답했다. 두 사람은 은성의 회사 근처에 있는 일식집에서 만나기로 하고 통화를 끝냈다.

재하는 일식집에 먼저 도착하여 자리를 잡았다. 잠깐 기다리고 있으니 은성이 특유의 밝은 미소와 함께 룸으로 들어왔다.

"무슨 일인데 그래? 많이 급한 일이야? 여기까지 다 오고."

은성은 약속 장소로 나오며 분명 재하에게 무슨 일이 있는 거라고 확신했다. 원체 무뚝뚝하고 주변에 관심이 없는 재하였다.

무언가를 부탁하는 것도, 무언가를 원하는 것도 단 한 번도 본 적이 없었다. 늘 무심한 얼굴로 남에게 의지하는 법 없이 무엇이든 혼자서 척척 해결하는 성격이었다.

그런 재하가 자신을 불렀다는 생각에 의아한 생각이 들면서도 은성은 기뻤다. 친구란 이름이 무색하게 언제나 적당히 거리를 두던 재하가 제게 한 발짝 거리를 좁혀 오는 듯한 느낌이 들었다.

"일단 식사부터 해."

"그럼 그럴까?"

재하가 은성을 향해 앉으라는 눈짓을 했다. 은성이 코트를 벗어 옷걸이에 걸어 놓고는 기분 좋은 웃음을 지으며 재하의 앞자리에 앉았다. 그렇지 않아도 꽤 배가 고프던 참이었다.

은성이 들어오자마자 기다렸다는 듯 식탁 위로 온갖 음식이 줄지어 들어섰다. 그렇게 식사가 시작되고, 별다른 대화 없이 식사가 마무리될 무렵이었다. 은성이 재하를 보며 먼저 운을 뗐다.

"무슨 일인데 이렇게 뜸을 들이는 거야? 뭐 좋은 일이야? 나 좀 기대해도 돼?"

은성이 웃음을 지으며 물었으나 재하의 얼굴에는 좀처럼 표정 변화가 없었다. 이상하다는 생각이 들었지만 은성은 여전히 웃음을 띤 채로 재하의 대답을 기다렸다.

"너한테는 좀 솔직해야 할 것 같아서."

"응? 뭘?"

재하는 들고 있던 젓가락을 가지런히 내려놓은 뒤 냅킨으로 입을 닦았다. 그러고 나서 가벼운 미소를 띠고 있는 은성을 지그시 바라보았다.

앞뒤 맥락이 전혀 없는 말에 은성이 눈썹을 들어 올리며 궁금하다는 표정으로 재하를 보았다. 그런 은성을 보며 재하는 언제나 그랬듯 느릿하게 입술을 열었다.

"어떻게든 네 결혼을 좀 망쳐 보려고 해."

"……뭐?"

담담한 목소리가 들려왔다. 폭탄 발언을 하면서도 일상적인 대화를 하는 것 같은 재하의 어조에 은성은 순간 제가 뭘 잘못 들었나 싶어 두 귀를 의심했다.

지금 무슨 소리를 하느냐는 듯 얼떨떨한 얼굴로 한동안 재하를 바라보던 은성은 이내 푸핫, 하고 웃음을 터뜨렸다. 아무리 생각해도 재하가 하고 있는 말이 이해가 되지 않았기 때문이었다.

"야. 그건 좀 심하다. 그런 농담은 하지도 마. 나 심장 떨어지는 줄 알았잖아."

겉으로는 재하의 말을 아무렇지 않게 웃어넘겼지만 입안이 바짝 말랐다. 손을 뻗어 물잔을 들고는 가득 담겨 있는 물 한잔을 단숨에 들이켰다.

어색하게 미소를 짓고 있던 은성의 얼굴에서 웃음기가 서서히 사라지기 시작했다. 농담이라도 해서는 안 될 말이 있었다. 재하의 발언이 은성으로서는 도저히 이해가 되지 않았다.

이 이상으로 재하가 선을 넘는 말을 한다면 표정 관리가 제대로 되지 않을 것만 같았다. 은성은 처음 이곳에 도착했을 때의 마음과는 다르게, 얼른 이 자리를 정리하고 일어나고 싶었다.

"아무리 네가 수윤 씨 오빠나 다름없다고 해도 그런 말을 들으면 기분 나빠. 너도 말 좀 가려서……."

웃을 상황은 아니었으나 분위기를 엉망으로 만들고 싶지 않았다. 수윤의 오빠나 다름없는 재하에게 미움을 사고 싶지도 않았다.

은성은 대충 얼버무리고 이 자리에서 일어나면 괜찮을 거라는 생각에 애써 미소를 지었다. 이런 얘기는 그만하자고, 빨리 회사에 들어가 봐야 한다고 재하에게 말하려던 참이었다.

"농담으로 하는 소리 아니야."

"……."

하지만 재하는 이 자리를 마무리할 생각이 전혀 없는 듯 보였다. 재하가 진지한 얼굴로 표정 변화 하나 없이 은성을 지그시 바라보았다. 그 눈을 똑바로 마주하며 조금 떨리는 목소리로 은성이 물었다.

"……진심이라고?"

"그래."

"왜? 수윤 씨 짝으로 내가 마음에 안 들어서 그래?"

항상 웃음이 끊이지 않던 은성의 표정이 눈에 띄게 굳어졌다. 성격이 좋은 은성이라도 제 일생에 단 한 번 있을 결혼을 망쳐 버릴 거라는 말에 웃으면서 대화를 하기란 쉽지 않은 일이었다.

"나 수윤 씨 진심으로 좋아해. 수윤 씨한테 잘할 자신 있어."

말을 하고 나서 은성이 한숨을 푹 내쉬었다. 수윤에게도 제대로 하지 않은 말을 왜 재하의 앞에서 해야 하는지 모르겠다는 생각이 들자 불쑥 짜증이 치밀었다.

"내가 너한테 왜 이런 얘기까지 해야 하는데?"

"네가 마음에 들지 않아서 이러는 건 아니야."

"그럼 뭐가 문젠데?"

은성의 목소리가 날카롭게 흘러 나갔다. 뭐 때문에 재하가 자신에게 이런 말을 하는 건지 은성은 이유를 종잡을 수가 없었다. 수윤에 대한 마음이 진심이라고 말을 한 지 얼마 되지도 않아서 결혼을 반대하는 말을 듣는 게 기분이 나빴다.

재하의 단어 선택 또한 마음에 들지 않았다. 그냥 반대라고 하면 될 걸, 굳이 '망쳐 보겠다'는 표현을 쓴 것은 자신에 대한 적대심으로밖에 느껴지지 않았다. 수윤에 대한 제 진심을 재하가 알아주었다고 생각했는데 그게 아니라고 생각하자 가슴이 답답했다.

은성의 물음에 재하는 한동안 말을 아꼈다. 그 모습이 은성을 더욱더 미치게 만들었다.

"수윤이가 결혼하는 모습, 보고 싶지 않아."

"무슨 뜻이야. 빙빙 돌리지 말고 똑바로 말해."

"그 말 그대로야."

재하의 말이 이해가 되지 않아 은성은 미간을 좁혔다. 그런 은성의 이해를 돕듯 재하가 말을 이었다.

"너한테 뺏기고 싶지 않아."

"……."

"갑자기 말하면 놀랄까 봐 미리 말하는 거야."

은성은 머리가 멍했다. 뺏기고 싶지 않다. 뺏기고 싶지 않다……. 재하의 말이 단번에 이해가 되지 않아 은성은 그의 말을 몇 번이나 머릿속으로 되뇌었다. 그러고 나서야 은성이 무언가를 깨달은 듯 눈을 커다랗게 떴다.

"……너 지금 네가 무슨 말을 하고 있는지 알고 있어?"

순간 머리를 스치고 지나간 생각은, 은성이 단 한 번도 생각해 본 적이 없는 것이었다.

"모를 리가."

재하가 태연하게 대답했다. 어디서부터 나오는지 알 수 없는 그 태연함에 은성은 자신이 재하의 말뜻을 잘못 받아들인 건 아닌지 재차 확인을 해야만 했다.

"내가 제대로 이해한 거 맞아? 그 말, 수윤 씨…… 좋아한다는 뜻이야?"

"……."

"동생이 아닌 여자로서."

재하는 은성의 물음에 대답을 하지 않았다. 하지만 딱히 대답하지 않아도 재하가 제 질문에 긍정을 하고 있다는 것을 알 수 있었다. 재하의 곧은 눈빛이 수윤을 여자로 보고 있다고 말하고 있었다.

"너 돌았구나."

은성이 이마를 짚었다. 이 말도 안 되는 상황이 너무나도 당황스러웠다. 하, 하고 입술 사이로 어처구니없는 웃음소리가 새어 나갔다.
"그래서 뭐 어쩌자고?"
처음에는 기분이 나빴다가, 그다음은 어이가 없다가, 이제는 불쑥 화가 났다. 결혼을 망칠 거라고? 누구 마음대로? 여태껏 뭘 하다가 결혼식까지 하게 된 지금에 와서야 이런 말을 하는지 납득이 되지 않았다.
"결혼 망치는 게 싫으면 파혼해."
"뭐?"
아주 가관이었다. 제멋대로인 건 알았지만 이 정도일 줄은 몰랐다.
"내가 왜 그래야 하는데?"
예전에는 제 의견을 밀어붙이고 관철하는 재하의 행동이 그토록 매력 있게 느껴졌었건만, 막상 제게 그런 식으로 행동을 하자 황당하기 그지없었다. 황당하고 어이가 없어서 헛웃음만 계속 나왔다.
그러다 문득 재하가 하는 말이 혹시 수윤의 뜻이 아닐까 하는 불안한 마음이 들었다. 결혼을 앞두고 있지만 수윤은 언제나 은성과의 거리를 어느 정도 유지했다.
결혼에 관해서도 그저 은성이 하자고 하면 군말 없이 고개를 끄덕일 뿐이었다. 수윤에게 결혼 의지가 없다는 건 은성이 제일 잘 알고 있었다.
"우리가 파혼할 일은 없어."
거기까지 생각이 미치자 수윤의 마음에 대한 확신이 없

었다. 하지만 재하의 앞에서 불안한 마음을 고스란히 드러내고 싶지 않았다.

"수윤 씨가 파혼하고 싶다고 해도 내가 안 해."

더 이상 재하의 말 같지도 않은 말을 듣고 있을 기분이 아니었다. 은성은 자리를 박차고 일어났다.

"너한테 이런 얘기 듣는 거 불편하다. 오늘 얘기는 못 들은 걸로 할 테니까 내 앞에서 다시는 이런 말 꺼내지 마."

은성이 자리에서 일어났다. 옷을 챙겨 들고 문을 열자 그 뒤로 재하의 목소리가 들려왔다.

"앞으로 무슨 일이 일어나든 나 원망하지 마라."

은성이 아랫입술을 짓씹으며 뒤돌았다. 재하에게 이런 말을 듣고 있는 이 상황이 너무나도 마음에 들지 않았다.

"네가 그런다고 뭐가 달라질 것 같은데. 이미 상황 종료야. 수윤 씨랑 나, 결혼식장에 들어갈 일만 남았다고."

"그럴 일 없을 거야."

"……."

"내가 그럴 일 없게 해."

더 화가 나는 건 차재하가 한번 한다고 마음먹으면 무슨 일이든 저지를 놈이라는 것이었다. 재하가 무슨 짓을 할지 모르겠다는 생각이 들자 더 이상 차분하게 말을 꺼낼 수 없었다.

"야, 이 새끼야."

은성이 조금 흥분한 목소리로 재하를 향해 말을 쏟아 냈다.

"나한테 뺏기고 싶지 않다고? 나야말로 너한테 뺏기지 않을 거야."

"원래 내 여자였어."

"웃기지 마. 지금 수윤 씨가 선택한 사람은 나야. 우리 사이에 네가 끼어들 자리는 없어."

은성은 재하를 내버려 둔 채 룸을 빠져나왔다. 설레는 마음으로 저녁을 먹으러 나왔는데 기분이 엉망이 되고 말았다.

주차장에 온 은성이 차에 몸을 실었다.

"……내가 무슨 말을 들은 거야."

양손으로 핸들을 꽉 쥔 채 핸들에 얼굴을 묻었다가 고개를 들었다. 머릿속이 복잡하고 혼란스러운 와중에도 한 가지는 확실했다.

차재하가 이수윤을 좋아한다.

"……미친놈."

갑자기 말하면 놀랄까 봐 미리 말하는 거라고? 눈물겹도록 고마운 우정이었다. 그러다 마지막으로 재하가 했던 말이 떠올랐다.

'원래 내 여자였어.'

그건 대체 무슨 뜻이었을까. 수윤도 재하를 마음에 품고 있다는 뜻일까. 그런 생각을 하자 불안한 마음이 좀처럼 진정이 되지 않았다.

생각해 보면 수윤을 처음 만난 것은 재하의 파트너로 참석한 파티에서였다. 팔짱을 끼고 손을 잡는 걸 예사로 보았었는데 이제 생각해 보니 분위기가 심상치 않았다. 꼭 두 사람 사이에 무슨 일이 있기라도 한 것처럼.

얼마 전 차 회장과 함께했던 식사 자리에서도 분위기가 이상했었고, 재하가 수윤을 찾아왔던 그 날도 이상하다고 여겼지만 애써 깊이 생각하지 않으려 했었다.

그런데 재하의 속마음을 듣고 나니 정상적이었던 부분도 모두 비정상적인 것처럼 느껴졌다.

뭘 어떻게 해야 하는 거지. 은성은 머리를 거칠게 쓸어넘겼다. 지금 이 순간, 수윤의 마음을 가장 알고 싶었다.

"은성 씨!"

횡단보도 건너편에서 수윤이 은성을 향해 반갑게 손을 흔들었다. 은성이 활짝 미소 짓는 그녀를 보며 빙긋 웃고는 덩달아 손을 들어 인사를 했다.

신호가 바뀌자마자 수윤이 횡단보도를 단숨에 건너와 은성의 앞에 섰다. 빨리 걷느라 조금 가쁜 숨을 내뱉으며 수윤이 활짝 웃었다.

"오랜만에 보니까 엄청 반가워요. 출장은 잘 다녀왔어요?"

"잘 다녀왔어요. 수윤 씨는 잘 지냈어요?"

"그럼요."

재하와 그런 일이 있고 난 뒤 약 열흘 만이었다. 하필 바로 다음 날 출장이 잡히는 탓에 의도치 않게 한동안 수윤과 만날 수 없었다.

생각을 정리할 시간이 넉넉하게 생겨 다행이라는 생각이 든 한편, 수윤과 처음으로 맞는 크리스마스와 새해를 몽땅 날려 버리게 되어 아쉬웠다.

"보고 싶었어요."

활짝 웃는 수윤의 얼굴을 보고 있으니 입이 저절로 움직였다. 은성의 직설적인 말에 수윤은 살짝 놀란 듯한 표정을 짓더니 이내 쌍꺼풀이 진 눈매를 곱게 접으며 미소 지었다.

"얼른 들어가요. 이 카페, 은성 씨랑 꼭 와 보고 싶었어요."

수윤은 보고 싶었다는 말에 별다른 대답 없이 미소를 보이고는 은성의 팔을 잡고 카페 안으로 그를 끌었다.

보고 싶었다는 말에 대한 대답은 듣지 못했지만 어쩐지 오늘따라 기분이 좋아 보이는 그녀의 모습에 은성도 덩달아 기분이 좋아지는 것 같았다.

카페로 들어가 창가 빈자리에 자리를 잡았다. 두 사람을 뒤따라온 점원이 메뉴판을 건네며 주문은 카운터에서 해달라는 말을 덧붙였다.

"여기, 치즈케이크가 정말 맛있대요."

수윤이 생긋 웃으며 메뉴판을 펼쳤다. 은성을 향해 있던 시선이 이내 메뉴판으로 향했다. 맛있는 고민을 하는 수윤의 두 눈동자가 반짝반짝 빛나고 있었다. 은성이 그런 그녀를 보며 물었다.

"케이크 좋아해요?"

"원래 별로 안 좋아했는데, 며칠 전부터 엄청 생각나더라구요."

"그럼 종류별로 다 먹어 봐요."

은성의 말에 수윤이 고개를 들어 눈을 동그랗게 뜨고 그를 보았다.

"어, 그래도 돼요?"

"물론이죠. 제가 그 정도 능력은 됩니다."

은성이 당연하다는 듯 농담 섞인 대답을 하자 수윤이 웃음을 터뜨렸다. 그러고는 장난이라는 듯 양손을 좌우로 내저었다.

"아니에요. 이렇게 많은 걸 어떻게 다 먹어요."

"남으면 집에 가져가면 되죠."

"그것보단……."

수윤이 말끝을 길게 늘였다. 말을 할까 말까 고민하는 모습에 은성은 영문을 몰라 가만히 그녀의 대답을 기다렸다.

"……다음에."

"네?"

"다음에 또 같이 와요."

목소리가 잘 들리지 않아 되물으니 수윤이 쑥스럽게 웃

으며 대답했다.

"지금 다 먹어 보는 것보다 나중에 또 같이 와서 먹었으면 좋겠어요."

"아……."

예상하지 못한 수윤의 말에 은성은 잠깐 동안 멍해졌다. 수윤이 은성의 그런 반응을 살피더니 소심해진 얼굴로 물었다.

"……혹시 케이크 싫어해요?"

은성을 힐긋 살펴보는 눈동자가 조심스러웠다. 오기 전에 물어봤어야 했다는 생각이 뒤늦게 든 모양이었다.

"아니요."

"그럼……."

"좋아해요. 다음에 또 같이 와요."

눈치를 보던 수윤이 다행이라는 듯 배시시 웃음을 지었다. 은성은 그 미소를 놓치고 싶지 않았다.

출장을 간 내내 생각해 보았다. 수윤과 이대로 헤어진다는 생각을 하자 싫다는 생각밖에 들지 않았다. 자신을 떠날 거라는 생각만으로도 마음이 뻐근해졌다.

첫눈에 반하는 것이 이렇게 무서운 건 줄 미처 몰랐다. 만난 지 얼마 되지 않았지만 아무리 생각해도 수윤이 좋았다. 순수한 웃음도, 다정한 말투도, 서툰 행동도. 귀엽고 사랑스러웠다.

고작 재하의 말 한마디 때문에 수윤을 포기하고 싶지 않았다. 재하가 일방적으로 수윤을 좋아하는 건지 아니면 수윤 역시 재하에게 호감이 있는지 알 길은 없었다.

다만 그건 큰 문제가 아니라는 생각이 들었다. 지금 중요한 건, 수윤이 자신을 선택했고 자신과의 미래를 꿈꾸고 있다는 사실이었다. 차재하가 백날 떠들어 봐야 그 사실은 변하지 않았다. 어떻게 해도 이 승부의 승자는 은성이었다.

"그럼 두 개만 먹을까요? 요즘 왜 이렇게 단 게 먹고 싶은지 모르겠어요. 살이 찌려고 그러나 봐요."

"수윤 씨는 살쪄도 예쁠 거예요."

은성의 말에 수윤이 밉지 않게 콧잔등을 찡그렸다.

"웨딩드레스 입기 전까지는 살찌면 안 되는데. 그냥 하나만 먹을까 봐요."

웨딩드레스라는 말에 그날 바보처럼 저를 대신해 재하를 보냈던 것이 생각났다. 재하가 속으로 무슨 생각을 하는지 알지도 못한 채, 그날 혼자 가겠다는 수윤에게 기어이 재하를 붙여 주었다.

그 일이 생각나자 재하가 그녀의 집 앞으로 찾아왔던 일도 연쇄적으로 떠올랐다. 은성은 떠오르는 장면을 억지로 지워 버리려 애썼다.

"전 이거 하나만 먹을래요."

"그럼 내가 이거 먹을게요."

수윤이 메뉴판을 보며 치즈케이크 하나를 골랐다. 은성은 여태껏 수윤이 고민하던 케이크를 하나 콕 집으며 빙긋 웃었다.

"나눠 먹어요."

"살찌면 은성 씨 책임이에요."

"다 내가 책임질게요. 걱정 말아요."

은성은 자리에서 일어나 케이크와 커피를 주문하고 돌아왔다. 자리에 앉으니 수윤이 먼저 말을 꺼냈다.

"이제 회사 일은 좀 괜찮아요?"

"네. 대충 마무리된 것 같아요."

"아, 다행이네요."

조용하고 말수가 적던 수윤이 나름대로 노력을 하고 있다는 생각이 들자 그녀가 굉장히 귀엽게 느껴졌다.

"얼굴이 많이 안 좋아 보여서, 회사에 문제가 있는데 억지로 나 만나러 나온 건 아닌가 걱정했거든요."

"내 얼굴 상태가 그렇게 별로예요? 나름 신경 쓴 건데."

"아, 아니, 그런 게 아니라……."

"지금 수윤 씨 보면서 엄청 힐링하고 있는 거예요. 얼굴만 봐도 좋거든요."

은성은 제 감정을 솔직하게 수윤에게 표현하기로 했다. 제 진심을 표현할 방법은 그것뿐이었다. 게다가 직설적으로 얘기를 할 때마다, 애정 어린 말이 낯선 듯 볼을 붉히며 수줍은 표정을 짓는 수윤이 너무나도 사랑스러웠다.

"그리고 만약 내가 억지로 이 자리에 나왔다고 해도, 내가 수윤 씨 보고 싶어서 나온 거예요. 그건 내 욕심이니까 수윤 씨가 걱정할 필요 하나도 없어요."

수윤이 어쩔 줄 몰라 하며 고개를 살짝 끄덕였다. 수줍은 미소를 짓고 있는 그녀의 얼굴을 보며 이번에는 은성이 물었다.

"수윤 씨는 나 없을 때 무슨 일 없었어요?"

"무슨 일이요?"

"무슨 일이든."

수윤이 잠시 생각에 잠기는 듯하다가 고개를 저으며 대답했다.

"특별히 없었어요."

"누가 찾아오거나 하지는 않았어요?"

"……누가요?"

"친구……, 놀러 왔다고 했던 것 같아서요."

혹시나 또 재하가 수윤을 찾아간 것은 아닌가 싶어 저도 모르게 수윤을 추궁하는 듯한 말투가 나왔다. 수윤이 그것을 이상하게 여기는 듯하여 곧장 둘러댔지만 대답은 어색하기 그지없었다.

"아, 새해에 명희가 집에 놀러 왔었어요. 저번에 말씀드린 적 있는데……, 기억나세요?"

"명희 씨. 네. 기억나죠."

"은성 씨한테 명희 얼른 소개해 주고 싶어요. 저한테는 둘도 없는 친구거든요."

수윤이 별 의심 없이 술술 대답했다. 잠시 후 케이크가 나와, 두 사람은 디저트를 맛보며 한동안 시답잖은 이야기를 나누었다.

케이크를 거의 다 먹었을 때쯤, 은성이 어렵사리 말을 꺼냈다.

"이런 질문 실례라는 건 알지만."

은성이 운을 떼자 영문을 모르는 수윤이 궁금한 얼굴로 은성을 바라보았다.

"결혼하고 나서 일은 계속할 생각이에요?"

"아……."

"일 계속할 생각이면, 우리 회사로 오는 게 어때요?"

"네?"

"우리 회사도 선진 못지않게 좋은 회사예요."

수윤이 이상하게 생각하지 못하게끔 은성이 빙글 웃으며 말을 이었다.

"아무래도 회사를 옮기는 게 수윤 씨도 더 편하지 않을까 해서요. 그리고……."

재촉할 생각은 전혀 없었다. 차근차근 하나씩 수윤이 부담스럽지 않은 선에서 천천히 할 계획이었다.

"아이는 어떻게 생각하고 있는지 궁금해요."

그렇지만 수윤을 보고 있으면 자연스레 재하의 얼굴이 떠올랐다. 굳은 표정으로 제 마음이 진심이라고 말하던 재하 때문에 조바심이 들었다.

앞으로 결혼까지 석 달. 은성에게는 그 시간이 너무나도 길게 느껴졌다. 재하가 무슨 짓을 저지르기 전에 수윤과의 관계를 견고하게 다지고 싶었다.

"……아직 생각 안 해 봤어요."

"수윤 씨가 진지하게 생각해 봤으면 좋겠어요."

생각지도 못한 화제에 놀란 수윤이 아랫입술을 잘근 깨물었다. 은성의 시야로 곤란해하는 표정이 고스란히 들어왔으나 그는 애써 모른 체하며 눈앞에 있는 다디단 케이크를 입 안으로 떠 넣었다.

"이상하네……."

은성이 잠시 화장실에 다녀온다며 자리를 비운 사이, 그가 앉아 있던 빈자리를 보며 수윤이 고개를 한쪽으로 기울였다.

오랜만에 만나서 그런 걸까. 언제나 밝아 보이던 은성의 얼굴빛이 오늘따라 유난히 어두워 보였다. 수윤의 부담을 덜어 주려고 일부러 웃음을 짓는 것 같았다.

은성과 더 가까워져야겠다는 생각에 더 많이 웃고 더 많이 얘기를 꺼낸 게 잘못이었을까. 어쩌면 제 적극적인 호감 표시를 어색하게 느꼈을지도 몰랐다.

"좀 속보이긴 했어."

수윤이 한숨을 내쉬며 중얼거렸다.

"근데 그 말은 뭐지?"

'누가 찾아오지는 않았어요?'

은성의 질문에 바로 재하가 자신을 찾아왔던 그 날이 떠올랐다. 은성도 혹시 그날 일을 떠올리고 묻는 것은 아닐까.

재하와 자신의 관계를 알고 있는 것 같은 말투에 순간 가슴이 철렁했다. 대충 둘러대며 자연스럽게 넘겼지만 마음 한구석이 편하지 않았다.

'난 이 결혼을 막아야겠어.'

그날 이후 재하의 연락을 모조리 다 차단했다. 재하를 대신해 정건에게서 몇 번 연락이 왔지만 받지 않았다. 그러니 자연스레 그에게서도 더 이상 연락이 오지 않았다.

하지만 불쑥불쑥 불안하게 느껴지는 건, 재하의 태도가 단호했기 때문이었다. ……설마 일부러 은성 씨한테 알리는 짓은 하지 않겠지.

생각을 하면 할수록 머릿속만 복잡해지는 것 같았다. 평생을 함께할 은성에게 제 치부를 다 들키고 싶지 않았다. 관계를 어색하게 만드는 건 죽어도 싫었다.

"수윤 씨."

잠시 멍하게 있던 수윤의 곁으로 은성이 다가왔다. 주먹을 쥔 손으로 노크를 하듯 테이블을 두드리는 소리에 수윤이 얼른 정신을 차렸다.

"괜찮아요? 또 몸 안 좋은 건 아니죠?"

"아니에요. 저 그렇게 허약하지 않아요."

"에이, 거짓말."

"진짜예요. 최근엔 정말 컨디션이 안 좋아서 그랬던 거지, 저 정말 건강해요."

수윤이 주먹을 꽉 쥐어 보이며 단호히 대답을 하니, 은성이 쿡쿡 웃었다. 아무래도 수윤의 반응이 재미있는 모양이었다.

"알겠어요. 믿어 줄게요."

수윤이 입술을 비죽 내밀며 불만스러운 표정을 짓는데도 은성은 여전히 쿡쿡 웃기만 할 뿐이었다. 기분 좋게 미소 지은 은성이 수윤을 향해 손을 내밀었다.

"다 먹었으면 일어날까요? 나도 수윤 씨랑 같이 가고 싶은 곳이 있거든요."

"네? 어디 가게요?"

"따라와 보면 알아요."

수윤은 의아한 기분이 들었으나 어서 가자는 은성의 손을 조심스레 잡고 자리에서 일어났다.

은성의 차를 타고 한참을 달려 도착한 곳은 유명한 고급 아파트 단지였다. 지하 주차장에 차를 세운 은성이 수윤을 데리고 엘리베이터를 탔다. 하나씩 올라가는 숫자를 보며 수윤은 생각했다.

여기는 은성 씨 집인 걸까. 아직…… 마음의 준비가 되지 않았는데. 생각도 하지 않은 상태에서 은성의 집으로 가려고 하니 불쑥 긴장이 되었다.

수윤의 얼굴에 긴장한 기색이 역력한 것을 발견한 은성이 그녀의 손을 조심스럽게 잡았다.

"지금 우리 집으로 가는 거예요."

"……네?"

"우리 둘이 함께 살 집."

은성이 말을 끝맺는 동시에 엘리베이터가 열렸다.

"이쪽으로 와요."

은성이 수윤의 손을 잡아당겼다. 은성이 바로 앞에 있는 현관문의 문을 열었다. 현관에 들어서서 은성이 이끄는 대로 걸음을 옮겼다.

대리석으로 마감을 해 놓은 짧은 복도를 지나자 한눈에 보기에도 탁 트인 거실이 보였다. 아직 해가 지지 않아 창을 통해 주황색 노을빛이 거실을 물들이고 있었다.

"수윤 씨."

은성이 수윤의 어깨를 잡고 돌려세웠다.

"여기서 수윤 씨와 함께 살고 싶어요. 가능한 한 빨리."

수윤을 마주한 은성이 진지한 눈빛으로 그녀를 응시했다.

"하루빨리 함께 지내고 싶어요."

함께 있는 내내 은성이 평소와 다른 것 같다는 생각을 했었는데, 이제는 확신이 들었다.

은성은 확실히 평소와 달랐다. 평소의 그는 수윤이 미안할 정도로 그녀를 조심스럽게 대했다. 사소한 것 하나까지도 어렵게 말을 꺼내곤 했던 은성이었다. 그런데 오늘은 이상할 정도로 은성이 조급해하는 것 같다는 생각이 들었다.

"저, 은성 씨……."

"만약 나랑 같이 지내는 게 부담스러우면 난 나중에 결혼식 올리고 나서 들어올게요."

"……."

"수윤 씨 먼저 이 집에 들어와요."

은성의 눈빛이 아주 간절해 보여서 수윤은 어떤 대답을 해야 할지 몰라 입술을 안으로 말아 물었다. 결혼 전부터 은성과 한집에 살 거라는 생각은 해 보지 못 했기에 수윤은 조금 당혹스러웠다.

마음을 놓고 있었던 건, 배려심 깊은 은성이 어떻게든 자신을 불편하지 않게 할 거라 막연히 믿고 있었기 때문이었다. 은성이 이렇게 조급하게 나올 거라고는 전혀 예상하지 못한 바였다.

이제 막 사이를 좁혀 보려는 그녀에게 은성과 함께 지내는 건 마음의 준비가 필요한 문제였다. 10년 가까이 혼자 살았기에 다른 사람과 함께 지내는 것이 제대로 상상이 되지 않았다.

"너무 갑작스러워서……."

수윤이 곤란한 얼굴로 대답을 하자 은성이 부드럽게 미

소 지었다.

"너무 어렵게 생각하지 말아요. 어차피 석 달 후에는 이 집에 들어와서 살 거잖아요. 그렇죠?"

"그렇긴 한데……."

"미리 적응한다고 생각해요. 난 수윤 씨가 적응이 되면 그때 들어올게요. 아, 생각해 보니까 아무래도 나랑 같이 지내면 많이 불편할 것 같네요."

"……."

"집이라도 편해야죠."

그의 말이 틀린 것도 아니었다. 어쩌면 당연한 수순인지도 몰랐다. 결혼을 할 사이에 이런 걸 고민한다는 것 자체가 우스운 일일지도 모른다.

당장 내일 이 집으로 들어오나, 석 달 후에 들어오나. 시기가 다를 뿐, 은성과 함께 지내야 한다는 사실은 변하지 않았다.

"근데 아직 오피스텔 계약 기간이 남아서……."

"그건 신경 쓰지 않아도 돼요. 내가 알아서 할게요."

답을 알고 있으면서도 쉽사리 대답이 나오지 않았다. 수윤이 망설이는 기색을 보이자 은성이 수윤을 보며 '응?' 하고 대답을 재촉했다. 그에 수윤은 어쩔 수 없이 고개를 끄덕이고 말았다.

"알았어요. 그렇게 할게요."

"고마워요, 수윤 씨."

수윤의 승낙이 떨어지자 은성이 어깨를 당겨 수윤을 살며시 끌어안았다. 수윤은 머뭇거리며 아래로 떨어뜨리고 있던 두 팔을 들어 은성의 등을 살짝 감쌌다.

"근데, 혹시……."

은성이 조급해하는 이유를 알고 싶었다. 뭐든 천천히 하자던 사람이 출장을 다녀온 후에 변한 것을 보면 그사이에 무슨 일이 있었던 건 아닐까, 어림짐작해 볼 뿐이다.

"네?"

"언제쯤……, 들어오는 게 좋을까요?"

수윤은 은성에게 무슨 일이 있었느냐고 묻고 싶었지만 차마 용기가 나지 않아 다른 곳으로 화제를 돌렸다.

은성이 그건 미처 생각하지 못했다는 듯 아, 하고 낮은 탄식을 내뱉었다.

"일단……."

휑하니 비어 있는 집 안을 이리저리 살펴보던 은성이 씩 웃으며 대답했다.

"집부터 채워야겠네요."

퇴근 후에 일부러 시간을 내어 틈틈이 혼수를 마련했다. 하나씩 하나씩 필요한 것들로 채우다 보니 신혼집은 금세 사람의 온기가 하나씩 묻어났다.

처음 은성의 제안을 받고 약 일주일 정도가 넘은 지금, 수윤은 오피스텔을 정리하고 짐을 챙겨 신혼집으로 들어왔다. 결혼식 전까지 당분간은 수윤이 혼자 신혼집에서 지내기로 했다.

"시간이 참 잘 가는 것 같아요. 벌써 수윤 씨가 이사를 하고, 내일 상견례도 하네요."

"그러게요. 이대로라면 결혼식 날도 금방 올 것 같아요."

"얼른 그 날이 왔으면 좋겠어요."

은성은 결혼식을 생각하니 기분이 들뜨는 모양이었다. 수윤은 그런 은성을 향해 빙긋 미소를 짓다 뭔가 생각이 났는지 짝, 하고 손뼉을 쳤다.

"아 참! 내 정신 좀 봐."

수윤이 다급하게 일어나 주방으로 향했다. 은성이 자리에서 일어나 그녀의 뒤를 따랐다.

"왜 그래요?"

"아가씨 오시는데 뭐라도 대접을 해야 할 것 같아서 어제 장을 좀 봐 놨거든요."

신혼집을 구하고 수윤이 그 집으로 들어온다는 소식을 들은 은경은 집 구경도 할 겸 수윤을 만나러 오고 싶다고 은성에게 말했다.

수윤도 은성의 동생을 만나 보고 싶었기에 흔쾌히 제안을 받아들였다. 은경을 처음 보는 자리라 그런지 이것저것 신경 쓰이는 것이 많았다. 오후 3시라는 애매한 시간에 집으로 놀러 오겠다는 말을 들었지만 식사를 준비하지 않을 수는 없었다.

수윤이 냉장고 문을 열고 재료를 하나씩 꺼내자 은성이 그 곁으로 다가와 수윤이 꺼낸 재료를 모조리 냉장고 안으로 다시 집어넣었다. 수윤이 황당한 얼굴로 그의 얼굴을 보았다.

“그걸 왜 다시 넣어요?”

“나가서 먹어요.”

“그래도 집에 온 첫 손님이고, 처음 보는 자리인데 어떻게 그래요.”

“그럼 집으로 오지 말라고 할게요.”

“에이, 그건 아니죠. 아가씨가 집 구경하고 싶다고 했잖아요.”

약속 시간을 30분도 남겨 놓지 않고 약속을 취소하는 건 말도 안 되는 일이었다. 수윤이 펄쩍 뛰자 은성이 담담하게 말했다.

“수윤 씨가 지금 요리하는 게 더 아니에요.”

은성은 수윤의 손에 절대로 물을 묻히고 싶지 않은 모양이었다. 동생을 위해 요리를 하는 게 그렇게 못마땅한가? 첫인상은 굉장히 중요했기에 수윤은 당연히 은경을 대접해야 한다고 생각했다. 은성이 왜 굳이 요리를 하지 말라고 하는지 이해가 되지 않아 의아한 얼굴을 하자 은성이 단호하게 말했다.

"수윤 씨 고생시키려고 은경이 부른 거 아니에요."

"그게 왜 고생이에요. 내가 좋아서 하는 건데."

"아직 나도 수윤 씨 요리 못 먹어 봤는데, 은경이한테 선수 뺏기기 싫어요."

"아……."

"그리고 은경이는 외식하는 걸 좋아해요. 저녁은 나가서 먹고, 집에서는 간단히 차 한 잔만 해요. 알겠죠?"

절대로 요리를 하지 말라는 은성의 반응에 어쩔 수 없이 수긍을 하는 사이, 은경에게 전화가 왔다.

"이제 다 왔다네요."

짤막하게 통화를 마치고 잠시 있으니 초인종을 누르는 소리가 들렸다. 수윤이 긴장되는 마음을 안고 현관으로 나섰다. 문을 열자 은성을 꼭 빼닮은 은경이 싱그러운 웃음을 지으며 인사를 건넸다.

"안녕하세요, 은성 오빠 동생 유은경입니다."

은경이 쾌활한 목소리로 인사하며 수윤에게 악수를 청했다. 수윤이 그 손을 잡고 살며시 흔들며 부드럽게 미소 지었다.

"전 이수윤이에요. 어서 오세요."

현관에서 짤막하게 인사를 마친 두 사람을 보며 은성이 거실을 가리켰다.

"어서 들어가자."

"전 그럼 일단 차 좀 내올게요."

수윤이 먼저 주방으로 들어갔다. 은성이 은경을 거실로 안내하고는 곧장 수윤의 뒤를 따라 들어갔다. 그 모습이 주인을 따라다니는 강아지 같아 은경이 혼자서 쿡쿡 웃었다. 수윤을 따라 요리조리 움직이던 은성이 쟁반을 들고 수윤과 함께 거실로 나왔다.

"추운데 오느라 고생하셨죠? 드세요. 유자차예요."

수윤이 따듯한 차 한 잔을 은경의 앞으로 밀었다.

"기사 아저씨가 태워다 줘서 별로 춥진 않았지만……."

은경이 구구절절하게 말을 늘어놓자 은성이 그녀를 찌릿 쳐다보았다. 그 눈빛에 은경은 하던 말을 멈추고 수윤을 보며 방긋 웃었다.

"감사합니다. 잘 먹을게요."

은경이 짧게 인사를 하고는 따뜻한 차를 한 모금 마셨다.

"죄송해요. 일전에는 제가 집에 없어서. 취소하기 힘든 선약이 있었어요."

수윤이 은성의 본가로 인사를 갔을 때, 은경은 집에 없었다. 은경은 그날 수윤을 함께 보지 못 해 내내 마음이 쓰였다. 은경이 정중하게 사과를 했다.

"아니에요. 제가 갑자기 찾아갔었는데요."

"어쨌든 이렇게 보니까 너무 좋네요. 오빠랑 결혼하실 분이 어떤 분인지 굉장히 궁금했었거든요."

은경이 상쾌한 웃음을 지으며 수윤을 빤히 바라보았다. 그 눈빛에 수윤이 곤란해하자 은성이 은경을 나무랐다.

"왜 사람을 그렇게 봐."

"아, 나쁜 뜻은 아니었어요. 제가 진짜 수윤 씨 보고 싶었거든요. 우리 오빠가 좋아하는 사람이 어떤 사람인지 궁금했어요."

'수윤 씨'라는 표현이 마음에 들지 않았는지 은성이 은경에게 또다시 눈치를 주었다. 은경은 제 실수에 자신이 더 당황한 듯 입을 아, 하고 벌렸다.

"아, 아니 새언니. 새언니가 많이 궁금했었어요."

"그냥 편하게 부르셔도 돼요."

"……혹시 나이가?"

"올해 스물여덟 됐어요."

"아, 뭐야. 언니였구나! 난 나보다 어린 줄 알았어요. 얼굴이 뽀얘서는, 피부도 아기 피부길래."

나이를 물어보며 우물쭈물하던 은경이 수윤의 나이를 듣자마자 얼굴이 환해졌다. 아무리 그냥 호칭이라고 해도 자신보다 어린 사람에게 새언니라고 부르기가 애매했는데 수윤이 한 살이라도 나이가 많아서 다행인 표정이었다.

"전 스물일곱이에요. 제가 새언니로 아주 깍듯하게 모시겠습니다."

족보가 정리되자 은경이 개운하다는 듯한 표정을 지으며 웃었다. 수윤은 그런 은경이 귀엽게 느껴졌다. 솔직하고 자기표현이 확실한 모습이 보기 좋다는 생각을 하고 있을 때였다.

"근데 재하 오빠는 왜 안 불렀어? 바쁘대? 이렇게 모이는 자리에 함께 있으면 더 좋았을 텐데."

아쉬움을 드러낸 은경이 은성을 보며 말했다. 수윤의 시선 또한 자연스레 은성의 얼굴로 향했다. 그 순간 은성의 입술에 맺혀 있던 웃음이 서서히 사라졌다. 은경이 그 모습을 보며 은성의 대답을 재촉했다.

"또 거절한 거지?"

"바쁜가 봐."

"그 오빠는 뭐 부르기만 하면 거절이야. 이런 날 나와서 콧바람도 쐬고 하는 거지."

은경이 쳇, 하고 혀를 찼다. 불만스럽게 코끝을 찡그리는 은경을 보며 살며시 미소 짓던 수윤이 다시 시선을 옮겨 은성을 보았다.

은성의 표정이 조금 굳어 보이는 건 착각일까. 재하의 얘기에 은성의 반응이 예전과는 사뭇 달라져 있었다.

"언니. 언니도 알아요? 재하 오빠가 얼마나 매정한 사람인지?"

"네, 알죠."

수윤이 긍정을 하자 은경이 동지를 만났다는 듯 격하게 고개를 끄덕였다.

"진짜 첫 만남에 이런 말씀까지는 안 드리려고 했는데, 제가 예전에 재하 오빠 좋아했거든요. 데이트 한 번만 해보자고 하니까 완전 무시하는 거 있죠? 그때만 해도 재하 오빠랑 혼담도 오가고 그랬을 시기인데…….”

“은경아.”

“어?”

“재하 얘기는 이제 그만 하자.”

내내 온화하기만 하던 은성의 얼굴이 미묘하게 굳은 것처럼 보였다.

“아, 내가 너무 주책맞았나? 미안해요, 언니. 가족 욕은 하는 거 아니랬는데, 내가 너무 흥분했어요.”

하하, 하고 털털하게 웃은 은경은 자신이 과하게 재하의 욕을 한 듯해 조금 머쓱해졌다.

“아, 전 괜찮아요.”

머쓱해하는 은경을 향해 대답하며 수윤이 다시 은성의 얼굴을 슬쩍 보았다. 혹시나 은성의 표정을 잘못 본 건 아닌가 해서였다.

“맞다. 언니, 우리 내일도 보겠네요. 내일은 상견례 자리니까 재하 오빠도 오겠다, 그죠?”

은경이 다시 한번 재하의 이름을 언급했다. 그 이름을 들은 은성의 얼굴에 여전히 어두운 빛이 돌았다.

착각이, 아니었다.

자정이 넘어서 잠이 들었는데 몇 시간 자지 못하고 새벽에 눈이 떠졌다. 상견례를 한다고 생각하자 수윤은 걱정과 긴장이 뒤섞여 제대로 잠을 이루지 못했다.

차 회장과 유 회장 부부, 그리고 재하까지 모두 다 함께 모이는 자리이기에 걱정부터 앞섰다. 다 함께 같은 자리에 있는 것만 상상해도 손끝이 차갑게 식었다.

수윤은 평소보다 더 신경을 써서 준비를 마쳤다. 시간을 맞추어 은성이 수윤을 데리러 왔고 두 사람은 약속 시간보다 조금 일찍 한식당에 도착했다.

"은경이가 부모님 모시고 늦지 않게 온다고 했어요."

"회장님도 아마 시간 맞춰서 오실 거예요."

수윤의 대답에 은성이 잠시 망설이는 듯한 기색을 보이더니, 그녀에게 물었다.

"……재하는요? 온다고 해요?"

"잘 모르겠어요. 회장님께서 말씀하신다고 하셔서 따로 연락을 안 했거든요."

은성이 그렇구나, 하고 중얼거렸다. 두 사람은 먼저 식당 한쪽에 마련된 룸으로 들어왔다. 잠깐 앉아 있는 사이 은성은 비서에게서 걸려 온 전화를 받기 위해 잠시 자리를 비웠다.

그렇게 조금 앉아 있었을까. 누군가가 홀매니저의 안내를 받아 문 앞으로 다가오는 소리가 들렸다. 수윤이 자리에서 일어났다. 혹시 은성의 부모님이 먼저 오신 건가 싶어 엄청 긴장이 되었다.

"아……."

"오랜만이네."

그러나 문이 열리자 모습을 드러낸 사람은 재하였다.

"내 연락 그렇게 피하더니."

"일찍 오셨네요."

재하가 수윤의 바로 옆자리로 다가와 앉았다. 재하도 신부 측 사람이니 수윤의 옆에 앉는 게 맞는 일이지만 수윤은 재하와 둘이서 나란히 앉아 있는 이 순간이 가시방석에 앉은 것처럼 불편했다. 두 사람 사이에 잠시 침묵이 감돌았다.

"묻고 싶은 게 있어요."

먼저 입을 뗀 사람은 수윤이었다.

"뭔데."

불안감의 원인은 재하였다. 그가 무슨 생각을 하고 있는지 좀처럼 알 수 없기도 했고, 재하의 이름만 언급되어도 굳은 표정을 감추지 못하는 은성 때문에 오늘 이 자리가 두려웠었다.

"혹시 은성 씨랑 무슨 일 있었어요?"

차마 은성에게는 물어볼 수 없었던 말이었다. 만약 재하와 무슨 일이 있었다고 하면. 그게 혹시 자신과 관련된 일이라면. 만약 은성이……, 다 알고 있다고, 그렇게 말한다면.

눈앞이 아득해졌다. 수윤은 떨리는 마음을 진정시키기 위해 물잔으로 손을 뻗었다. 그때였다. 재하의 청천벽력 같은 대답이 들려왔다.

"내가 다 말했어."

내내 앞만 응시하고 있던 수윤이 재하를 향해 고개를 휙 돌렸다. 그녀의 눈동자가 휘둥그레져 있었다.

"뭘……, 말했다는 거예요?"

"다 모인 자리에서 한 번 더 말할 거야."

수윤의 목소리가 떨리는 걸 알아채지 못한 건지 그녀의 물음에 재하가 무덤덤한 목소리로 대답했다.

……대체 뭘? 목적어가 없는 말에 수윤은 그 짧은 시간 동안 온갖 생각이 다 들었다.

대체 무엇을, 어디서부터 어디까지. 은성에게 섹스 파트너라는 얘기를 했다는 걸까. 다른 할 말이 있나 생각을 해 봤지만 그것 말고 재하가 은성에게 할 만한 말은 없었다. 은성의 앞에서 그런 얘기를 했다고 생각하자 수치심이 들었다.

목적을 잃고 테이블 위에 아무렇게나 올려져 있던 주먹에 힘이 꽉 들어갔다. 나를 대체 뭐로 보고. 나를 대체 뭐라고 생각하면 그런 말을 해.

그의 태도에는 자신에 대한 존중이 눈곱만큼도 존재하지 않았다. 은성에게도 마찬가지였다. 은성이 그 말을 듣고 난 뒤 어떤 생각을 했을지 짐작조차 되지 않았다.

재하가 제게 이렇게까지 할 줄은 몰랐다. 화가 났다. 아주 조금이라도, 자신을 생각했더라면 이런 식으로 행동해서는 안 되는 거였다.

"……나쁜 새끼."

그녀의 입술 사이로 낮은 욕설이 새어 나갔다.

수윤이 원망하는 눈빛으로 재하를 노려보았다. 눈물을 참는 듯 그녀의 어깨가 미세하게 떨리고 있었다.

"뭐……?"

난생처음 들어 본 말에 재하가 미간을 좁혔다. 수윤의 입술 사이로 나올 거라고는 생각지도 못한 단어였다. 그러나 수윤은 재하의 반응은 아랑곳하지 않은 채 거침없이 입을 열었다.

"나쁜 새끼라고 했어요. 당신 진짜 못됐어. 날 언제까지 괴롭혀야 속이 시원하겠어요?"

잘못한 거라고는 재하를 좋아한 것밖에 없었다. 그가 좋아서 그에게 모든 것을 바치고, 보답 받지 못하는 사랑에 좌절하며 그에게서 벗어날 생각을 한 것밖에 없었다.

"나한테 대체 왜 이래요? 내가 뭘 그렇게 잘못 했는데?"

그를 좋아하는 마음이 단 한 번도 부끄럽거나 후회가 된 적은 없었는데, 지금 이 순간은 미치도록 후회가 되었다. 재하가 이런 식으로 그 사실을 꼬투리 잡아 자신을 괴롭힐 거라고는 상상도 하지 못했다.

뭐가 어디서부터 잘못됐을까. 재하를 좋아한 게? 은성과 결혼을 결심한 게? 아니면 내가…… 행복해지려고 하는 게.

결국 참고 있던 눈물이 뺨을 타고 흘러내렸다. 아침 일찍 일어나 신경을 써서 한 화장이 뺨 위에 얼룩지는 것이 느껴졌지만 눈물은 멈추지 않았다.

"그냥 나 좀 내버려 둬요. 이렇게 부탁할게요……."

그때 미닫이문이 드르륵 열리며 은성이 돌아왔다. 수윤이 그 소리에 급하게 눈물을 훔치며 자리에서 급히 일어났다.

"수윤 씨……?"

"저, 잠깐 화장실 좀 다녀올게요."

다급하게 자리에서 일어난 수윤이 은성을 제대로 쳐다보지 못하고 젖은 얼굴을 숨긴 채 빠르게 그 자리를 벗어났다.

수윤이 떠난 자리에는 재하가 심각한 표정으로 앉아 있었다. 누가 봐도 재하가 수윤을 울린 상황이었다.

은성이 화가 난 얼굴로 재하를 향해 걸음을 옮겼다. 순식간에 재하의 빳빳한 옷깃을 틀어쥐고 그를 일으켜 세웠다.

"수윤 씨한테 무슨 말을 한 거야?"

"……."

"나까지 배려해 달라는 말은 안 해. 근데 너 수윤 씨 좋아한다며."

"……."

"그럼 적어도 수윤 씨는 울리지 말았어야지. 이기적인 새끼야."

은성이 멱살을 움켜쥐고 앞뒤로 흔드는데도 재하는 아무런 반응도 하지 않았다. 은성이 그런 재하를 한심한 표정으로 바라보았다. 더 이상 상대할 가치가 없다는 듯 옷깃을 쥔 주먹을 풀고 손을 탈탈 털어 내며 경고했다.

"뭘 생각하든, 수윤 씨를 위한다면 아무것도 하지 마."

수윤이 잠시 자리를 비운 사이 유 회장 부부와 은경이 도착했다. 뒤이어 차 회장까지 도착하고 나서야 수윤이 다시 룸으로 돌아왔다.

은성과 수윤은 아무 일도 없었다는 듯 웃는 얼굴로 태연하게 가족들과 인사를 나누었다. 그 자리에 좀처럼 집중을 할 수 없는 사람은 재하 혼자뿐이었다.

"오빠. 무슨 일 있어?"

가족들이 한창 대화에 여념이 없을 무렵, 앞자리에 앉아 있던 은경이 작은 목소리로 물었다.

"아니."

"그럼 얼굴 좀 풀어라. 표정이 그게 뭐냐?"

"어, 응."

재하가 대충 대답을 하고는 다시 생각에 잠겼다. 모두가 참석하는 상견례 자리에서 제대로 폭탄을 터뜨릴 생각이었다. 다 모인 자리에서 수윤이 제게 누구보다 특별한 사람이라는 것을 알리고, 혼사를 물리겠다는 말을 하려고 했다. 그게 이 결혼을 완벽하게 망치는 방법이었으니까.

은성에게 선전포고를 한 것도 그런 이유에서였다. 수윤

이 울면서 자신을 원망한다고 해도 재하에게는 이 결혼을 종결시키는 것이 더 중요했다. 그녀의 눈물 정도는 충분히 감수할 수 있다고 생각했다.

"……."

하지만 수윤의 뺨을 타고 눈물이 뚝뚝 떨어지는 것을 직접 본 순간 재하는 더 이상 아무 생각도 할 수가 없었다.

결혼을 막기 위해서는 어쩔 수 없다는 걸 알면서도 수윤이 울던 모습이 머릿속에 가득 차서 짜증이 치밀어 올랐다. 제 말로 인해 조금 전처럼 그녀가 눈물을 보인다면 견딜 수가 없을 것만 같았다.

젠장. 튀어나오려는 욕을 집어삼킨 그는 젓가락을 잡고 있던 손에 힘을 꽉 주었다. 결국 그는 고작 그녀의 눈물을 볼 자신이 없다는 이유로 그 자리에서 어떤 말도 꺼낼 수 없었다.

분위기 메이커인 은경의 활약으로 상견례는 화기애애한 분위기로 끝이 났다.

모두 다 집으로 돌아간 뒤, 수윤은 은성과 나란히 신혼집으로 돌아왔다. 차를 타고 오는 내내 두 사람 사이에는 무거운 침묵이 흘렀다. 집 앞에 도착하자 은성이 먼저 말을 꺼냈다.

"수윤 씨. 많이 피곤하죠? 얼른 올라가서 좀 쉬어요."

“…….”

“아 참. 어머니가 다음 주에 한번 집으로 오라고 하셨어요. 식사 한번 하자구요.”

웃는 얼굴로 말을 하는 은성을 가만히 바라보며 수윤이 조심스럽게 입술을 열었다.

“은성 씨.”

“네?”

“왜 아무것도 안 물어봐요?”

바보가 아닌 이상, 재하와 수윤의 분위기가 심상치 않은 것을 감지할 수 있었을 것이다.

수윤은 마음이 무거웠다. 재하가 은성에게 정확히 어떤 말을 했는지는 알 수 없었지만, 내용은 대충 짐작이 되었다. 좋은 말은 아니라는 것. 근데 그걸 모른 척하며 웃고만 있는 은성을 보자 미안한 마음이 들었다.

“수윤 씨.”

“네.”

은성이 수윤을 나긋한 목소리로 불렀다. 수윤은 그 어떤 말도 다 받아들이겠다는 듯 마음을 비우고 그 부름에 대답했다.

“내가 물어봤으면 좋겠어요?”

“…….”

“내가 물어보면, 수윤 씨가 다 설명해 줄 거예요?”

수윤이 아무 말도 하지 않고 가만히 있었다. 설명할 자신 같은 건 없었다. 그냥 모른 척하고 있을 걸 왜 말을 꺼냈을까 하며 스스로를 책망하고 있을 때였다.

"근데 난 수윤 씨가 설명해 준다고 해도 별로 듣고 싶지 않아요."

"은성 씨……."

"알고 싶지도 않고요. 그냥 앞으로만 생각하고 싶어요."

은성이 그녀의 머리로 손을 뻗어 부드럽게 쓰다듬었다.

"그냥 미래만 생각해요, 우리."

수윤은 자신의 허물까지 감싸 주는 은성을 보며 뭐라 말로 설명할 수 없는 감정이 속에서 북받쳐 올랐다. 은성에게는 고마운 마음보다 미안한 마음이 먼저 들었다.

제 이기적인 선택으로 은성이 상처를 받았다고 생각하니 죄책감이 느껴졌다. 저 좋을 대로 은성을 이용한 것만 같아 미안했다. 이렇게 좋은 사람에게 내가 무슨 짓을 한 거지. 수윤이 아랫입술을 질끈 깨물자 은성이 그러지 말라는 듯 고개를 저었다.

"미안하다는 말은 하지 말아요."

수윤의 표정이 뭘 말하고 있는지 금세 읽어 낸 은성이 웃음을 지으며 그녀의 어깨를 토닥였다.

"피곤할 텐데 얼른 올라가서 쉬어요."

점심을 대충 먹고 나서 티타임을 가자는 동료들의 말에

수윤은 입맛이 없어 먼저 사무실로 올라왔다. 피곤하고 나른한 기분에 책상에 엎드려 시간을 보내다 이대로 잠이 들 것 같아 기지개를 쭉 켜고 있을 때였다.

"이 대리. 회사 그만둬?"

동료들과 함께 사무실로 돌아온 혜정이 놀란 듯한 얼굴로 수윤에게 달려왔다.

"아까 카페에서 박 과장을 만났는데, 글쎄 박 과장이 이 대리 그만둔다고……."

"네. 사직서 제출했어요. 말씀드리려고 했는데 어떻게 벌써 들으셨네요."

"박 과장이 엄청 짜증 내면서 동네방네 다 떠들더라고. 자기도 알지? 박 과장 자기한테 관심 있었잖아. 자기 그만두는 거 마음에 안 드는 모양이야. 끈기가 없니, 재취업이 어쩌니 오지랖이 장난 아냐."

혜정이 어휴, 하고 고개를 내저었다. 저런 상사와 한 사무실에서 매일 부대끼는 게 고역이었다.

"이 대리. 좀 이따 박 과장이 뭐라고 말해도 한 귀로 듣고 흘려 버려. 마음에 담아 두면 자기 손해야."

혜정의 말에 수윤은 웃음을 지으며 알겠다고 고개를 끄덕였다. 어쩐지 오전 내내 뒤통수가 따갑더라니. 박 과장의 시선이었나 싶은 생각이 들었다.

"근데 무슨 일로 그만두는 거야? 나쁜 일은 아니지?"

목소리를 한껏 낮춘 혜정이 걱정스러운 듯한 얼굴로 수

윤을 향해 물었다.

"좋은 일이에요."

"어, 정말? 설마……."

"저 곧 결혼해요."

"와! 진짜 축……."

"뭐야. 이 대리 결혼해서 일 그만두는 거였어?"

어디서 나타난 건지 박 과장이 불쑥 두 사람의 대화에 끼어들었다. 박 과장의 커다란 목소리에 저마다 대화를 나누고 있던 직원들이 순식간에 조용해졌다. 의도치 않게 사무실에 있던 모든 직원들의 시선이 집중되었다.

"난 또. 그 나이에 재취업 못 할까 봐 걱정했더니 취집하는 거였어? 봉 잡았네, 이 대리."

마음에 들지 않는 듯한 표정으로 수윤을 이리저리 보던 박 과장이 빈정대며 말을 이었다.

"그동안 사귀는 남자도 없었으면서 벌써 결혼 준비를 하고 있었어? 사고라도 친 거야?"

잠깐만 참으면 그만이었다. 수윤은 잠자코 박 과장의 말을 한 귀로 듣고 한 귀로 흘렸다. 어차피 얼마 후면 박 과장과 다시 마주칠 일 따위는 없었다.

수윤이 대꾸할 가치를 느끼지 못하고 아무런 반응을 보이지 않자 박 과장이 그럴 줄 알았다는 듯 지레짐작하며 고개를 주억였다.

"옛말에 얌전한 고양이 부뚜막에 먼저 올라간다더니 틀

린 말이 하나도 없네."

"과장님. 말씀이 좀 심하세요."

"뭐? 내가 틀린 말 했어?"

도가 지나친 발언에 혜정이 옆에서 박 과장을 말렸지만 박 과장은 뭐 어떠냐는 듯 계속 떠들어 댔다.

"그래. 애라도 빨리 낳아야지. 나이 들면 애 낳기도 힘들어."

박 과장의 터진 입을 아무도 막지 못하고 듣고 있기만 하던 그때였다.

"그러는 박 과장님은 애 낳아 보셨습니까?"

"아, 사장님……."

웬일로 영업팀을 방문한 재하가 못 들을 걸 들었다는 표정으로 박 과장을 보고 있었다.

"애 낳아 보셨냐고 물었습니다만."

무슨 말도 안 되는 질문을 하느냐는 듯, 박 과장이 고개를 좌우로 흔들며 손사래를 쳤다.

"아, 아니요……."

"그래요? 꼭 낳아 보신 것처럼 말씀하시길래."

재하의 경멸하는 눈빛에 잔뜩 겁을 집어먹은 박 과장이 깨갱 하며 고개를 숙였다. 조금 전까지 수윤에게 큰소리를 치더니 자신보다 높은 사람이 등장하자 입 한 번 벙긋하지 않았다.

재하는 저보다 한참이나 키가 작은 박 과장을 배려해 고개를 낮추고 그에게만 들릴 정도로 낮게 속삭였다.

"보는 눈이 많습니다. 입조심. 아시겠죠?"

재하는 화를 억누르며 박 과장의 어깨를 힘껏 움켜쥐었다가, 그만 자리로 가 보라는 듯 박 과장의 어깨를 툭 쳤다.

박 과장이 자신의 자리로 돌아간 후 재하가 수윤이 있는 곳으로 시선을 돌렸다. 눈이 그대로 마주쳤지만 재하가 먼저 수윤의 시선을 피했다.

"고 부장님은?"

그가 누군가에게 묻는 목소리가 귓속을 파고들었다. 잠시 멍하게 있는 사이, 혜정이 걱정스러운 표정으로 괜찮냐고 물었다. 수윤은 그런 그녀를 향해 고개를 살짝 끄덕이고는 곧장 업무에 집중했다.

"은경아."

경숙이 목소리를 한껏 낮추고 은경을 불렀다. 은경이 왜 그러느냐는 듯 눈을 동그랗게 뜨고 경숙을 보았다.

"응?"

"네가 보기엔 수윤 양 어때 보여?"

"무슨 질문이 그래? 난 언니 좋은데?"

경숙의 물음에 은경은 조금도 고민하지 않고 방긋 웃으며 대답했다. 은경은 청초하고 차분한 느낌의 수윤이 좋았다. 어른스러우면서도 신비로운 분위기가 매력적이었다.

쾌활하고 선머슴 같은 제게는 눈을 씻고 찾아봐도 없는 느낌이었다. 자신과 정반대의 사람이라 더 끌리는 걸까. 은경은 수윤이 아주 마음에 들었다.

"나도 오빠랑 취향이 비슷한가 봐. 새언니한테 한눈에 반한 걸 보면."

은경이 장난스럽게 웃자 경숙이 그 모습을 보며 한숨을 폭 내쉬었다. 상견례까지 끝이 나고, 수윤이 벌써 신혼집에 들어가 산다는 소식까지 들었지만 어째 일이 진행이 되면 될수록 마음이 개운하지 않았다. 은성이 좋아하는 여자이니까 받아들이기로 했으면서도 수윤이 부족하다는 생각이 들어 만족할 수가 없었다.

경숙이 걱정 가득한 표정으로 다시 한번 깊은숨을 폭 뱉어 냈다. 말을 돌려서 하는 법이 없는 은경은 경숙의 표정을 보며 대놓고 물었다.

"왜? 엄마는 새언니 마음에 안 들어?"

"……솔직히 말하면 좀 그래."

잠시 우물거리던 경숙이 한숨 섞인 목소리로 대답했다. 은경은 어깨를 으쓱했다. 수윤을 마음에 들어 하지 않는 경숙이 이해가 되지 않는 모양이었다.

"엄마가 좀 그러면 뭐 어쩔 거야. 오빠가 그렇게 좋다는데."

"그러니 말이다. 말릴 수도 없고."

"솔직히 난 새언니가 부족한 거 잘 모르겠어. 오빠보다 나이도 네 살이나 어리지, 능력도 있지, 얼굴도 예쁘고 성격도 참한데."

"넌 동생이 되어서 누구 편을 드는 거야?"

"아니, 오빠가 부족하다는 뜻이 아니라."

경숙이 은경을 불만스러운 표정으로 노려보았다. 은경이 경숙의 옆에 바짝 붙어 앉으며 애교 섞인 목소리를 내었다.

"에이. 또 유치하게 왜 그래? 난 다 좋아서 그런 거지."

"다 큰 애가 징그럽게 왜 이래?"

"다 크면 엄마 딸 아닌가용?"

"아유. 내가 못 살아."

경숙이 싫은 체를 하며 은경을 밀어내자 은경이 경숙을 더 세게 끌어안았다. 경숙은 싫다 싫다 하면서도 딸의 애교에 마음이 사르르 녹아내렸다.

"좀 이따 새언니 집에 올 텐데, 그 앞에서 티 내지 말기야. 알았지? 어차피 우리 집 식구로 받아들일 건데, 언니 마음 상할 일 만들지 말자구. 응? 좋은 면만 보구. 응응?"

은경의 애교에 못 이기는 척, 경숙이 고개를 끄덕였다.

그래. 별수가 있나. 아무리 제 마음에 들지 않는다고 해도 은성이 그렇게나 좋아하는 사람이었다. 경숙은 받아들여야 한다고 스스로에게 되뇌며 자리에서 일어났다. 조금 있으면 수윤이 집으로 올 예정이었다.

어느새 주방에서는 맛있는 음식 냄새가 솔솔 나고 있었다. 은경이 그런 경숙을 따라 일어나며 물었다.

"근데 일 도와주시는 아주머니, 언제 바뀌었어?"

"얼마 안 됐어. 일주일 정도?"

"전에 일하시던 분은?"

"몸이 안 좋아서 더 일 못 한다고 소개해 주고 그만뒀어. 선희 씨 요리 잘하더라."

"어, 정말? 그럼 내가 먼저 시식을 해 봐야지."

음식 솜씨가 좋다는 말에 은경이 먼저 주방으로 빠르게 달려갔다. 가자마자 선희의 옆에 붙어 선 은경은 그 잠깐 사이에 몇 마디를 나누더니 금세 웃음꽃을 피우며 대화를 나누기 시작했다.

"아주머니. 이거 진짜 맛있어요. 완전 제 취향."

"정말요? 입에 맞아서 다행이에요."

경숙은 그런 은경을 흐뭇하게 바라보며 음식 준비를 이어 갔다.

딩동. 음식이 거의 다 완성되어 갈 무렵, 딱 맞게 초인종을 누르는 소리가 들려왔다. 그 소리에 은경이 누구보다 빠르게 반응했다.

"제가 나가겠습니다!"

은경이 활짝 웃으면서 후다닥 현관으로 향했다. 문을 열어 주고 현관을 나서자 수윤이 대문을 닫고 들어오는 모습이 보였다. 은경이 반갑게 손을 흔들자 수윤 역시 그녀를 향해 손을 흔들었다.

"새언니! 어서 와요! 뭘 이런 걸 사 왔어요. 빈손으로 와도 되는데."

"잘 지냈어요? 집에서 보니까 또 느낌이 다르네요."

은경은 수윤이 들고 온 과일 바구니를 받아 들며 해맑게 웃었다. 그러면서 그녀의 귀에다 대고 소곤소곤 말했다.

"그렇죠? 나 있으니까 좀 편하죠?"

"물론이죠."

현관으로 들어서자 경숙이 수윤을 반갑게 맞았다. 계속 얼굴을 보고 함께 있는 시간을 늘려 가다 보면 괜찮아지겠지. 그렇게 생각하며 수윤을 향해 미소 지었다.

"안녕하셨어요?"

"어서 오렴. 저녁 전이지? 밥부터 먹을까?"

"네, 좋아요."

"선희 씨. 우리 바로 저녁 준비 좀 해 줄래요?"

"네, 사모님."

그때 수윤과 선희의 눈이 정면으로 마주쳤다. 그러자 선희가 수윤의 눈을 황급히 피하며 주방으로 걸음을 옮겼다.

"어……."

어디에선가 본 적이 있는 듯한 얼굴에 수윤이 잠시 멈칫하는 사이, 은경이 수윤을 팔을 잡아끌며 거실 소파로 향했다.

"언니 여기 어서 앉아요."

어디에서 본 건지 기억하려 애썼지만 옆에서 은경이 재잘거리며 대화를 주도하는 바람에 수윤은 생각을 나중으로 미뤘다.

하지만 이어지는 대화에 선희의 존재는 까맣게 잊어버리고 말았다.

저녁 식사가 끝이 나고 담소를 나누었더니 어느새 시간이 꽤 지나 있었다.

식사는 편한 분위기에서 진행되었다. 경숙은 은경과 수윤이 얘기를 나누는 모습이 보기 좋았다. 은성이 바쁜 것 같아 오지 않아도 된다고 했는데도 여기까지 혼자서 온 걸 보면 심성이 착한 것 같기도 했다.

"그놈의 집안 배경만 아니었어도……."

수윤을 돌려보내고 난 뒤에도 한숨을 푹푹 내쉬던 경숙은 잡념을 지워 버리려 주방으로 들어갔다. 주방에서는 선희가 설거지를 마무리하고 있었다. 잠시 옆에 서서 거들 것이 없나 살피고 있으니 선희가 눈치를 살피며 조심스럽게 입술을 열었다.

"저, 사모님. 근데 아까 수윤 아가씨한테 며느리라고 하신 것 같은데……, 아드님이랑 결혼하시는 거예요?"

안절부절못하는 선희의 행동에 경숙이 고개를 갸웃했다.

"네. 우리 아들이랑 결혼할 아이예요. 근데 왜 그래요?"

"아, 아니요. 아무것도 아니에요."

사람 참 싱겁긴. 아무 생각 없이 주방을 정리하다 문득 이상하다는 생각이 들었다. 단순한 궁금증인데 안절부절못할 이유가 없지 않나.

영신의 안주인으로서 사람들을 많이 대하다 보니 눈치라면 누구에게도 뒤지지 않았다. 아무리 생각해도 이상하다는 생각이 들어 경숙은 정리를 다 끝내고 집으로 가려는 선희를 불러 세웠다.

“잠깐만요. 선희 씨. 얘기 좀 해요.”

“네? 무슨 얘기를…….”

“일단 여기 좀 앉아 보세요.”

선희를 소파에 앉히고 경숙이 단도직입적으로 물었다.

“아까 나한테 하려던 말 있었죠?”

“아, 정말 아무것도 아니에요.”

선희가 손사래를 쳤지만 경숙은 여전히 찜찜했다.

“근데 왜 내 눈을 못 봐요? 솔직하게 얘기해 봐요.”

경숙이 다시 한번 선희에게 물었다. 그에 이걸 어떻게 해야 하나 망설이는 기색을 보이던 선희가 이내 결심했는지 경숙의 눈을 똑바로 바라보았다.

선희의 입술이 느리게 열렸다.

“사실은……, 제가 재하 도련님 어렸을 때부터 그 집에 있었거든요. 그래서 잘 아는데, 그 집에 있을 때 도련님이 수윤 아가씨를 많이 아꼈어요. 그 집에 들어오게 된 것도 다 도련님이 떼를 써서 그랬던 거구요.”

현관문을 열고 들어온 수윤은 거실에 불이 환히 켜진 것을 보며 고개를 갸웃했다.

"내가…… 불을 켜 놓고 갔었나?"

아침에 분명 확인을 했었던 것 같은데 이상하다는 생각을 하며 수윤이 안으로 들어왔다. 그렇게 몇 걸음을 옮기는 사이, 주방에서 갑자기 누군가가 나오는 모습이 포착되었다.

"엄마야!"

깜짝 놀라 비명을 지르며 자리에 그대로 주저앉았다. 격한 수윤의 반응에 덩달아 깜짝 놀란 은성이 수윤에게 곧바로 달려왔다.

"수윤 씨, 미안해요. 많이 놀랐어요?"

"아……, 조금요."

소스라치게 놀랐던 수윤이 놀라서 바닥으로 쿵 떨어진 심장을 부여잡고 달랬다. 아무도 없을 거라 생각했던 공간에 사람이 지나다니자 귀신이라도 본 것 같은 기분이 들었던 것이다.

"연락도 없이 어쩐 일로 왔어요?"

수윤이 자리에서 일어나며 은성에게 물었다. 아무리 신혼집이지만 아직까지 은성과 단둘이 이 공간에 있는 게 적응이 되지 않았다.

"연락했는데 수윤 씨가 연락을 안 받아서 왔어요."

"어? 그랬어요?"

은성의 말에 수윤이 그럴 리가 없다는 듯한 얼굴로 핸드백을 뒤졌다. 휴대 전화를 꺼내 화면을 확인하니 언제 방전이 된 것인지 휴대 전화가 꺼져 있었다.

"미안해요. 전화가 꺼진 줄 몰랐어요. 이게 대체 언제 꺼진 거지? 날씨가 추워서 그런가?"

수윤이 당황하며 휴대 전화를 켰지만 전화는 켜지지 않았다. 분명 회사에서 은성의 본가로 가기 전에 반 이상 충전이 되어 있는 걸 확인하고 나갔는데, 어느 틈에 배터리가 다 된 건지 모를 일이었다.

"연락이 너무 안 돼서 무작정 집에 왔어요. 근데 여기도 수윤 씨가 없잖아."

은성이 조금 화가 난 듯한 얼굴로 수윤을 바라보다 그녀의 어깨를 천천히 끌어안았다. 매일 웃던 얼굴에 웃음이 사라진 모습이 낯설게 느껴진다.

"미안해요."

"……이 시간까지 누구 만나고 온 거예요?"

"네?"

"혹시……."

그녀의 어깨를 잡고 있는 은성의 손에 힘이 들어가는 것이 느껴졌다. 무슨 뜻으로 이런 말을 하는 건지 알 수 없었으나 추궁을 하는 것처럼 들렸다.

수윤은 은성을 품에서 살짝 밀어내며 그의 눈을 똑바로 응시했다.

"오늘 은성 씨 본가에 다녀왔어요."

당황스러웠지만 수윤은 최대한 차분한 목소리로 말했다. 은성의 손을 잡고 그를 안심할 수 있도록 빙긋 미소를 지었다.

"은성 씨 주말에 시간 안 된다고 해서 어머님 댁 가는 거 시간 바꿨거든요. 그게 오늘이었어요."

"아……."

수윤의 말에 은성은 맥이 풀린 듯 낮은 소리를 뱉어 냈다.

"말했었는데. 요즘 일 때문에 많이 바쁘죠? 내가 연락만 잘 됐어도 이렇게 걱정하지는 않았을 텐데 미안해요."

"……내가 미안해요."

은성은 머리를 세게 한 번 맞은 것 같은 얼굴로 수윤을 바라보았다. 수윤이 고개를 저으며 은성을 향해 물었다.

"저녁은 먹었어요?"

"아니, 아직이요."

"그럼 뭐라도 좀 준비할게요."

수윤이 미소 지으며 말하자 은성은 여전히 미안한 기색을 감추지 못한 채 고개만 끄덕였다.

다음 날 아침 일찍 출근을 한 은성은 하루 종일 업무에 집중을 하지 못했다. 어제 수윤에게 저도 모르게 의심하는 말투가 새어 나갔던 일이 마음속에 무겁게 자리 잡고 있었다.

"내가 왜 그랬지……."

은성이 양손으로 제 얼굴을 짓뭉개듯 쓸었다. 수윤이 좋은 건 변함이 없는 사실인데, 수윤과 연락이 닿지 않으니 불쑥 재하의 얼굴이 머릿속을 스쳐 지나갔다.

그러면 또 저도 모르게 불안해져서. 수윤이 오랜 시간 동안 연락이 되지 않자 빌어먹을 생각이 거기까지 닿았다.

재하를 만나는 걸까. 그래서 전화를 꺼 놓은 건가.

수윤이 본가에 들렀다 올 거라는 생각은 전혀 하지 못했다. 수윤에게는 궁금하지 않다는 둥, 미래만 생각하자는 둥, 마음이 넓은 사람인 것처럼 굴었으나 말과 행동이 하나도 일치하지 않았다.

겨우 제 품으로 들어온 수윤이 제 손을 빠져나갈까 두려운 마음이 더 컸다. 그저 하루빨리 결혼식을 올리고 싶었다. 결혼을 하고 나면 이 마음이 좀 안정될 것 같았다.

경숙에게서 전화가 온 것은 퇴근 시간이 가까울 무렵이었다.

"네, 어머니."

―은성아!

전화를 받자마자 들려오는 목소리가 오늘따라 꽤 흥분한 것처럼 들렸다. 영문을 알 턱이 없는 은성이 고개를 갸웃했다.

"어머니. 무슨 일 있으세요?"

―너, 너 지금 속고 있는 거야!

넘쳐흐르는 화를 주체하지 못하고 경숙이 말을 더듬으며 크게 소리를 쳤다. 은성은 경숙이 이렇게까지 흥분한 모습을 한 번도 본 적이 없었다. 무슨 큰일이라도 난 건가 싶은 마음에 그가 되물었다.

"속고 있다니요? 그게 무슨 말씀이세요?"

―수윤이 그 계집애, 차 사장이랑 그렇고 그런 사이였다더라.

"……네?"

―어떻게 그 인간들 그렇게 뻔뻔할 수가 있니? 어디 감히 갖다 댈 사람이 없어서 그런 애를……!

정말 말도 안 되는 일이 벌어졌다는 듯 경숙이 흥분한 목소리를 쏟아 냈다. 모친에게서 예상하지 못한 말을 들은 은성은 피곤한 얼굴로 옅은 숨을 내뱉었다.

"그 말 어디서 들으셨어요?"

―지금 그게 중요하니?

"누가 그런 얘기를 했는지는 모르겠지만 믿지 마세요."

―내가 차 회장 집에서 일했던 사람한테 직접 들었어. 거짓말 같지는 않던데…….

경숙이 말끝을 길게 늘였다. 은성은 이런 실랑이가 달갑지 않아 얼른 통화를 끝낼 셈으로 단칼에 잘라 말했다.

"뭐가 됐든 사실 아닙니다."

―너, 설마…….

단호한 은성의 태도에 뭔가 이상함을 느낀 경숙이 말도 안 된다는 듯한 목소리로 말을 이었다. 침을 꿀꺽 삼키는 소리가 전화 너머로 들려왔다.

—은성이 너, 알고 있었던 거야? 알고 있으면서도 그 아이랑 결혼을 하겠다고?

"그냥 소문이에요."

—은성아!

"제가 좋아해요. 그러니까 더 이상 아무 말씀하시지 마세요. 업무 중이라 전화 끊겠습니다."

수윤과 재하 사이의 일만으로도 머리가 터질 것 같은데 거기에 경숙까지 더해지자 머릿속이 엉망이 된 기분이었다. 은성은 휴대 전화를 책상 위에 아무렇게나 던졌다.

"하아……."

손바닥으로 눈을 꾹 눌렀다 떼며 은성은 등받이에 몸을 깊게 묻었다. 눈을 지그시 감은 채 아무 생각도 하지 않으려고 애썼지만 그럴 수가 없었다.

'그렇고 그런 사이였다더라.'

좀 전에 경숙이 했던 말이 머릿속에서 윙윙 울렸다.

'원래 내 여자였어.'

그때 재하가 했었던 그 말의 의미를, 이제는 알 것 같았다.

통화를 끝낸 경숙이 초조한 얼굴로 휴대 전화 화면을 바라보았다.

"단단히 미쳤구나."

이미 그 사실을 알고 있으면서도 결혼할 생각을 하는 은성이 제정신이 아니라는 생각이 들었다.

'두 분 다 성인이 되고 나서는 일하는 사람들 사이에서 그렇고 그런 관계라는 얘기가 있었어요. 사모님이 아셔야 할 것 같아서요.'

어젯밤 선희의 말을 들은 경숙은 바로 비서에게 전화를 걸어 수윤과 재하의 사이를 알아보라고 했다. 능력 있는 비서는 하루도 채 걸리지 않아 두 사람의 관계를 경숙에게 전했다.

선희의 말은 틀린 것이 하나도 없었다. 차 회장의 집에서 일을 했던 대부분의 사람들이 선희와 비슷한 말을 했다.

딱히 관계를 숨기지도 않은 모양이었다. 최근까지 수윤이 재하의 집에 들락날락했다는 말을 들은 경숙은 더 이상 화를 참을 수가 없었다.

"하."

선희와의 대화를 곱씹던 경숙이 기가 찬 듯 헛웃음을 뱉어 냈다.

상견례 자리에서 재하의 상태가 좀 이상하다는 생각을 하긴 했으나 별 신경을 쓰지 않았었는데 그게 이런 식으로 연관이 있을 줄은 상상도 하지 못했다.

그날 능글거리며 은성과 수윤의 결혼을 얘기하던 차 회장이 떠올랐다. 화가 머리끝까지 차올라 손이 부들부들 떨렸다. 감히, 그런 아이를 우리 은성이 상대로 소개해? 무시도 정도가 있었다.

"엉큼한 노인네."

은성이 알면서도 수윤을 받아들이려 한다는 게 이해가 되지 않았다. 업무차 해외에 가 있는 유 회장에게 얼른 이 사실을 알려서 파혼을 진행해야 했다. 은성이 원한다고 해도 재하와 이상한 사이였다는 걸 알게 된 이상 수윤을 며느리로 받아들일 수는 없었다.

"……이러고 있을 때가 아니지."

경숙이 휴대 전화 목록을 뒤적이더니 어디론가 전화를 걸었다. 그러고는 빠르게 나갈 채비를 했다.

"어? 엄마. 어디 가?"

막 은경이 집으로 들어오고 있었지만 신경 쓸 겨를이 없었다. 경숙을 만나러 집으로 왔던 은경은 영문을 모르는 채로 그녀의 뒤로 따라붙었다.

"잘 됐어. 네가 운전 좀 해."

밖으로 나오자마자 경숙은 은경의 차에 올라탔다. 은경은 경숙이 알려 준 장소로 부드럽게 차를 몰았다.

"누구 만나러 가는 건데?"

"……."

"무슨 일 있어? 표정이 왜 그렇게 안 좋아?"

옆에서 은경이 물었지만 경숙의 귀에 그 말이 제대로 들릴 리 없었다. 대꾸조차 하지 않는 경숙을 보며 은경이 눈치를 살폈다.

뭐 때문에 저렇게 화가 난 건지 감이 오지 않았다. 은경은 오늘 눈치껏 경숙의 기분을 맞추어야겠다는 생각을 하며 내비게이션이 안내하는 곳으로 운전을 했다. 경숙이 알려 준 장소는 한 카페였다. 근처 주차장에 차를 세우고 나서 약속 장소인 카페로 들어갔다.

"근데 나도 같이 있어도 돼?"

괜히 따라왔나? 은경이 혼자서 중얼거렸다. 누구를 만나는지 말을 해 주지 않으니 이 자리에 있어야 할지 말아야 할지 고민이 되었다.

경숙이 여전히 아무 반응도 없는 걸 보니 차라리 따라오지 말았어야 했다는 생각이 들었다. 경숙의 표정이, 꼭 무슨 일을 저지를 것처럼 보였기 때문이었다. 이 자리에 있다가 괜한 불똥이 튈지도 몰랐다.

"아, 그러고 보니 여기 새언니 회사 근천데. 새언니 만나러 온 거야?"

은경이 쉴 새 없이 말을 했지만 화가 난 경숙에게는 아무런 말도 들리지 않았다. 은경이 민망한 듯 어깨를 으쓱했다.

하지만 경숙이 수윤을 만나러 왔다는 사실은 금세 알아차릴 수 있었다. 카페 안으로 수윤이 급하게 들어오는 모습이 보였다.

"새언니! 여기예요."

"아, 아가씨. 어머님."

아무것도 모르는 은경이 신나게 손을 흔들었다. 수윤이 환히 미소 지으며 경숙과 은경을 향해 다가왔다. 두 사람이 인사를 하는 모습을 보며 경숙은 미간을 좁혔다.

온몸에 소름이 돋았다. 가증스러웠다. 재하와 그런 사이였다는 것을 숨기고 은성과 결혼을 시키려 하는 차 회장도, 그걸 숨기고 은성과 결혼을 하려는 수윤도 모두 끔찍하게 느껴졌다.

은성이 하지 못 하면 자신이 나서서 하루빨리 매듭을 지어야 한다는 생각이 들었다. 이 이상 지체하다가는 다른 사람들의 입에 오르내리기 십상이었다. 은성을 한낱 가십거리로 만들 수는 없었다.

"여기까지 어쩐 일로……."

수윤이 미소 짓는 얼굴로 가까이 다가왔다. 경숙은 그 뻔뻔스러운 얼굴을 보며 자리에서 벌떡 일어났다.

짜악!

순식간에 일어난 일이었다. 커다란 마찰음과 함께 수윤의 고개가 오른쪽으로 홱 돌아갔다. 그 모습을 정면에서 본 은경이 눈을 커다랗게 떴다.

"어, 엄마! 뭐, 뭐 하는 거야!"

5

손을 뺨으로 가져가는 수윤을 보며 은경이 그녀의 얼굴을 감싸 안았다. 경숙의 이런 모습을 생전 처음 본 은경은 놀라움으로 손이 파들파들 떨렸다. 오히려 영문을 모르는 채로 뺨을 맞은 수윤이 더 의연한 모습이었다.

“네가 감히 우리 은성이랑 결혼할 수 있을 거라 생각했니? 그 더러운 관계를 숨기고서?”

날카로운 목소리에 수윤은 아무 말도 하지 않은 채 고개를 숙이고 가만히 서 있었다. 마치 제 죄를 시인하는 것만 같은 행동에 경숙이 못마땅한 얼굴로 수윤을 쳐다보았다.

“엄마, 뭐 때문에 그러는지는 모르겠지만 말로…….”

“넌 입 다물고 가만히 있어.”

경숙은 화가 난 얼굴로 은경의 말을 단칼에 잘라 냈다.

그러고는 고개를 숙인 수윤을 보며 다시 한번 차가운 목소리를 뱉어 냈다.

"내가 왜 이러는지는 네가 더 잘 알 거야."

"……."

"나 이 결혼 허락 못 한다. 웬만하면 다시는 우리 집에 발 들이지 마라. 그때는 이 정도로 끝나지 않을 테니. 알겠니?"

"어, 엄마!"

얼굴을 보며 더 할 말도 없던 경숙은 그대로 뒤돌아서 카페를 나갔다. 은경은 갑작스러운 상황에 중간에서 어쩔 줄을 몰랐다. 경숙을 따라가야 할 것 같은데 맞은 수윤을 그대로 두고 나갈 수도 없는 노릇이었다.

"언니, 괜찮아요? 뺨이 좀 부은 것 같은데……. 미안해요. 내가 대신 사과할게요."

"어머님한테 가 보세요. 전 괜찮아요."

"언니……."

"어서요."

은경의 곤란한 마음을 눈치챈 수윤이 부어오른 뺨을 하고는 억지로 미소를 지었다. 은경은 그런 수윤을 혼자 두고 가기가 안쓰러웠지만 경숙을 저대로 보낼 수도 없었다. 잠시 어찌해야 할지 갈피를 잡지 못하던 은경은 수윤에게 연락하겠다는 말을 남기고는 자리를 벗어났다.

은경은 카페에서 다급하게 나와 이리저리 주변을 살폈지만 아무리 주변을 둘러봐도 경숙의 모습은 보이지 않았다.

"아, 엄마는 대체 어디 간 거야?"

그 와중에도 혼자 카페에 남아 있는 수윤이 걱정이 되었다. 어떻게 해야 하나 고민하던 은경이 곧바로 휴대 전화를 꺼내 들었다.

"아, 어쩌지."

바로 은성에게 연락을 할 생각이었으나 은경은 휴대 전화를 든 채 잠시 망설였다. 은성에게 경숙이 수윤의 뺨을 때렸다는 말은 하기 어려웠다. 중간에서 자신이 말을 전하면 오히려 일을 더 크게 만드는 것이 아닌가 하는 생각이 들었다.

"아, 엄마를 따라 나오는 게 아니었어."

하필 중간에 끼어서 이게 뭐야. 은경이 머리를 쥐어짜듯 움켜쥐었다. 온화하기만 한 은성이 화를 내는 모습이 감히 상상되지 않았다. 은성이 화낼 것을 생각하니 죽어도 이 사실을 말할 수 없을 것만 같았다.

"이럴 때는 재하 오빠가 더 나으려나?"

아니, 동생이 뺨을 맞았다고 하면 더 화내려나?

잠시 고민하던 은경은 은성에게 말하는 것보다 재하에게 말하는 것이 훨씬 더 나을 것이라 판단했다. 같은 회사를 다니고 있으니 재하가 은성보다 더 빨리 와서 수윤을 챙겨 줄 수 있을 것이다.

거기까지 생각이 닿은 은경은 전화번호 목록을 뒤져 재하의 번호를 찾아냈다. 신호음이 한참 울리고 나서, 재하가 전화를 받았다.

"오빠. 지금 시간 있어?"

"아가씨께서 사직서를 제출하셨다고 합니다."

태블릿으로 신제품에 관련한 자료를 살피고 있던 재하가 잠시 손을 멈추었다. 그러다 곧 아무 말도 듣지 못한 것처럼 자료에 다시 집중을 했다.

"그날 영업팀 박 과장이 그래서 아가씨께 폭언을 하셨다고 합니다."

수윤이 궁금해서 일을 핑계로 찾아간 영업팀에서는 말도 안 되는 광경이 벌어지고 있었다. 수윤에게 할 말 못 할 말을 가리지 않고 퍼붓고 있는 박 과장의 모습을 보며 화가 머리끝까지 차올랐다. 그 자리에서 당장이라도 모가지를 비틀어 버리고 싶었지만 주변의 시선을 의식해 억지로 참았다.

"수윤이 사직서와 박 과장이 무슨 상관이지?"

"박 과장이 아가씨께 관심이 있었던 모양입니다."

"말 같지도 않은 소리."

관심이 있다고 해서 박 과장이 수윤에게 막말을 할 권리는 없었다. 선진에서 일하는 몇 년 동안 수윤이 폭언과 성희롱을 일상적으로 들었다고 생각하니 다시 짜증이 치밀기 시작했다.

박 과장이 수윤에게 관심을 보인다는 사실은 짐작하고 있었으나 그런 험한 말까지 하며 괴롭힐 줄은 전혀 생각하지 못했다. 회식을 핑계로 밤중에 수윤에게 전화를 하던 그때부터 뭔가 조치를 취했어야 했다.

“평소 행실은?”

“술자리 강요에, 평소에는 여직원들에게 성희롱을 서슴지 않는다고 합니다.”

재하는 항상 자신이 한발 늦는 것 같다는 생각이 들었다. 이것도, 저것도, 모조리. 재하가 쥐고 있던 태블릿을 책상 위에 놓고는 답답한 마음에 머리를 쓸어 넘겼다.

“제대로 조사해서 처벌해. 할 수 있으면 형사처벌까지.”

“알겠습니다.”

“직원들 상대로 성범죄 예방 교육 준비하고.”

“네. 그렇게 하겠습니다. 아가씨 사직서는 어떻게 할까요?”

정건의 질문에 잠시 침묵을 지키던 재하가 느리게 입술을 뗐다.

“처리하라고 해.”

정건이 대답을 하지 않은 채 그 자리에 가만히 서서 재하를 바라보았다. 보지 않아도 정건의 시선이 제게 향해 있다는 것을 느낀 재하가 그를 쳐다보지 않은 채 말을 이었다.

“왜.”

“아무것도 아닙니다.”

"한심하다고 생각해도 어쩔 수 없어."

"……."

살면서 단 한 번도 제가 원하는 것을 가지지 못한 적이 없었고, 단 한 번도 생각한 것을 그대로 실현하지 못한 적이 없었다.

그런데 지금은 무력감이 온몸에 차서 넘쳐흐르는 것 같은 기분이었다. 재하는 이런 기분이 아주 낯설었다.

"하지만 결혼은 막으셔야 하는 것 아닙니까?"

그 말에 재하가 서류를 응시하고 있던 시선을 들어 제 앞에 서 있는 정건을 보았다.

"내가 무슨 수로?"

결혼을 막는다고 생각하자 수윤의 우는 얼굴부터 떠올랐다. 언제나 차분하던 수윤이 울 수도 있다는 생각은 했지만, 막상 우는 모습을 보니 속이 꽉 막힌 것처럼 괴로웠다.

그녀가 우는 모습까지 감수해야 한다고 생각했으나 그건 재하가 감당하기 어려운 일이었다. 눈물이 그렁그렁한 얼굴을 떠올리는 것만으로도 이렇게나 가슴이 따끔거리는데.

재하는 수윤의 우는 얼굴을 두 번 다시 보고 싶지 않았다. 그런 얼굴을 보지 않으려면, 그녀가 원하는 대로 하게 두는 수밖에 달리 방법이 없었다.

"이제 됐어."

아무것도 해서는 안 된다. 그게 재하가 내린 결론이었다.

"내 일에 신경 끄고 그만 나가 봐."

허튼 생각을 하고 있던 재하가 정건을 향해 나가라며 손을 내저었다. 하지만 정건은 걸음을 옮길 생각 없이 그 자리를 지키고 서 있었다.

"할 말이 남았나?"

재하의 물음에 정건이 조금 망설이는 기색을 보이더니 말을 꺼냈다.

"……오선희 씨가 유 회장님 사모님께 말씀을 제대로 전했다고 합니다."

"……뭐?"

"일전에 취소하라고 하신 것 제가 독단적으로 진행했습니다."

재하는 정건이 무엇을 말하고 있는지 단번에 알아차렸다. 상견례 날 전까지, 재하는 수윤의 결혼을 막기 위해서라면 못 할 짓이 없다고 생각했다.

차 회장이 상견례 자리를 망치려는 자신을 막을 수도 있었다. 차 회장은 재하가 멋대로 굴게끔 놔둘 사람이 아니었다.

그래서 유 회장의 집에 사람을 심었다. 기회를 봐서 자연스러운 방식으로 경숙에게 재하와 수윤의 사이에 무언가 있었다는 정보를 흘리라고 지시했다.

하지만 상견례가 끝난 당일, 재하는 정건에게 더 이상 아무것도 하지 않겠다고, 다 그만두라고 지시를 했었다.

더 이상 수윤을 제 마음대로 휘두르고 싶지 않았기 때문이었다. 그런데 정건이 그 말을 듣지 않았다.

"제정신이야?"

"죄송합니다. 지금 이렇게 하지 않으면 기회가 없을 것 같았습니다."

정건이 재하를 향해 고개를 깊이 숙였다. 그런 정건의 모습을 보며 재하가 차가운 목소리를 뱉어 냈다.

"그걸 왜 네가 판단해?"

"……도움을 드리고 싶었습니다."

재하가 정건을 물끄러미 바라보다 옅은 한숨을 쉬어 냈다. 그가 정건을 외면하며 말했다.

"나가."

정건은 재하를 향해 고개를 숙이고는 곧장 문을 열고 나갔다. 재하는 쉴 새 없이 차오르는 한숨을 크게 내쉬었다.

최경숙 여사는 자식 사랑이 유별난 사람이었다. 경숙이 그 사실을 알게 됐다면 가만히 있지 않을 것이 빤했다.

"……."

궁지에 빠뜨려서라도 제 옆에 두고 싶었다. 그렇게 원했던 대로 일이 진행이 되었는데 왜 이렇게 마음이 답답한지 모를 일이다.

수윤을 가지려고 하면 할수록 어긋나는 이 상황이 되게 개같은데, 자신이 상황을 더 개같이 만드는 것만 같아 마음이 답답했다.

그녀에게 상처를 주면서도 제 곁에 두려 할 때는 언제고 이제 와서 상처받았을 그녀가 걱정이 되다니. 이렇게 모순적인 감정을 느끼는 스스로가 우스웠다. 그는 자리에서 일어나 통유리창 너머로 보이는 풍경에 시선을 두며 답답한 마음을 달랬다.

책상 위에 올려 둔 휴대 전화가 요란스럽게 울린 것은 그때쯤이었다. 전화를 건 사람은 은경이었다. 재하는 휴대 전화 화면에 은경의 이름이 떠 있는 것을 한참이나 물끄러미 보다가 이내 전화를 받아 들었다.

"왜."

—전화 받는 예절이……, 아니 지금 그게 중요한 게 아니라 수윤 언니 지금 오빠 회사 카페 근처에 있거든. 가서 좀 챙겨 줘.

"유은성 부르면 되잖아."

앞뒤가 잘린 말에 재하가 신경질적인 말투를 뱉어 냈다. 하지만 뒤이어 들리는 그 말에 재하는 숨이 턱 하고 막히는 것 같은 기분이 들었다.

—엄마가 언니한테…… 손찌검을 했어.

"뭐?"

재하가 이마를 짚으며 눈을 질끈 감았다가 떴다. 그의 예상이 완벽하게 들어맞았다. 결국 이렇게 수윤에게 상처를 주는 건 다른 누구도 아닌 자신뿐이었다.

처음부터 시작하지 않았으면 좋았을 일을 저지르고 나서 후회하는 것도 자신이었다. 나서지 않았으면, 일어나지 않았을 일이다.

—나 은성 오빠한테 내 입으로 절대 말 못 해.

"……그래서."

—오빠가 대신 말해 줘. 난 진짜 못 하겠어.

그럼에도 수윤이 괜찮은지 걱정이 되었다. 끼어들면 안 된다고 생각하면서도 그의 온 신경은 자연스럽게 수윤에게로 향했다.

—응? 갈 거지? 가 줄 거지?

은경이 우는소리를 하며 재하의 대답을 재촉했다.

"회사 근처라고?"

수윤은 멍한 얼굴로 카페에 앉아 있었다. 사람이 없는 카페라 다행이라는 생각이 들었다. 경숙의 위치가 위치이다 보니 이슈가 되면 곤란한 일이 벌어질지도 몰랐다.

"……."

네가 더 잘 알 거라는 경숙의 말을 듣는 순간 수윤은 어느 정도 예상을 했다. 경숙의 귀에까지 그 얘기가 들렸구나. 한 대 맞고 나니 그제야 정신이 드는 것 같았다.

……그래, 내가 너무 욕심을 부렸어. 사람은 또 다른 사람으로 잊는 거라지만 이런 식으로 은성을 끌어들여서는 안 되는 거였다.

머리로는 알고 있었다. 마음 착한 은성을 보며 죄책감을 느낄 때마다 은성에게 더 잘해야지, 그렇게 그 마음에 보답해야지, 하고 생각했다.

……단 한 순간도 은성을 사랑하지 않았음에도.

은성과 함께라면 행복해질 수 있을 것만 같아서 억지로 은성에게 마음을 주려고 했다. 노력을 하면 정말로 사랑이 될 것만 같아서 은성을 사랑하려고 애썼다.

하지만 마음은 마음대로 되지 않았다. 은성이 제게 애정을 쏟으면 쏟을수록 사랑이 아니라 미안한 마음만 커져 갔다. 죄책감을 숨기려고 더 은성을 사랑하게 된 것처럼 행동했다.

재하만 잔인한 게 아니었다. 자신도 재하와 다를 바가 하나도 없었다. 내 마음이 상처받는 건 그렇게 아프고 가여웠으면서 은성의 마음은 이용하려고 했다.

너무 이기적이었다. 행복해지고 싶어서, 은성과 가정을 꾸리면 행복해질 수 있다는 생각에 눈이 멀어 은성의 입장은 하나도 고려하지 않았다.

"좀 괜찮아?"

은성에 대한 죄책감에 헤어나지 못하고 테이블만 가만히 응시하며 자리에 앉아 있던 수윤은 익숙한 목소리에 고개를 들었다. 맞은편 자리에 자연스럽게 자리 잡는 재하를 그녀가 아무 감정 없는 눈동자로 물끄러미 바라보았다.

"그런 눈으로 보지 마. 은경이가 연락했어."

상대할 기운이 들지 않았다. 그저 입을 다문 채 그를 바라보다 그에게서 시선을 거두었다. 그런 그녀를 보며 재하가 들고 온 약 봉투를 내밀었다. 그가 나지막한 목소리로 말했다.

"미안해."

재하와는 어울리지 않는 단어에 수윤이 조금 동요하며 그에게 시선을 주었다. 하지만 그건 아주 잠깐일 뿐이었다.

"내가 그랬어."

밑도 끝도 없이 나온 말이었지만 놀랍지 않았다. 경숙이 화난 얼굴을 하고 제 뺨을 내려쳤을 때부터 다 알고 있던 일이었다. 재하가 아니고서야 있지도 않은 소문이 경숙의 귀에 들어갈 리 만무했다.

그저 수윤은 화낼 기운조차 없었다. 더 이상 울고 화를 내고 감정을 소모하고 싶지 않았다.

"미안한데, 그래도 후회는 안 해."

"……."

"이대로 네가 파혼했으면 좋겠어."

"……당신 마음대로 해요."

지쳤다. 다 포기하고 싶었다. 제게는 존재하지 않을지도 모르는 행복을 얻기 위해 발버둥 치고 싶지 않았다. 수윤은 재하를 본 체 만 체하며 아무 말 없이 먼저 자리에서 일어났다.

그녀가 떠난 테이블 위에는 재하가 건넨 약 봉투만이 그대로 놓여 있었다.

집에 도착하자 음식 냄새가 솔솔 났다. 확인하지 않아도 집에 온 사람이 은성이라는 것을 알 수 있었다.

수윤은 하루 종일 정신이 없어서 은성이 오늘도 집에 와 있을 거라는 생각은 미처 하지 못했다. 오지 말라는 말을 미리 해 뒀어야 했는데. 어떤 얼굴로 은성을 봐야 할지 알 수 없었다.

수윤은 현관 거울에 제 얼굴을 비추어 보았다. 뺨이 조금 부은 듯 보였다. 발갛게 부어올라 있는 뺨을 숨길 방법이 없었다. 임시방편으로 머리카락을 이용해 얼굴을 가리고 안으로 들어갔다.

수윤이 주방으로 가까이 다가가자 은성이 그녀의 모습을 발견하고는 빙긋 웃었다.

“수윤 씨. 왔어요? 좀 늦었네요?”

“오늘 일이 좀 늦게 끝났어요. 근데 이게 다 뭐예요?”

수윤이 식탁 위에 차려진 음식을 보며 눈을 크게 떴다. 식탁 위에는 먹음직스러운 저녁이 차려져 있었다.

“불고기 전골이에요. 회사 근처에 새로 맛집이 생겼다고 하길래 포장해 왔어요. 아직 식사 전이죠?”

“아, 네.”

"잘 됐다. 배고플 텐데 얼른 여기 앉아요."

은성이 의자를 하나 빼며 수윤에게 앉으라고 재촉했다. 수윤이 자리에 앉으니 은성이 맞은편에 앉으며 환한 웃음을 지었다.

"얼른 먹어 봐요."

입맛이 별로 없었지만 기대하는 얼굴로 자신을 보는 은성을 실망시키고 싶지 않아 숟가락을 들었다.

다 포기하고 싶다고 생각했으면서도 아직 미련이 남아 있었다. 어떤 선택이 최선일지, 어떻게 해야 후회가 없을지 확신이 들지 않았다. 이런 순간에도 자신을 최우선시하는 스스로가 한심하게 느껴졌다.

그녀는 목구멍으로 올라오는 한숨을 삼키며 국물을 한술 떴다. 냄새가 조금 역하게 느껴졌지만 입 안에 국물을 억지로 떠 넣었다. 은성은 수윤이 한술 뜨는 모습을 보며 그녀의 밥 위에 고기 한 점을 얹어 주었다.

"읍……."

국물은 어찌어찌 먹었으나 고기를 씹는 순간 헛구역질이 올라왔다. 수윤이 식탁 위에 있던 휴지를 뽑아 입 안에 넣었던 고기를 그대로 뱉어 냈다.

은성이 그 모습을 보고 놀라서 눈을 크게 떴다.

"왜 그래요? 괜찮아요?"

"속이 안 좋아서……, 못 먹겠어요. 기껏 사 왔는데 미안해요."

"아니, 아니에요. 속이 많이 안 좋은 거예요?"

"잠깐 화장실 좀 다녀올게요."

수윤은 자리에서 일어나 화장실로 곧장 향했다. 입을 헹구고 세수를 했다.

"……요즘 왜 이러지."

결혼 때문에 스트레스를 받아서 그런 걸까. 요즘 들어 잘 먹지도 못하고 유난히 몸이 무거웠다. 병원이라도 가 봐야 하나. 쉬고 나면 나을 거라 생각했지만 나아질 기미도 보이지 않았다.

뭐 하나 뜻대로 되는 게 없다는 생각에 입술 사이로 한숨이 터져 나왔다. 그대로 자리에 주저앉고 싶은 걸 억지로 버텼다.

얼굴을 닦고 밖으로 나가자 은성이 걱정스러운 얼굴로 수윤을 보았다.

"수윤 씨. 좀 쉬는 게 좋겠어요. 난 그만 갈게요."

수윤이 고개를 끄덕였다.

"수윤 씨."

옷을 챙겨 입고 나온 은성이 그녀를 불러 세웠다. 그러고는 그녀를 품에 안고 어깨를 토닥였다.

"아프지 말아요."

"……."

"무리하지 말고, 약 먹고 푹 쉬어요. 알겠죠?"

은성이 수윤을 보며 미소 지었다. 수윤이 그런 은성을 물끄러미 올려다보았다.

시간을 더 끌면 안 될 것 같은데. 이렇게 관계를 유지하는 것이 은성에게 더 상처를 주는 일이라는 걸 깨달았으면서도 수윤은 쉽게 말을 꺼낼 수가 없었다. 두 사람은 가깝게 거리를 유지한 채 잠깐 동안 서로를 마주 보고 있었다.

은성은 그것이 신호라고 여긴 모양이었다. 수윤이 다른 생각에 잠긴 사이 은성이 그녀의 입술에 천천히 가까워졌다.

"……아."

갑작스러운 은성의 행동에 놀란 수윤이 입술을 피하며 고개를 돌렸다.

"미안해요. 그게……."

"아니에요. 내가 좀 성급했죠?"

은성이 하하, 하고 어색한 웃음을 흘렸다. 수윤은 은성의 얼굴을 제대로 쳐다볼 수가 없었다. 시선을 아래로 내린 채 아무 말도 하지 않는 수윤을 가만히 내려다보던 은성이 그녀의 얼굴을 들여다보았다.

"거절당한 건 난데 수윤 씨가 그런 얼굴을 하면 어떡해요."

괜찮다며 수윤의 등을 토닥이던 은성은 바로 그때 수윤의 뺨이 부어오른 것을 발견했다. 왼쪽 뺨이 유난히 빨갛다고 생각했었는데 자세히 보니 볼에 긁힌 듯한 생채기가 조그맣게 나 있었다.

"……근데 얼굴이 왜 그래요? 왼쪽 뺨에 상처가 있는데."

"아, 아무것도 아니에요."

"아무것도 아닌 게 아닌 것 같은데."

은성이 수윤의 뺨으로 손을 뻗었다. 수윤이 피하려고 했지만 단호한 손길로 그녀의 턱을 잡고 뺨을 가리는 머리카락을 걷었다. 얼핏 봤을 때와는 달리 볼이 불그스름하게 툭 불거져 있었다. 그냥 봐도 누군가에게 맞은 것 같은 얼굴이었다.

"설마……."

은성은 낮에 경숙과 통화를 했던 일이 불쑥 떠올랐다. 이런 의심을 하는 것 자체가 불순하다는 생각이 들었으나 경숙이 그렇게 화가 난 모습은 처음이었다. 그러니 무슨 일이라도 저지를 수 있지 않을까.

"누구한테 맞았어요?"

"아니요. ……그냥 어디 좀 부딪쳐서 그래요."

차마 경숙이 그랬느냐는 질문은 하지 못하고 묻자 수윤은 은성의 질문이 끝나기도 전에 고개를 저었다. 은성은 그녀의 반응을 보며 노파심을 지울 수 없었다.

은성은 그녀의 뺨에 연고를 발라 준 뒤 편히 쉬라는 말을 남기고는 신혼집을 나왔다. 곧바로 집을 향해 출발했다. 운전을 하는 내내 수윤의 붉은 뺨이 뇌리에서 사라지지 않았다.

잠시 생각에 잠겨 고민하던 은성이 갓길에 차를 세웠다. 세우자마자 휴대 전화를 들어 경숙에게 전화를 걸었다. 신호음이 몇 번 울린 후, 경숙이 전화를 받았다.

"어머니. 혹시 낮에 수윤 씨 만났어요?"

-그래. 만났다.

의심이 확신이 되는 순간이었다. 은성은 앞뒤를 잘라먹고 다짜고짜 물었다.

"어머니가 수윤 씨 때린 거예요?"

"하아."

은경이 한숨을 폭 내쉬었다. 머리를 긁적이는 그녀의 눈이 어쩐지 오늘따라 굉장히 퀭해 보였다.

어젯밤, 은경은 경숙을 혼자 내버려 두지 못하고 본가로 들어가 있었다. 밤이 늦었을 무렵 찾아온 은성은 오자마자 경숙과 말다툼을 했고, 다툼은 곧 싸움으로 번졌다.

유 회장이 해외 일정으로 자리를 비웠던 터라 싸움은 쉽사리 끝나지 않았다. 두 사람의 다툼을 막고 싶었으나 은경의 힘으로는 역부족이었다.

"어휴."

두 사람의 대화로 사건의 내막을 모두 알게 된 은경은 조금 놀랐지만 막말로 두 사람이 혈연관계도 아니었고, 법적으로도 아무런 관련이 없었다. 비슷한 나이의 남녀가 한 집에서 자라다 보면 이상야릇한 마음이 생길 수도 있을 것 같았다.

그게 그렇게 큰 문제는 아닌 것 같은데, 반대로 경숙의 입장에서 생각하면 큰 문제 같기도 했다. 모두를 속이고 결혼을 했다면 조금 배신감이 들었을지도 모른다.

"그래도 오빠는 다 알고 있었다는데."

아직 부모가 되어 보지 못 해서 그런 걸까. 그런 건 은성과 수윤, 두 사람의 문제라고 생각하는데 경숙이 과하게 개입하는 건 아닌가 하는 생각이 들었다.

경숙은 아무리 생각해도 수윤이 괘씸한지 절대로 결혼을 받아들일 수 없다고 했다. 결혼을 할 거면 다시는 집에 들어올 생각도 하지 말라며 은성을 향해 강경하게 말했다.

"어휴. 나도 모르겠다."

지난밤을 회상하던 은경은 생각만으로 스트레스 수치가 상승하는 것 같았다. 당분간은 본가에 가지 않아야겠다는 생각을 하며 고개를 내젓고 있는데 카페 입구로 수윤이 들어오는 게 보였다.

"언니!"

어제 그런 일이 있고 나니 수윤이 더 걱정이 되었다. 앞으로 두 사람의 결혼이 순탄치 않을 것이 눈에 선했기 때문이다. 저라도 나서서 힘이 되어 주어야겠다는 생각에 은경은 수윤에게 점심시간에 잠깐 만나자고 연락을 했다.

"점심시간인데 불러내서 미안해요."

"아니에요."

수윤은 언제나 그랬듯 차분한 미소를 지었다. 은경은 그런 수윤의 뺨을 살피며 조심스레 물었다.

"얼굴은……, 좀 괜찮아요?"

"네. 당연히 괜찮죠. 사실 별로 안 아팠어요."

수윤이 농담조로 말을 꺼냈지만 은경의 귀에는 전혀 농담처럼 들리지 않았다. 수윤이 억지로 웃는 것만 같아 안타까운 마음만 들었다.

"언니 주려고 이것저것 사 왔어요."

은경이 가지고 온 쇼핑백을 수윤에게 내밀었다. 그 안에는 갖가지 약 종류가 한가득 들어 있었다.

"고마워요, 아가씨."

수윤이 쇼핑백을 받아 들자 은경이 은근슬쩍 운을 띄웠다.

"오빠는…… 별말 안 해요?"

"네? 무슨 말이요?"

"아, 아무것도 아니에요."

은경이 손사래를 치며 어색하게 말했다. 눈치 빠른 수윤이 이상함을 알아채지 못할 리 없었다.

"혹시 집에서 무슨 일이 있었어요?"

수윤의 물음에 은경이 쭈뼛거리며 목덜미를 긁적였다. 말을 해야 하나, 말아야 하나 한참을 고민하던 은경이 찬찬히 입술을 열었다. 아무래도 미래를 대비하기 위해서는 수윤도 사실을 알아야 할 것만 같았다.

"사실 어제 우리 집에서 난리 났었어요."

뒷말을 잇지 않아도 은성과 경숙 사이에 불화가 있었다

는 걸 짐작할 수 있었다.

"엄마가 언니한테 더 심하게 대할까 봐 미리 알려드리는 거예요."

말을 하고 나서 은경이 한숨을 폭 내쉬었다.

"아니, 근데 우리 엄마 원래 그렇게 폭력 쓰는 사람 아닌데, 그게 오빠 일이 되다 보니까……."

"……."

"아니, 그렇다고 언니한테 뭐라고 하는 게 아니고……."

이런 말을 하려고 한 게 아닌데, 본의 아니게 이상한 말이 나오는 것 같아 은경이 인상을 찌푸렸다.

"아니, 그러니까 내 말은……."

은경은 자신이 말을 너무 못하는 것 같다는 생각이 들어 차라리 입을 틀어막고 싶은 심정이었다.

"무슨 뜻인지 알아요."

그런 은경을 보며 수윤이 차분한 미소를 지었다.

"미안해요, 언니. 진짜 미안해요."

"아니에요. 말해 줘서 고마워요."

은경의 사과에 수윤은 그저 미소를 지을 뿐이었다.

요즘 들어 멍하게 있는 시간이 길어지는 것만 같았다. 이미 퇴근 시간이 훌쩍 지났는데도 수윤은 퇴근할 생각을 하지 않은 채 그 자리에 가만히 앉아 있었다.

은경의 얘기를 듣고 나니 모든 게 엉망이 되고 있는 것만 같다는 생각이 들었다. 아니, 그냥 엉망이었다. 이미 은성과 경숙의 사이가 틀어졌고 그 원인 제공을 자신이 했다.

다 내 탓이야. 다 나 때문에…….

그저 재하를 떠나서 좀 더 사랑받으며 자신도 평범한 삶을 살고 싶었던 것뿐이었다. 근데 왜 나는 그 쉬운 것조차 마음대로 되는 게 하나도 없는 건지.

그냥 차라리 멀리 떠날걸. 그러면 은성이 상처받는 일은 없었을 텐데. 그랬다면 그가 경숙과 싸우는 일은 없었을 텐데. 수윤이 무릎 위에 올려 둔 주먹에 힘을 주었다.

후련하게 다 쏟아 내고 싶은데 그럴 수 있는 사람이 없다는 생각이 들자 마음이 답답했다. 화목한 집안에 자신이 들어오면서 불화가 생겼다는 생각에 한숨이 짙어지고 있을 때였다.

책상에 올려 둔 휴대 전화가 지이잉, 하고 울리는 소리에 휴대 전화를 확인하니 액정에 명희가 보낸 메시지가 떠 있었다.

[이수윤. 회사는 마쳤어? 밖에 봐봐. 눈이 펑펑 내려!]

내용을 확인한 수윤이 고개를 들어 창밖을 바라보았다. 어둑해진 하늘에서 새하얀 눈이 조금씩 내리고 있었다. 새하얀 눈을 눈에 담는데 왜 눈물이 나는지 모를 일이다. 수윤은 눈가에 차오르는 눈물을 닦아 내었다.

잠시 동안 그 상태로 눈을 바라보던 그녀가 휴대 전화를 들어 명희에게 전화를 걸었다.

–어, 수윤아.

"너 지금 어디야?"

–나? 지금 집에 가는 길이지. 근데 너 목소리가 왜 그래? 울었어?

목소리만 들어도 제 기분을 알아채는 친구가 아주 가까이에 있다는 사실을 잊고 있었다. 명희의 목소리를 듣자 눈물이 쏟아져 나올 것만 같았다. 수윤이 울음을 꾹 참으며 겨우 입술을 떼어 냈다.

"명희야. ……보고 싶어."

–너 지금 어딘데? 회사야? 내가 회사 근처로 갈까?

명희는 조금도 고민 없이 당장 만나자고 했다. 수윤은 명희와 약속 장소를 정하고 나서 통화를 끝냈다. 명희와는 회사에서 얼마 떨어지지 않은 공원 앞에서 만나기로 했다. 수윤은 급하게 사무실을 벗어나 눈이 오는 거리를 빠르게 걸었다.

공원이 가까워 오자 길 건너편에 노란색 우산을 쓰고 서 있는 명희가 보였다. 수윤은 망설임 없이 걸음을 재촉하여 길을 건넜다.

"명희야!"

"수윤아?"

그대로 명희의 품에 달려가 안겼다. 수윤보다 키가 반 뼘은 더 큰 명희가 그녀를 그대로 품에 안았다.

“나 좀 안아 줘.”

울먹이는 목소리에 명희가 놀란 얼굴로 그녀를 끌어안고는 위로하듯 어깨를 토닥였다.

“그래. 울어. 무슨 일인지는 모르겠지만 펑펑 울고 훌훌 털어 버려.”

수윤은 한참이나 명희의 품에 안겨 엉엉 울었다.

“아무래도 안 되겠어.”

다음 날. 심각한 얼굴로 학부모 일지를 작성하고 있던 명희가 이내 결심한 듯 주먹을 꽉 쥐었다. 아무리 생각해도 수윤이 신경 쓰여 견딜 수가 없었다.

울먹거리던 수윤의 목소리가 아직도 귓가에 윙윙 맴돌았다. 어제 안아달라며 명희의 품에 안긴 수윤은 한참 동안 어깨를 들썩이며 울었다.

항상 웃기만 하던 수윤이 눈물을 터뜨리자 명희는 어떻게 해야 할지 난감했다. 언제나 약하고 우는소리를 하는 쪽은 명희였다. 수윤은 제게 있어 언제나 든든한 버팀목이었다. 그런데 그런 수윤이 무너지는 모습을 보자 명희는 견딜 수 없이 마음이 아팠다.

차마 울고 있는 수윤에게는 아무것도 물어볼 수 없었다.

그저 수윤이 제게 말을 해 줄 때까지 기다려야 한다고 생각했다. 하지만 수윤이 그렇게 힘들어하는 게 결혼에 관련된 일이라는 생각은 지울 수 없었다.

처음에 결혼을 한다고 했을 때부터 걱정이 되었다. 좋아하는 사람을 두고 다른 사람과의 결혼을 결심하는 게 어떤 심정인지 쉽게 가늠이 되지 않았다. 좋은 사람이라더니 뭔가 다른 문제가 있는 건지도 몰랐다.

결혼 때문에 저렇게 마음고생을 한다고 생각하니 그 결혼을 꼭 진행해야 하는 건가 하는 의문이 들었다. 오지랖인 걸 알지만 성격상 가만히 있을 수가 없던 명희는 책상 위에 놓여 있던 휴대 전화를 집어 들었다.

"아, 여기 어디에 있을 텐데……."

연락처 목록을 뒤졌지만 재하의 번호가 없었다. 언젠가 대학 등록금과 생활비 지원 문제 때문에 연락을 한 기억이 있는데 왜 전화번호는 없는 건지 모를 노릇이었다.

한참을 뒤져 보던 명희가 고개를 갸웃했다.

"그때 번호를 안 저장했나?"

몇 년 전 일이라 재하와 연락을 했었는지 제대로 기억이 나지 않았다. 그래도 그 비서와는 꽤 연락을 주고받았었는데.

명희는 연락처 검색창에 비서, 라고 두 글자를 넣어 검색을 해 보았다. 그러자 이름 하나가 떴다. '차 사장님 비서'라고 되어 있는 이름을 발견한 명희는 망설이지 않고 그 번호로 전화를 걸었다.

—네, 강정건입니다.

전화 너머로 들려오는 듣기 좋은 중저음에 명희는 왠지 긴장이 되었다. 그 큰 그룹의 비서라는 생각이 들자 입 안이 바싹 말랐지만 명희는 흠, 하고 목을 가다듬으며 차분하게 말을 꺼냈다.

"혹시 차재하 사장님 비서분이신가요?"

—그렇습니다만, 윤명희 씨께서는 무슨 일이시죠?

낯선 남자에게서 제 이름이 흘러나오자 명희가 멈칫했다. 그쪽에서 아직도 제 번호를 가지고 있을 거라는 생각을 하지 못했기 때문이었다. 흠칫했던 명희가 머리를 도리도리 내저었다. 지금 이런 게 중요한 게 아니었다.

"혹시 지금 사장님과 통화를 할 수 있을까요?"

—곧 회의에 참석하실 예정이라 통화가 어렵습니다. 용건이 있으시면 저한테 말씀하세요.

"수윤이 일로 할 얘기가 있는데 그쪽한테 할 얘기는 아니고요. 회의 끝나면 이쪽 번호로 연락 주셨으면 좋겠어요."

혹시나 거절을 당하면 어쩌나 마음을 졸이고 있었지만 의외로 비서는 쉽게 알겠다는 대답을 하고는 전화를 끊었다. 아무래도 재하와 얘기를 해 봐야 할 것 같았다.

"명희야. 저녁 같이 먹자."

—저녁?

"응. 내가 살게."

수윤은 어제 명희에게 다짜고짜 전화를 걸어 이유도 말하지 않은 채 눈물부터 쏟아 낸 것이 무척이나 미안했다. 제 상황을 뭐라고 설명을 해야 좋을지 몰라 생각을 정리할 시간이 필요했다.

하지만 명희는 제게 아무런 질문도 하지 않았다. 오히려 수윤의 기분을 풀어 주려고 저녁을 사 주고 맛있는 디저트까지 대접했다.

어제는 정신이 없어서 제대로 말을 하지 못 했지만 왜 울었는지 명희가 궁금해할 것 같았다. 얘기를 하고 나면 마음이 조금 후련해질 것 같다는 생각도 들었다.

수윤은 버스를 타고 명희가 다니는 어린이집으로 향했다. 가는 동안 수윤은 마음을 확실하게 정했다. 이대로 은성과 결혼을 하는 건 염치없는 짓이었다. 자신 때문에 은성과 경숙의 관계가 나빠지는 걸 바라지 않았다.

아직 늦지 않았다. 자신만 여기서 포기한다면 전부 다 제자리로 돌려놓을 수 있었다. 다만, 은성에게 어떻게 이 말을 전해야 할지 막막하게 느껴졌다.

"……하아."

깊은 한숨이 흘어져 나왔다. 이미 은성과 결혼을 하지 않기로 마음을 먹었으니 물러설 곳은 없었다. 시간을 끄는 것보다 되도록 빨리 은성에게 제 의사를 전하는 게 맞는 일이었다. 은성을 위해서도, 자신을 위해서도.

더 이상 다른 사람들 사이에서 휘둘리며 감정 소모를 하고 싶지 않았다. ……결혼을 한다고 해서 꼭 행복해지리라는 보장은 없으니까. 지금 이대로도 충분히 행복해질 수 있으니까.

하지만 제 마음 한 편에 두려운 마음이 여전히 남아 있는지도 몰랐다. 바로 은성을 만나러 가는 게 아니라 명희를 만나러 가는 걸 보면.

은성은 자신을 똑바로 마주하고 사랑해 주는 남자였다. 은성을 놓아주어야 한다는 생각 한편에는 또다시 그런 사람을 만날 수 있을까, 하는 의문이 들었다.

은성을 사랑할 수 있었다면 얼마나 좋았을까. 수윤이 차가 빽빽하게 들어선 차창 밖을 내다보며 옅은 숨을 내뱉었다. 동시에 손에 쥐고 있던 휴대 전화가 울렸다.

화면을 확인하니 은성의 이름이 떠 있었다. 은성의 이름을 가만히 바라보며 잠시 굳은 채로 있던 수윤이 고민 끝에 전화를 받았다.

“네, 은성 씨.”

–수윤 씨. 일 마쳤어요?

전화 너머로 들려오는 음성이 밝았다. 집에서 경숙과 불화가 있었으면서도 은성은 제게 티 하나 내지 않았다. 그게 오히려 수윤의 마음을 더 무겁게 만들었다.

“네. 마쳤어요.”

—그럼 오늘 저녁 같이 먹을까요?

"미안해요. 오늘은 명희를 만나기로 했어요."

—아, 그랬구나. 미리 물어보길 잘했네.

아쉬운 목소리에 수윤은 미안한 마음을 숨길 수 없었다.

—명희 씨랑 즐거운 시간 보내고 와요.

수윤이 전화를 끊으려는 은성을 차분한 목소리로 불렀다.

"저기, 은성 씨."

—네?

"내일 같이 밥 먹어요."

–그럴까요?

은성의 들뜬 목소리가 들려왔다. 그의 밝은 목소리에 수윤은 마음이 좋지 않았다.

"네. 내일요."

–그럼 내일은 꼭 같이 먹어요.

그렇게 하자고 대답한 수윤은 은성과의 통화를 얼른 끝냈다. 차창 밖으로 빠르게 스쳐 지나가는 풍경을 눈에 담으며 수윤은 마음 정리를 마쳤다. 내일 은성에게 파혼하자는 말을 전하기로.

"수윤아, 여기!"

만나기로 했던 식당에 들어서자 먼저 와 있던 명희가 반갑게 손을 흔들었다. 명희를 향해 손을 흔든 수윤은 안으로 들어서자마자 풍기는 음식 냄새가 역하게 느껴져 표정을 구겼다.

근래 들어 계속 이런 상태였다. 하지만 명희에게 걱정을 끼칠 수는 없었다. 수윤은 애써 내색하지 않으며 명희를 마주 보고 앉았다.

"배고프지? 얼른 주문하자."

"그래. 난 청국장 먹어야지. 수윤이 넌 뭐 먹을래?"

"난…… 순두부찌개."

수윤의 말에 고개를 끄덕인 명희가 바로 주문을 했다. 그러고는 수윤의 얼굴을 안쓰러운 표정으로 살폈다.

"너 살이 좀 빠졌지?"

"그래 보여?"

"응. 너무 말랐어. 밥 좀 팍팍 먹어. 그러다 부러지겠다."

요즘 들어 속이 좋지 않아 잘 못 먹었더니 살이 빠진 모양이었다. 병원을 가 봐야겠다는 생각은 했지만 조금 겁이 났다. 이번 일만 잘 정리가 되면 그때 병원을 가 봐야겠다는 생각을 하고 있는 사이, 주문한 음식이 나왔다.

"와, 맛있겠다. 잘 먹을게."

"그래, 많이 먹어."

명희가 김이 모락모락 나는 따끈한 청국장을 밥에 비벼 한 입 크게 입으로 떠 넣었다. 수윤도 억지로 한 숟갈을 들어 밥을 먹으려고 할 때였다.

"우읍."

일부러 덜 자극적인 순두부를 주문했는데도 먹기가 힘들었다. 명희는 수윤이 한술 뜨자마자 헛구역질을 하는 모습에 놀라 눈을 크게 떴다.

"괜찮은 거야?"

"어, 응."

"몸이 안 좋아? 어제도 제대로 못 먹더니."

밥을 제대로 먹지 못 하는 수윤을 보며 명희가 안 되겠다는 듯 숟가락을 놓고 자리에서 일어났다. 명희가 그녀의 팔을 잡으며 말했다.

"너 병원 가야겠어."

"……쉬면 괜찮아질 거야."

"혹시 무슨 큰 병이면 어쩌려고 그래?"

명희는 걱정이 가득한 얼굴이었다. 혹시나 수윤의 몸 상태가 많이 안 좋은 걸까 봐 불안한 모양이었다.

"내일 병원 같이 가. 내가 같이 가 줄게."

"알았어."

수윤이 옅은 웃음을 입술에 지으며 고개를 끄덕였다. 명희는 수윤의 대답을 듣고 나서야 마음이 편해진 듯 자리에 앉았다. 다시 밥을 먹기 시작하던 명희가 이내 뭔가 생각이 난 듯 혹시, 하고 운을 뗐다.

"수윤아. 너 설마……?"

"응?"

"너 임신한 거 아니야?"

"뭐?"

명희의 말에 수윤이 덩달아 깜짝 놀란 표정을 짓더니 이내 말도 안 된다는 듯 웃음을 터뜨렸다.

"아니야. 내가 무슨 임신이야."

수윤이 고개를 저었다. 절대로 그럴 리 없었다. 임신이라니. 일어날 수도 없고, 일어나서도 안 되는 일이었다. 수윤이 단호하게 고개를 젓자 명희가 쓸데없는 말을 했다는 듯 어깨를 으쓱했다.

"아니라면 다행이고."

"얼른 밥부터 먹어. 다 식겠어."

저 때문에 명희도 밥을 제대로 못 먹는 것 같아 미안한 마음이 들었다. 수윤은 명희가 밥을 다 먹을 때까지 물을 마시며 속을 달랬다.

그때 테이블에 올려 두었던 명희의 휴대 전화가 요란한 소리를 내며 울렸다.

"잠깐만, 나 전화 좀."

무슨 중요한 전화인지 명희가 자리를 비웠다. 잠깐 동안 통화를 하고 온 명희가 수윤에게 미안한 얼굴로 말했다.

"나 지금 가 봐야겠어. 잠깐 일이 생겨서."

"전화만 주셔도 되는데 어떻게 여기까지 오셨어요."

"얼굴 보고 얘기하는 쪽이 여러모로 좋을 것 같아서."

명희에게 전화를 건 사람은 다름 아닌 재하였다. 시간이 나면 전화를 달라고 했더니 재하는 벌써 명희가 일하는 어린이집 근처에 와 있었다.

"저녁은…… 먹었나?"

명희는 그 질문이 자신을 향한 것이 아니라는 사실을 알고 있었다. 명희가 수윤과 함께 식당에서 나오는 모습을 그가 보았기 때문이다.

명희는 재하의 질문에 고개를 저었다.

"몸이 좀 안 좋은가 봐요. 요즘 계속 못 먹는 것 같더라고요."

명희의 말에 재하는 아무 데서나 픽픽 쓰러지던 수윤이 떠올랐다. 마르기는 또 어찌나 말랐는지. 제대로 먹지 못하니 살이 빠지는 건 당연한 일이었다.

재하는 한 줌도 되지 않는 수윤의 손목이 떠올라 한숨이 나왔다.

"몸 약한 애야. 옆에서 신경 좀 써 줘."

"……."

"병원에 한 번 데리고 가 봐."

"안 그래도 그러려고요."

명희는 이해가 되지 않았다. 그냥 이렇게 같은 공간에 있는 것만으로도 재하가 수윤을 얼마나 생각하는지 느낄 수 있었다.

간혹가다 한 번씩 재하를 만났을 때도 얼굴만 보면 티가 났다. 재하의 시선은 언제나 수윤을 향해 있었고 그건 늘 똑같았다.

그래서 명희는 지금 이 상황을 더더욱 이해할 수 없었다. 사랑하는 여자를 다른 남자와 결혼하게 내버려 두는 것을 명희의 상식으로는 이해할 수가 없었다.

"수윤이 결혼, 왜 안 말리세요?"

명희의 질문에 재하가 그녀를 빤히 보았다. 그저 가만히 있는 것만으로도 위압감이 느껴지는 아우라에 명희가 순간 움찔했다.

"말려야 해? 본인이 하겠다는데."

"그거 진심 아니에요. 수윤이 지금 힘들어하고 있어요. 보고 있으면 알잖아요."

재하가 여전히 명희를 빤히 보며 느릿하게 입술을 열었다.

"물어봤나?"

"네?"

"수윤이한테 직접 물어봤냐고."

"그건 아니지만……."

명희가 입술을 안으로 말아 물었다. 오늘 멋대로 재하를 만나 이런 대화를 나누었다는 걸 수윤이 안다면 화를 낼지도 몰랐다.

"몇 번이고 말렸어. 근데 안 돼. 싫대."

"……수윤이가요? 그 결혼 수윤이가 직접 하겠다고 한

거예요?"

"그래."

명희가 놀란 눈으로 재하를 바라보았다. 수윤이 원해서 그 결혼을 할 거라는 생각은 하지 못 했다. 앞뒤 사정을 제대로 알지도 못하면서 괜한 오지랖을 부린 것만 같아 명희가 입을 꾹 다물었다.

"내가…… 뭘 어떻게 하는 게 좋았을까."

재하는 팔꿈치를 테이블에 대고 손으로 이마를 짚었다.

명희는 수윤을 데리러 갔을 때 본 것이 다였다. 그런데 왜 명희의 앞에서 한 번도 입 밖으로 내놓은 적 없었던 말들이 술술 흘러나오는지 모를 일이다.

"이런 상황이 되기 전에 좀 더 일찍 마음을 깨달았으면 좋았을 텐데."

하지만 수윤이 은성과 결혼을 하겠다고 하지 않았다면 재하는 영원히 제 마음을 깨닫지 못했을지도 몰랐다.

함께 있는 것이 너무나 익숙해서, 수윤이 없는 삶은 단 한 번도 상상해 본 적이 없었으니까. 그저 언제까지고 제 곁에 머무를 줄 알았다. 관계를 정의 내리지 않아도 늘 곁에 있을 거라고 안일하게 생각했다.

"……제가 괜히 연락을 드렸네요."

명희는 수윤에게 작은 도움이라도 되고 싶어서 재하에게 연락을 한 것인데, 다 쓸데없는 일이었다. 이미 끝난 상황에서 괜히 재하의 마음만 어지럽게 만든 것 같았다.

"병원은 데리고 가 볼게요."

한참의 침묵 끝에 명희가 자리에서 일어났다.

"잠깐."

명희가 일어나서 막 걸음을 옮기려는데 재하가 그녀를 불러 세웠다. 명희가 재하에게로 시선을 옮기자 그가 찬찬히 입술을 열었다.

"부탁 하나만 하지."

그동안 있었던 일을 명희에게 몽땅 말하고 싶었는데, 명희는 일이 생겼다며 먼저 자리에서 일어났다. 마음을 털어놓는 사소한 일조차 허락되지 않는 것 같아 수윤은 씁쓸한 기분이 들었다.

어쩔 수 없이 곧장 집으로 향한 수윤은 저녁을 제대로 먹지 못했기에 마트에서 딸기를 사 왔다. 집에 도착하자마자 소파에 옷을 아무렇게나 벗어 두고 주방으로 들어갔다.

딸기부터 먼저 씻어 나온 수윤은 텔레비전을 켜고 소파에 앉아 먹음직스러운 딸기를 한 입 베어 물었다. 달콤한 과즙이 입 안 가득 퍼졌다. 수윤은 앉은 자리에서 순식간에 딸기를 다 해치웠다.

"밥은 그렇게 먹기 힘들더니 과일은 잘 넘어가네."

수윤이 빈 접시를 물끄러미 바라보며 중얼거렸다. 접시

를 치우려고 막 자리에서 일어나는 순간, 문득 불길한 생각이 들었다.

"……에이, 설마."

저녁 식사를 하며 명희가 했던 말이 갑자기 떠오른 것이다.

'너 임신한 거 아니야?'

"그럴 리가 없잖아."

말도 안 되는 생각을 떨치기 위해 고개를 세차게 저었지만 이상하다는 생각을 떨칠 수 없었다. 밥은 정말 먹기가 힘들었다. 냄새만 맡아도 속이 뒤집혀 미칠 것 같았다. 그런데 딸기는 괜찮았다.

…….

딸기는 왜 괜찮은 거지……?

수윤은 의문을 느끼고 자리에서 일어나 소파에 아무렇게나 벗어 두었던 코트 주머니를 뒤적여 휴대 전화를 찾았다.

"아……."

달력 앱에 기록해 놓은 걸 확인하니 한동안 월경이 없었다. 워낙 주기가 불규칙해서 이번에도 그저 늦는 거라고만 생각했었는데, 순간 그게 아닐 수도 있다는 생각이 들어 불안해졌다. 여태껏 몸이 힘들었던 게 임신 증상이라고 생각하자 아귀가 딱딱 들어맞는 느낌이었다.

최근 들어 몸이 계속 무거웠고, 충분히 잠을 잔 것 같은

데도 피곤했다. 무엇보다 스트레스 때문에 음식 냄새가 역겨울 수도 있다는 말은 들어 본 적이 없었다.

정말 임신일까……?

"아니야. ……괜한 생각하는 거야."

그러나 한번 의심이 들자 불안감은 수그러들지 않았다. 걱정부터 앞섰다. 한동안 초조해하며 거실을 서성거리던 수윤은 그대로 코트를 챙겨 집을 나섰다. 이렇게 계속 불안에 떠는 것보다는 확인을 하고 마음 편해지고 싶었다.

근처에 있는 약국이 아직 문을 닫지 않아 다행이었다. 수윤은 임신 테스트기를 여러 개 사 들고 집으로 돌아와 화장실로 직행했다.

포장을 뜯고 설명서를 꺼냈다. 설명서에 적혀 있는 대로 하고 난 뒤, 긴장되는 마음으로 테스트기를 확인했다.

"……말도 안 돼."

믿을 수 없는 결과였다.

"어떻게 이럴 수가……."

아니었으면 좋겠다는 그녀의 바람과는 달리 임신 테스트기에는 두 줄이 떡하니 떠 있었다. 그것도 아주 선명한 두 줄이었다.

수윤은 혹시 잘못 본 게 아닌가 싶어 설명서를 다시 한번 확인했다. 설명서에는 한 줄이면 비임신, 두 줄이면 임신이라고 명확하게 적혀 있었다. 수윤은 설명서에 있는 사진과 제 임신 테스트기를 번갈아 보았다.

"……이렇게 나올 리가 없는데."

두 눈을 씻고 보아도 자신의 테스트기는 선명한 두 줄이었다. 수윤은 혹시나 테스트기가 고장이 났을 수도 있다는 생각에 다른 종류의 임신 테스트기를 뜯어 확인을 했다.

"……미쳤어."

그러나 결과는 변하지 않았다. 진한 붉은 색 선이 그녀가 임신이라는 사실을 정확하게 알려 주고 있었다.

"……어떻게 이걸 모를 수가 있어."

수윤이 눈을 질끈 감았다가 떴다. 그동안 몸 상태가 이상하다고 생각은 했었다. 음식도 제대로 먹지 못 하고 당기는 건 디저트 같은 군것질거리뿐이었다.

최근 한두 달 사이 재하와 결혼 문제 때문에 스트레스를 많이 받아 그런 거라 생각했다. 단순한 컨디션 난조라고만 생각했는데, 그게 아니라 임신일 줄은…….

당황스러운 마음을 진정시킨 수윤은 옅은 숨을 내뱉으며 아랫배로 조심스레 손을 가져다 댔다. 믿을 수가 없었다. 하지만 이 안에 그의 아이가 있다.

재하는 수윤과 그런 관계를 이어 오며 단 한 번도 피임을 하지 않은 적이 없었다. 왜 하필 재하에게서 벗어나려 하는 지금에 이런 일이 벌어진 건지 알 수가 없었다.

수윤은 아직 아무런 변화도 일어나지 않은 제 아랫배를 조심스러운 손길로 쓰다듬었다.

"……."

결국은 처음부터 차재하에게서 벗어날 수 없는 거였다. 아무리 발버둥을 치며 벗어나려고 해도 벗어날 수가 없는 일도 있다는 생각이 들어 수윤은 씁쓸함을 숨길 수 없었다. 앞으로 어떻게 해야 할지 막막했다. 생각해 본 적 없는 상황에 눈가에 눈물이 맺혔다.

재하가 너무 미웠다. 미워서 죽을 것 같았다. 그런데 제 몸에 멋대로 자리를 잡고 있는 이 생명은 미워할 수가 없었다.

수윤은 다음 날 아침 바로 근처에 있는 병원으로 향했다. 토요일이라 접수를 하고도 꽤 오랜 시간을 기다려야 했다. 긴 기다림 끝에 수윤이 진료실로 들어갔다. 초음파부터 보자는 의사에 말에 수윤은 옷을 갈아입고 의자에 앉았다.

"임신 8주 정도 되셨네요."

초음파를 통해 본 아이는 어느새 사람의 형태를 갖추어 가고 있었다. 조그맣고 동그란 머리와 몸통에 짧은 팔과 다리가 붙어 있는 게 흡사 작은 곰 인형 같았다.

수윤은 제 배 속에 아이가 자라고 있다는 사실이 신기하게 느껴졌다. 자그만 생명체가 꼬물거리며 움직이고 있었다.

"심장 소리 한번 들어 보시겠어요?"

"……네."

잠시만 기다리라고 하더니 곧바로 아이의 심장 소리가

들려왔다. 큐슉큐슉. 심장 소리라고 하기에는 조금 빠른 듯한 소리가 들려왔다.

"이게……, 심장 소리인가요?"

"네. 좀 빠르죠? 건강하게 잘 뛰고 있다는 뜻이에요."

의사에게 확답을 듣는 순간, 수윤의 눈시울이 화끈해졌다. 간절히 바랐던 것도 아니고 임신 테스트기로 확인을 하기 전까지 임신이 아니었으면 좋겠다고 생각했었는데, 두 눈으로 아기가 움직이는 모습을 보고 나니 무슨 일이 있어도 이 생명을 지키고 싶다는 생각이 들었다.

어제까지만 해도 지쳐서 다 포기하고 싶은 마음이었는데. 수윤은 태어날 아이를 위해서라도 마음을 다잡아야겠다고 생각했다. 진료를 마치고 나온 수윤은 더 이상 망설이고 있을 시간이 없었다.

"꽃은 장미가 좋을까?"

경숙과는 아무런 일도 없었다는 듯, 은성은 태연한 얼굴로 태블릿 피시 속의 꽃 사진을 보고 있었다.

"오빠."

"넌 무슨 꽃이 좋을 것 같아?"

은경이 지금 그럴 때가 아니라는 말투로 은성을 불렀지만 은성은 아랑곳하지 않았다.

"지금 이 상황에 프러포즈를 하겠다고?"

그런 은성을 보며 은경이 한숨을 폭 내쉬었다.

"엄마가 새언니랑 결혼하면 오빠 얼굴 다시는 안 본다고 했잖아."

며칠이 지났지만 은성과 경숙 사이의 골은 정도를 모르고 깊어지고 있었다. 결혼을 강행하겠다는 은성과 그 꼴은 죽어도 못 본다는 경숙의 사이에 끼어 은경은 머리가 아파 죽을 지경이었다. 둘 다 강하게 나오니 조율을 할 여지가 없었다.

게다가 경숙은 선진 그룹에 대한 반감이 커져 선진과는 아무런 접점도 만들고 싶지 않아 했다.

"말했잖아. 난 이 결혼 무슨 일이 있어도 할 거라고."

"엄마랑 인연 끊을 수 있어?"

"……."

은경의 물음에 은성은 잠시 고민하듯 침묵을 지켰다. 그러더니 이내 단호하게 대답을 한다.

"그래. 끊을 수 있어."

"오빠!"

은성의 대답을 통해 그가 수윤을 얼마나 좋아하는지 알 수 있었지만, 은경은 아무리 생각해도 이건 아니라는 생각이 들었다.

"자식 이기는 부모 없다고 하잖아."

"그래서 밀어붙일 거라고?"

"여태껏 한 번도 어머니 말씀 안 들은 적 없어. 어머니가 원하시는 대로 다른 건 다 할 수 있어. 근데 결혼은 아냐."

"……."

"결혼만은 내가 마음 가는 사람이랑 하고 싶어. 그러면 안 되는 거야? 이번 딱 한 번만 어머니 말씀 안 듣겠다는데 그 한 번도 안 되냐고."

은성이 누구보다 착한 아들이었다는 건 은경도 인정하는 바였다. 학창 시절에는 공부를 잘했을 뿐 아니라 굉장히 모범적인 학생이었고, 누구나 한 번쯤 친다던 사고로 부모님의 속을 썩인 적도 없었다.

한때 타 그룹 자제들의 은밀한 스캔들이 터져 인터넷이 온통 더러운 기사들로 도배가 되었을 때도 은성의 사생활은 깨끗하기 그지없었다. 굳이 따지자면 오히려 은경이 부모님의 속을 썩이는 쪽이었다.

"오빠. 나도 수윤 언니 좋아해."

"……."

"근데 이건 좀 아니잖아. 결혼을 해도 어떻게든 엄마를 설득하고 나서 하는 게 맞지 않아? 이렇게 막무가내로 나가면 언니도 곤란해질 거야. 엄마가 언니 더 싫어하게 되면 어떡하려고 그래?"

은경은 자신이 나름 설득력 있게 말을 했다고 생각했으나 은성은 그렇게 생각하지 않는 모양이었다.

"넌 신경 쓰지 말고 그만 가 봐. 내가 알아서 할 테니까."

은경이 꼼짝 않고 그 자리에 앉아 있자 은성은 비서를 불러 은경을 데리고 나가게 했다.

홀로 사무실에 남겨진 은성은 태블릿을 들어 조금 전에 보던 꽃다발 사진을 다시 보았다. 그러고는 꽃집에 전화를 걸어 가장 예쁘고 화려한 꽃다발을 주문했다.

"후우……."

소파에 기대어 앉은 은성이 짙은 한숨을 내쉬었다. 경숙과의 불화가 생기고 난 후부터 왠지 수윤이 멀어지는 것 같은 기분이 들었다. 이미 수윤이 신혼집에 살고 있는데도 왜 이런 마음이 드는지 모를 노릇이었다.

은성은 수윤이 제게 좀 더 확신을 주었으면 했다. 수윤이 확신을 준다면 이렇게 하루하루 걱정을 하며 보내지 않을 수 있을 것 같았다. 당장 오늘 프러포즈를 할 생각에 은성은 수윤에게 전화를 걸었다.

"수윤 씨. 오늘 우리 만나기로 했잖아요. 레스토랑 어때요? 오랜만에 우리 데이트해요."

긍정의 대답을 기다렸으나 잠시간 동안 침묵이 이어졌다.

—레스토랑보다는……. 집에서 만나는 게 좋을 것 같아요.

겨우 들려온 수윤의 목소리가 그리 밝지 않았다. 머뭇거리는 듯한 말투에 은성이 되물었다.

"집에서요?"

—네. 하고 싶은 말이 있는데 바깥보다는 집이 나을 것 같아서요.

수윤의 목소리가 좋지 않아 은성은 알겠다고 대답을 하고는 전화를 끊었다.

"몸이 안 좋은가……?"

분위기 좋은 레스토랑에 바로 예약 전화를 넣으려고 했으나 실패로 돌아가고 말았다. 프러포즈는 다음으로 미룰까 고민했지만 쇠뿔도 단김에 빼라고 했다. 프러포즈를 지체하고 싶지 않았다.

은성은 평소보다 두 시간 정도 일찍 퇴근을 했다. 은경이 자주 가는 주얼리 숍에 들러 수윤에게 선물할 반지를 사고 미리 주문해 놓았던 꽃다발을 찾아 신혼집으로 향했다.

요리에는 재간이 없어 출장 뷔페를 불러 음식을 세팅하고 수윤을 기다렸다. 곧 집에 도착한다는 수윤의 메시지를 받은 은성은 프러포즈를 할 생각에 심장이 떨렸다. 지금 그의 머릿속에는 수윤이 좋아해 주었으면 좋겠다는 생각밖에 없었다.

여러 종류의 꽃이 섞인 꽃다발과 반지 케이스를 품에 안고 현관 앞에 섰다. 조금의 시간이 흐른 후, 비밀번호를 누르는 소리에 은성이 바짝 긴장을 했다.

잠금이 해제되는 소리와 함께 현관문이 열렸다. 현관 앞에 화려한 꽃다발을 들고 서 있는 은성을 발견한 수윤이 놀란 얼굴을 하고 그 자리에 멈추어 섰다.

"어서 와요, 수윤 씨."

"……."

"안 들어 올 거예요?"

가만히 서 있는 그녀를 향해 은성이 묻자 수윤이 얼떨떨한 표정으로 천천히 걸음을 옮겼다. 신발을 벗고, 한 걸음씩 가까워지는 수윤을 향해 은성이 긴장되는 목소리로 말을 이었다.

"놀랐죠? 이런 건 처음이라, 어떻게 해야 할지 몰라서…… 부족하지만 준비해 봤어요."

은성에게로 조금씩 가까워지던 수윤이 돌연 걸음을 멈추었다. 은성은 그런 수윤의 행동을 조금도 이상하게 여기지 않은 채, 자신이 걸음을 옮겨 그녀와 마주 보고 섰다. 입술이 바짝 마르고 심장이 미친 듯이 뛰었다.

"수윤 씨. 나랑 결혼해 줄래요?"

미칠 것 같은 긴장감에 손바닥에서 식은땀이 줄줄 흘렀다. 동시에 수윤의 눈가에 눈물이 그렁그렁 맺혔다. 당황한 은성이 어쩔 줄을 몰라 하며 수윤의 얼굴을 보았다.

"왜, 왜 울어요."

울 거라고는 상상을 하지 못해서, 수윤을 향해 한 발짝 다가섰다. 그러자 수윤은 은성이 다가선 만큼 걸음을 뒤로 물렸다.

"수윤 씨……."

왜 피하는 거지. 은성은 차마 묻지 못하고 수윤의 얼굴만 바라보았다. 수윤은 눈가에 차오른 눈물을 훔치며 은성을 똑바로 마주 보지 못하고 고개를 아래로 푹 숙였다.

"미안해요. 정말 미안해요, 은성 씨……."

"……."

감동을 받아서 우는 거라고 믿고 싶었지만 그럴 수 없었다. 은성은 당황스러웠다. 지금 이게 무슨 상황인지 정확하게 파악이 되지 않았다.

"정말 미안해요. 은성 씨한테는 미안하다는 말밖에 안 하는 것 같아서 더 미안해요."

수윤은 울음이 터져 나오려고 하는 걸 억누르며 한 자 한 자 또박또박 말했다.

"……수윤 씨."

"……미안해요. 미안해요."

마치 미안하다는 말밖에 모르는 사람처럼 수윤은 연신 미안하다는 말을 쏟아 냈다.

어떻게 해야 좋을지 모르겠다는 얼굴로 수윤을 가만히 보고 있던 은성은 꽃다발과 반지 케이스를 테이블 위에 올려놓았다. 그러고는 수윤의 손목을 잡고 그녀를 소파에 앉혔다. 은성 도 그 옆에 나란히 앉았다.

"무슨 일 있었어요? 갑자기 왜 그런 말을 해요."

은성은 좋지 않은 예감이 들었다. 미안하다는 말을 들으면 들을수록 불길한 느낌이 사라지지 않았다.

"사실, 저 은성 씨 이용하려고 했어요. 은성 씨라면 내가 행복해질 수 있을 것 같아서, 그것만 생각했어요. 내 행복만 생각했어요."

"그게 뭐가 어때서. 다들 자기 행복만 생각해요. 그건 나쁜 게 아니에요."

수윤은 여전히 은성의 얼굴을 보지 못하고 고개를 숙인 채 좌우로 저었다. 은성은 그런 수윤을 보며 아랫입술을 짓씹었다. 수윤이 자신을 좋아하지 않는다는 사실을, 그녀의 입술을 통해 듣는 건 꽤나 괴로운 일이었다.

"아니요. 그러면 안 됐던 거예요. 봐요. 지금 내가 은성 씨 망치고 있잖아요."

수윤이 없었으면 경숙과의 불화는 일어나지 않았을 일이었다. 재하와 수윤의 사이에 무슨 일이 있었던 건 아닌가, 하는 생각도 그녀와 결혼을 하기로 마음을 먹지 않았다면 없었을 일이었다.

그런 일들이 은성을 조금씩 갉아먹고 있었다. 은성을 그렇게 만든 건 자신이라는 생각이 들어 수윤은 괴로웠다.

"수윤 씨가 망치고 있는 거 아니에요."

수윤이 무얼 말하고 있는지 아는 은성은 고개를 저었다.

"수윤 씨가 나를 망치고 있다고 해도 난 수윤 씨가 좋아요."

수윤의 어깨를 잡고 토닥이며 은성이 말했지만 수윤은 그를 밀어냈다.

"욕심부려서 미안해요……."

"……수윤 씨."

"우리 여기서 그만해요."

듣고 싶지 않았던 말이 수윤의 입술 사이로 흘러나왔다. 수윤을 놓치고 싶지 않아 은성이 다급하게 그녀의 팔을 붙잡았다.

"수윤 씨, 난 그만두고 싶지 않……."

"저 임신했어요."

6

"……뭐라고요?"

무슨 말을 들은 건지 제대로 이해가 되지 않았다. 잘못 들은 게 분명하다는 생각을 하며 은성이 되물었다. 수윤은 조금 전보다 차분해진 목소리로 입술을 열었다.

"오늘 병원에 다녀왔는데 8주 정도 되었다고 해요."

"임신……."

다시 들어도 단번에 와닿지가 않아 은성은 수윤이 했던 말을 그대로 제 입술에 담아 보았다. 그러고 나서야 상황이 조금씩 이해가 되기 시작했다.

"미안해요. 정말 미안해요……."

은성과 수윤 사이의 스킨십은 고작 손을 잡고 포옹을 하는 게 다였다. 그러니 수윤의 배 속에 있는 아이가 은성의 아이일 가능성은 단 1 퍼센트도 존재하지 않았다. 충격을 받은 은성은 한동안 아무런 말도 할 수가 없었다.

"……."

그저 수윤의 눈에서 떨어지는 눈물방울만 바라보다, 죽을죄를 진 사람처럼 흑흑 소리를 내며 우는 수윤이 가엽게만 느껴졌다.

수윤이 쉽게 피곤해했던 이유도, 음식을 제대로 먹지 못한 이유도 이제야 알 것 같았다. 은성은 울고 있는 수윤의 어깨를 조심스럽게 감싸 안았다.

"그만 울어요. 이렇게 울면 아기도 슬퍼할 거예요."

"흑, 으흑……."

정말로 미친 건가. 수윤이 다른 남자의 아이를 임신했다고 고백하는데도 그녀가 밉지 않았다. 오히려 제게 말을 꺼내기가 얼마나 힘이 들었을까 하는 생각이 들어 마음이 아팠다.

"수윤 씨 잘못 아니에요."

"은성 씨……."

"내가 수윤 씨가 좋아서 결혼하자고 했잖아요. 내가 싫다고 했으면 수윤 씨는 그냥 내 뜻을 받아들였을 거예요. 그러니까, 이렇게 된 건 모두 다 내 탓이에요."

은성이 나지막하게 말을 이었다. 이런 상황이 되었는데도 은성은 끝까지 수윤을 비난하지 않았다. 오히려 따스한 품을 내어 주며 그녀를 안고 달래 주었다. 은성은 끝까지 바보처럼 다정하기만 했다.

"응? 그만 울라니까."

수윤이 좀처럼 울음을 그치지 않자 은성이 부드러운 손길로 그녀의 머리를 쓰다듬었다. 그렇게 은성은 한참 동안이나 수윤의 어깨를 토닥이며 그녀의 울음이 잦아들기를 기다렸다.

그렇게 얼마나 있었을까. 고개 숙인 수윤의 모습을 하염없이 바라보고 있던 은성이 이내 결심한 듯 단호한 목소리를 뱉어 냈다.

"수윤 씨. 우리 파혼해요."

수많은 생각들이 은성의 머릿속을 스쳐 지나갔지만 결론은 하나였다. 수윤이 원하는 대로 하는 것. 그만하자는 수윤에게 제 일방적인 마음을 강요할 수는 없었다.

자신을 좋아하지 않는 수윤을 제 집안으로 끌어들여 모친에게 모진 대우를 받게 하고 싶지 않았다. 더 이상 수윤을 힘들게 하고 싶지 않았다.

"그동안 고마웠어요, 수윤 씨."

수윤은 조금 진정을 하고 난 뒤 은성과 마주 앉았다. 아직 마무리하지 못한 얘기가 남아 있었다.

"아이가 생겼다는 사실을 선진 그룹에는 숨기고 싶어요."

혹시, 아주 혹시나. 손을 귀하게 여기는 차 회장이 아이를 탐낼까 봐 겁이 났다. 그런 수윤의 마음을 알아챈 것인지 은성은 아무것도 묻지 않은 채 고개를 끄덕였다.

"……재하한테도 안 알릴 거예요?"

"네. 알리고 싶지 않아요."

"그럼 이제 앞으로는 어떡하려고요?"

"……일단 서울을 떠나려고 해요."

처음부터 그랬어야 했다. 처음부터 멀리 떠났다면 은성에게 상처를 주는 일은 없었을 텐데. 잘못된 선택이 이런 결과를 낳은 것만 같아 수윤은 죄책감에서 벗어날 수 없었다.

"어디로 갈 거예요?"

"아직 거기까지는 잘 모르겠어요."

수윤이 어깨를 으쓱했다. 정말 어디로 가야 할지 몰랐다. 떠날 준비를 하기에는 시간이 너무 촉박했다. 임신을 한 몸으로 장시간 동안 비행기를 타는 것도 무리였다.

"파혼은 제가 회장님께 직접 말씀드릴게요."

"네? 은성 씨가요?"

"네. 제가 할게요."

은성은 수윤이 차 회장을 어려워한다는 사실을 잘 알고 있었다. 임신 초기는 여러모로 조심을 해야 될 때였고, 서울을 떠나려면 수윤도 준비할 일이 꽤 많을 것이 분명했다.

은성은 수윤의 부담감을 조금이나마 덜어 주고 싶었다. 앞으로 혼자서 헤쳐 나가야 할 일이 많을 테니까.

"갑자기 파혼한다고 하면 이상하게 생각하실 거예요. 그러니까 내가 차 회장님께 연락드릴게요. 파혼은 내가 원해서 하는 걸로 해요."

"은성 씨……."

"어머니와 불화 때문에 결혼을 더 이상 진행하지 않겠다고 하면 차 회장님도 결혼을 강요하지는 못할 거예요."

수윤이 아랫입술을 꾹 깨물었다. 은성은 자신에게 미안해하는 것 같은 수윤의 표정을 보며 빙긋 웃었다.

"이번에는 미안하다는 말 말고 고맙다고 해 주면 안 돼요?"

"……고마워요."

"고맙다고 해 줘서 내가 더 고마워요."

은성은 수윤과 마지막이라는 생각이 들자 마음 한구석이 헛헛해지는 것 같았다. 수윤과 함께 있다가는 미련을 떨치지 못할 것 같은 기분에 은성은 옷을 챙겨 입고 나갈 준비를 했다. 그러다 문득 묻고 싶은 것이 생겨 천천히 입술을 뗐다.

"아이는."

"……."

"혼자서 키울 수 있겠어요?"

"……글쎄요. 잘 모르겠어요."

잘 모르겠다는 대답에도 은성은 해 줄 수 있는 게 없었다. 그냥 제게 의지해 주면 안 되냐고, 나는 괜찮다고 말하고 싶었지만 그런 말도 수윤에게는 부담이 될 것만 같아 입을 꾹 다물었다.

"곤란한 일 생기면 언제든 나한테 연락해요."

"네, 그럴게요."

예의상 하는 대답이 아니었으면 좋겠다고 생각하며 은성

이 얼굴에 가볍게 미소를 지었다.

"아 참. 그리고 갈 곳이 정해질 때까지는 그냥 여기서 생활해요. 집은 나중에 처분할 테니까."

수윤이 고개를 끄덕였다.

"그리고……."

은성은 미련 없이 나가려 했지만 차마 발길이 떨어지지 않았다. 고민을 거듭한 끝에 수윤에게 마지막 질문을 했다.

"마지막으로 한 번만 안아 봐도 될까요?"

은성의 물음에 수윤은 대답 없이 먼저 그를 안아 주었다. 은성이 그녀를 품에 꼭 안으며 마지막 인사를 건넸다.

"언제 어디서나 수윤 씨의 행복을 빌게요."

이제 수윤과는 정말로 이별이었다.

월요일 아침이 되자 은성에게서 메시지가 도착했다. 차 회장과 통화를 끝냈고 잘 마무리가 되었다는 내용이었다. 연락을 받고 나서 수윤은 마음을 단단히 먹었다. 떠나기 전에 무슨 일이 있어도 차 회장을 꼭 만나야 했다.

그녀의 마음을 알아채기라도 한 것인지 수윤이 먼저 연락하기 전에 차 회장의 비서실장에게서 연락이 왔다.

—이수윤 씨. 회장님께서 바로 회장실로 올라오라고 하십니다.

내선 전화로 연락을 받은 수윤은 지체하지 않고 바로 자리에서 일어났다. 회장실로 걸음을 옮기며 마음을 다잡았다.

오늘 떠난다는 말을 하고 선진 그룹과의 악연을 끊어 낼 생각이었다. 긴장하지 말고, 최대한 자연스럽게. 아이가 생긴 걸 차 회장은 절대 몰라야만 했다.

스스로를 다독인 수윤은 회장실 앞에 서서 심호흡을 했다. 이제 이 앞에 서는 것도 마지막이겠구나. 쓸데없는 아쉬움이 밀려든 것은 아주 잠시였다.

수윤이 긴장을 늦추며 노크를 하자 비서가 친절히 나와 그녀를 회장실 안으로 안내했다. 차 회장은 여느 때와 다름없이 느긋하게 티타임을 보내고 있었다.

"앉아라."

차 회장은 자신의 앞자리를 눈짓하며 수윤에게 시선을 주지 않은 채 말했다. 익숙한 태도였다. 수윤이 자리에 앉자 차 회장이 말을 이었다.

"유 본부장에게서 연락받았다. 최 여사가 널 반대한다고."

결혼이 무산되었다며 화를 낼 줄 알았건만 차 회장은 그녀의 예상과는 달리 차분했다.

"……어디서 굴러먹다 들어온 건지도 모르는 저 같은 여자를 그쪽 집안에서 반기는 게 이상한 거죠."

"그러냐?"

"어차피 다음에 결혼을 또 추진하셔도 이런 상황이 똑같이 생길 겁니다. 그러니 그냥 떠나겠습니다."

너무 성급하게 말했나. 차 회장은 눈치가 아주 빠른 사람이었다. 자칫하다 실수를 하게 될 것 같아 수윤은 굳게 다문 입술에 힘을 주었다.

긴장한 채로 차 회장의 말을 기다렸지만 차 회장은 그저 느긋한 표정으로 수윤을 가만히 응시하고 있을 뿐이었다.

"처음에도 떠나라고 하셨잖아요."

"그랬지."

"돈 주세요. 떠나겠습니다."

"언제는 돈 같은 거 필요 없다고 하더니."

"생각이 바뀌었습니다. 돈 필요해요. 일도 그만두고 결혼도 무산됐으니 돈이라도 있어야 하지 않겠어요?"

"너도 별수 없구나."

차 회장이 코웃음을 쳤다. 수윤의 결혼이 무산된 것이 그리 아쉽지 않다는 듯 고개를 끄덕였다.

"좋다. 내일 당장 떠나서 서울 땅에 다시 발 들여 놓지 않는다는 조건으로 10억."

예상한 것보다 큰 금액이었으나 주겠다는데 거절을 할 이유는 없었다. 수윤이 고개를 끄덕이자 차 회장이 바로 옆에서 대기하고 있던 박 실장을 향해 눈짓했다.

"박 실장. 들었지? 지금 당장 준비해."

수윤은 돈이 필요했다. 모아 놓은 돈으로 당분간 생활은 가능했지만 아이를 낳고 키우려면 그보다 훨씬 많은 돈이 필요했다.

그동안 돈을 받는 건 자존심이 상하는 일이라 생각했다. 재하를 사랑하는 마음이 물질적으로 계산되는 것 같아 싫었다.

하지만 이제는 그런 것보다 현실이 더 중요했다. 나와 내 아이가 따뜻하게 누울 수 있는 집이 필요했고 입을 옷이 필요했고 먹을 음식이 필요했다.

차 회장에게 말을 한다면 섭섭지 않게 돈을 줄 거라는 생각이 맞아 들어서 다행이었다. 그 금액이 너무 터무니없어 문제였지만 오히려 제게는 잘된 일이었다.

"그 전에."

"……."

이제 다 끝났다고, 떠나기만 하면 된다는 생각을 하고 있는데 차 회장이 그녀의 앞으로 종이 서류를 내밀었다.

"거기에 사인해라. 나도 보험은 들어야 하지 않겠니?"

서울 땅에 다시는 발을 들이지 말라는 계약서였다.

"한국을 떠나라는 말은 하지 않으마. 대신 재하 눈에 띄지 말고 죽은 듯이 살아."

차 회장의 말을 들으며 수윤은 펜을 들었다. 그건 수윤도 바라는 바였다. 다시는 선진 그룹 사람들과 엮이고 싶지 않았다. 수윤은 미련 없이 서류에 사인을 했다.

사인을 끝내고 바로 집으로 돌아온 수윤은 곧바로 짐을

싸기 시작했다. 짐이라고 해 봐야 가지고 갈 게 별로 없긴 했다. 캐리어 하나에 중요한 짐만 넣고는 집을 나섰다.

택시를 타고 공항으로 가는 길에 인터넷에서 항공권을 구매했다.

공항에 도착해서는 은성에게 곧 떠날 거라는 메시지를 보냈다. 마지막까지 자신을 신경 써 준 은성이 더 이상 제 걱정을 하지 않기를 바랐다. 명희에게도 같은 메시지를 보내고 난 후 휴대 전화 전원을 껐다.

곧이어 흘러나오는 안내 방송에 수윤은 자리에서 일어났다. 이제 다시는 이곳에 돌아오지 않으리라 다짐하면서.

—고객님이 전화를 받을 수 없어…….

벌써 일주일 째. 아무리 전화를 걸어도 수윤은 전화를 받지 않았다.

"……정말 어떻게 된 거야."

명희는 전화 너머에서 들려오는 지겨운 기계음에 한숨을 푹 내쉬었다.

[명희야. 나 지금 공항이야. 갑자기 떠나게 됐어. 이렇게 메시지 남겨서 미안해. 자리 잡고 나면 연락할게. 내 걱정은 하지 말고 그때까지 잘 지내.]

수윤에게서 온 마지막 메시지를 다시 한번 읽어 보던 그녀가 손으로 지끈거리는 머리를 짚었다. 연락이 안 되는데 걱정을 안 할 수 있을 리가 없잖아. 한숨이 절로 나왔다. 수윤이 어디로 떠난 건지 전혀 갈피가 잡히지 않았다.

마지막으로 함께 식사를 한 지 고작 사흘째였다. 수윤은 달랑 메시지 하나만 남기고 흔적도 없이 사라졌다. 뭐가 그렇게 급했기에 인사도 제대로 하지 않고 떠난 걸까. 대체 무슨 일이 있었길래. 명희는 수윤이 급하게 떠난 이유를 종잡을 수가 없었다.

"하아……. 이수윤. 연락 좀 해라, 제발."

수윤의 부재가 길어지면 길어질수록 명희의 걱정과 근심은 더해 갔다.

재하는 미간을 찌푸리며 침대에서 일어났다. 숙취로 머리가 깨어질 듯한 고통이 드는 것도 이제는 점점 익숙해져 가고 있었다.

숙취 때문에 매일 아침, 잠에서 깰 때마다 기분이 더러웠다. 원래 술을 멀리한 것도 그런 이유에서였다. 그런데 수윤의 결혼 소식을 듣고 난 그 이후로부터 술 없이는 단 한 숨도 잘 수 없었다. 아이러니하지 않을 수 없었다.

그 덕에 매일 아침 그는 두통에 시달리며 잠에서 깨어났다. 오늘도 어김없는 두통에 재하는 미간을 찌푸리며 침대 위에 걸터앉았다. 그는 지끈거리는 두통을 잠재우기 위해 침대 옆 협탁에 놓아두었던 두통약을 단숨에 삼켰다.

간단히 샤워를 끝내고 드레스 룸에서 슈트를 갖추어 입고 거실로 나오자 언제 온 것인지 정건의 모습이 보였다. 정건은 주방 식탁에 널브러진 위스키 병과 잔을 치우고 있었다. 지난 일주일 동안 치우지 않아 집이 아주 엉망이었기 때문이다.

"그냥 놔둬."

"그랬다가는 지난번처럼 온 집 안이 쓰레기장처럼 될 겁니다."

워낙 깔끔한 성격 탓에 정건은 몇 주 전에도 재하의 집에 들러 어지러운 집을 단숨에 정리하고 돌아갔었다. 정건이 제 사적인 부분까지 신경을 쓰는 게 마음에 들지 않아 재하는 괜히 핀잔을 던졌다.

"남의 집을 치우는 취미가 있는 줄은 몰랐는데."

"더러운 건 못 보는 성격이라서요."

"제대로 정리하지도 못하면서 뭘 한다고."

"제가 하는 게 마음에 안 드시면 아주머니를 부르시죠."

"뭐하러."

"예. 그럼 제가 하겠습니다."

재하의 핀잔을 들은 체 만 체한 정건이 술잔을 챙겨 싱크대에 넣었다. 식탁을 정리하는 그 모습을 보며 재하가 머리를 짚었다.

"집안일 하라고 월급 주는 줄 알아?"

"제가 좋아서 하는 겁니다."

"……."

"달리 도와드릴 수 있을 만한 일이 없으니까요."

정건은 오랫동안 재하의 옆에서 그를 지켜보았다. 웬만한 일에는 끄떡도 하지 않던 재하가 이렇게 오랫동안 몸을 해치면서까지 괴로워하는 모습은 처음이었다. 수윤을 재하의 곁으로 데려와야 이 모든 것이 해결될 것만 같아 재하가 그만두라고 했는데도 멋대로 일을 저질렀다.

수윤이 상처를 받더라도 재하의 곁으로 돌아온다면 끝이라고 생각했다. 하지만 그런 짓을 저질렀음에도 별다른 성과는 없었다.

오히려 수윤을 궁지로 밀어 넣기만 했을 뿐이었다. 결혼은 예정대로 진행되고 있었고, 수윤이 재하에게 돌아오는 일은 없었다.

단 한 번 오지랖을 부려 본 일이 이렇게 마무리되자 정건은 재하에게 미안했다. 이런 상황을 만든 것이 꼭 자신의 탓인 것만 같았다.

"……됐어. 그만둬. 당장 사람 구할 테니까."

정건의 마음을 눈치챈 것인지 재하가 한숨을 내쉬며 현관으로 걸음을 옮겼다.

"그럼 오늘부터 당장 출근하라고 하겠습니다."

정건의 대답을 뒤로하며 재하가 집을 나섰다.

출근을 하는 도중에도 깨어질 것 같던 머리는 사무실에 도착하자 말끔하게 나아졌다. 두통약이 꽤 효과가 있는 것 같았다. 약을 잔뜩 사다 두라고 할 생각으로 정건을 부르려는데, 마음이 통한 것인지 정건이 마침 급하게 문을 열고 들어왔다.

“사장님! 급히 드릴 말씀이 있습니다.”

평소와 달리 다급한 모습이었다. 어딘가 상기된 듯한 정건의 표정을 보며 재하가 의아하다는 듯 물었다.

“무슨 일인데 그래?”

“유은성 본부장님이…….”

은성의 이름이 나오자 재하는 들을 것도 없다는 듯이 손을 내저었다.

“은성이 얘기라면 됐어.”

두 사람의 얘기라면 더 이상 듣고 싶지 않았다. 보지 않고 듣지 않아야 수윤에 대한 미련을 버릴 수 있을 테니까. 두 사람의 결혼식에도 참석하지 않을 예정이었다.

“앞으로 그 두 사람 얘기는 나한테 전달하지 마. 무슨 얘기가 됐든.”

재하가 정건에게 나가 보라고 눈치를 줬지만 정건은 나갈 생각이 없어 보였다. 오히려 그가 앉아 있는 책상 앞으로 더 가까이 걸어왔다.

“중요한 일입니다.”

정건이 단호한 목소리로 대답했다. 재하가 마음에 들지

않는다는 듯 이마를 찌푸리며 불만스러운 표정을 지었지만 정건은 아랑곳하지 않고 말을 이었다.

"유은성 본부장님이 오늘 뉴욕행 비행기를 타셨다고 합니다."

결혼식을 뉴욕에서 올릴 셈인가. 차라리 다행인지도 몰랐다. 멀리 떠나면 소식을 들을 일도 없을 테니까.

"……."

재하는 조금 전 사라졌던 두통이 다시 밀려오는 듯한 기분에 관자놀이를 꾹꾹 눌렀다.

"아가씨와는 파혼하시고 본부장님 혼자서 떠나셨다고 합니다."

"……뭐?"

"유 본부장님 비서실에서 직접 들은 사실입니다. 떠날 준비를 한 지는 2주 정도 되신 모양입니다. 파혼은 그 전에 하신 것 같습니다."

정건의 말에 잠시 동안 멍한 얼굴로 자리에 앉아 있던 재하가 자리에서 벌떡 일어났다. 정건의 말을 더 듣지 않은 채 급한 걸음으로 사무실을 빠져나갔다.

수윤이 있을 영업팀으로 급하게 걸음을 옮기던 그가 엘리베이터 앞에서 걸음을 우뚝 멈추어 섰다.

"……그만뒀지."

뒤늦게 수윤이 제출했던 사직서가 떠올랐다. 마음이 급한 나머지 잊고 있었다. 그때로부터 몇 주나 흘렀으니 수윤이 그 자리에 있을 리 만무했다.

재하는 다시 사무실로 걸음을 돌리며 수윤에게 전화를 걸었다.

—고객님의 전화기가 꺼져 있어…….

그 자리에 서서 몇 번을 다시 전화를 걸었으나 결과는 달라지지 않았다.

"……."

전화는 또 왜 꺼 놓은 거지. 대체 무슨 일이 벌어지고 있는 걸까. 만나서 무슨 말을 해야 할지 아무 생각도 들지 않았지만 지금 당장 수윤을 만나고 싶었다. 무슨 말이든 얼굴을 보며 하고 싶었다.

다급하게 사장실로 걸음을 옮긴 재하가 그 옆에 서 있던 정건에게 말했다.

"지금 이수윤 어디 있는지 알아봐."

"네. 알겠습니다."

절대로 파혼은 할 수 없다며 뜻을 굽히지 않던 그녀가 파혼을 했다. 재하는 그것이 제게 온 마지막 기회라고 생각했다. 사랑을 몰라서 바보 같이 굴었던 지난날처럼 후회할 짓을 되풀이할 생각은 없었다. 수윤을 만나면 다시 제대로 제 마음을 전하고 싶었다.

하지만 수소문을 해 봐도 수윤의 행방은 찾을 수가 없었다.

일을 마친 정건은 곧장 명희가 다니는 어린이집으로 향했다. 재하가 정건에게 명희를 만나 수윤의 소식을 아는지 직접 확인해 보라고 지시했기 때문이었다.

정건이 명희를 만나는 건 참 오랜만이었다. 처음 명희를 만난 것은 명희가 대학을 다닐 때였다. 후원 문제로 명희를 몇 번 찾아갔었는데, 그때마다 명희는 아이처럼 환한 웃음으로 정건을 반겼다.

어렵게 자란 아이 같지 않게 명희는 밝고 명랑했다. 어린아이 같은 모습에 정건은 명희가 꽤 귀엽다고 생각했다.

당시 정건은 명희에게 꽤 호감이 있었다. 후원을 핑계로 몇 번을 더 만났지만 명희에게 남자 친구가 있다는 사실을 알고는 곧바로 마음을 접었었다.

어린이집에 다다라 차를 세워 놓고 잠시 옛 생각에 잠겼던 정건이 상념에서 깨어났다. 얼마 전 통화를 할 때 너무 딱딱한 투로 말을 한 것 같아, 오늘은 그러지 말아야겠다고 생각하며 차에서 내렸다. 때마침 어린이집 안에서 한 여자가 나오고 있었다.

"아……."

정건은 그녀에게 홀리기라도 한 듯 한동안 시선을 빼앗겼다. 가슴까지 길게 내려오는 생머리를 귀 뒤로 넘긴 그녀는 키도 크고 다리도 길어서 걸음걸이가 시원스러웠다.

여자는 걸음을 옮기다 말고 한동안 휴대 전화를 들여다 보았다. 어딘가 눈에 익다는 생각이 들어 정건은 한참이나 그녀를 주의 깊게 보았다. 그러고 난 후에야 그 여자가 명희라는 사실을 알아차렸다.

몇 년 전과는 달라진 분위기에 그제야 정선이 명희를 알아본 것이다. 명희는 휴대 전화를 보며 불만스럽게 입술을 비죽거리더니 다시 걸음을 옮겼다. 정건은 그녀를 놓칠세라 빠르게 걸음을 옮겼다.

왠지 모르게 두근거리는 가슴을 억누르며 그녀의 이름을 불렀다.

"……윤명희 씨?"

퇴근 준비를 마친 명희가 가방을 둘러메고 어린이집에서 빠져나왔다.

집으로 가기 전, 혹여나 부재중 전화나 메시지가 온 게 있지 않을까 하여 휴대 전화를 확인해 봤지만 전화는커녕 그 흔한 스팸 메시지 하나 와 있지 않았다.

"……아직도 연락이 없어. 독한 계집애."

빈 화면을 보며 명희는 코끝이 찡했다.

수윤이 한마디 말도 없이 떠난 지 한 달이 다 되어 가고 있었다. 그래도 저랑 나랑 함께한 시간이 30년이 다 돼 가는데.

명희는 혹시나 하는 마음에 또 한 번 수윤의 번호를 눌러 보았다. 수윤에게 얼마나 많이 전화를 했는지 이미 그녀의 통화 목록에는 수윤의 이름이 가득 차 있었다.

—고객님의 전화가 꺼져 있어…….

기나긴 신호음이 울리고, 수윤이 전화를 받지 않자 명희는 울컥했다.

"진짜 나빴다, 이수윤. 적어도 어디로 간 건지는 얘기해 줘야지. 잘 도착했는지 연락 한 통은 해야 하는 거 아니야?"

금세 눈시울이 붉어졌다. 명희가 손등으로 눈물을 아무렇게나 닦아 내고는 휴대 전화를 가방 속에 집어넣었다. 어차피 수윤이 아니면 연락 올 데도 없는, 쓸모없는 전화기였다.

명희가 막 다시 걸음을 옮기려 할 때였다.

"윤명희 씨?"

어린이집을 나서자마자 자신을 부르는 웬 남자의 목소리가 들려왔다. 명희가 고개를 돌려 소리가 들린 쪽을 바라보자 막 차에서 내린 남자가 명희에게로 걸어왔다.

슈트 차림에 코트를 입고 있는 남자는 명희의 앞에 서자마자 주머니에서 명함을 꺼내 그녀에게 내밀었다.

"안녕하세요. 선진 그룹 차재하 사장님 비서 강정건이라고 합니다."

"아…… 아, 네. 안녕하세요."

명희는 명함을 받을 생각도 하지 않고 얼떨결에 인사를 건넸다. 낯이 익은 듯싶었지만, 명희는 습관처럼 경계심을 곤두세웠다.

"지금 바쁘신가요?"

"아뇨. 이제 집에 가려고요."

"그럼 댁까지 모셔다드리겠습니다."

"네?"

정건은 아주 정중한 태도로 말했지만 명희는 단호히 고개를 저었다.

"아니요. 괜찮습니다."

"가는 길에 드릴 말씀이 있습니다."

"그럼 여기서 말해요. 저 낯선 사람 차에 탈 만큼 강심장은 아니라서요."

"아."

명희가 덧붙인 말에 정건이 작게 탄식을 내뱉었다. 명희는 남자가 명함을 건넸다고는 하지만 일면식도 없는 남자의 차에 오를 수는 없었다. 경계심을 늦출 수 없는 세상이었다.

"기분 나쁘게 생각하지 마세요. 요즘 세상이 워낙 흉흉하잖아요. 나 아니면 날 지킬 사람도 없고."

"괜찮습니다."

짧게 대답한 정건이 잠시 고민하더니 말을 덧붙였다.

"근데 저 기억 안 나십니까?"

"네?"
"예전에 후원 문제로 학교에서 몇 번 뵌 적이 있습니다만."
정건의 말에 명희는 어두워서 잘 보이지 않았던 그의 얼굴을 다시 제대로 보았다.
"어어?"
그제야 기억이 난 건지 명희가 눈을 커다랗게 떴다.
"어쩐지 어디서 많이 봤다 했어요."
명희가 경계심을 허물자 정건이 빙긋 미소를 지었다.
"이제라도 기억나셔서 다행입니다."
"아, 죄송해요. 제가 이름을 잘 기억 못 해서, 이름만 듣고는 몰랐어요."
정건이 이해한다는 듯 고개를 끄덕였다.
"잠깐 차 한 잔 어떠십니까? 수윤 아가씨 문제로 드릴 말씀이 있어서요."
명희는 수윤의 이름이 나오자 고민해 보지도 않고 고개를 끄덕였다.

정건은 카페에 도착해서 따뜻한 커피를 한 모금 마셨을 때가 되어서야 수윤에 관한 얘기를 꺼냈다.
"수윤 아가씨께서 연락이 안 됩니다. 전화는 먹통이고 살고 있던 집은 처분됐고요."

"……."

"혹시 명희 씨는 연락이 되십니까?"

"아니요."

명희가 단호하게 고개를 저으며 말을 덧붙였다.

"저도 연락 안 돼요. 공항에서 출발한다는 메시지 하나 받은 게 다예요."

"어디로 가신다는 말씀은…… 없으셨습니까?"

"네."

명희는 묻는 말에 정직하게 대답을 했다. 명희의 대답에 정건의 표정이 심각해졌다. 명희마저 수윤과 연락이 되지 않을 줄은 생각도 하지 못 한 모양이었다.

"사장님도 아무 연락 못 받으신 거예요?"

명희가 물었다. 정건의 표정을 보니 대답은 듣지 않아도 예상할 수 있었다.

"네. 아마 파혼하시고 그대로 떠나신 듯합니다."

"그랬군요."

정건의 대답에 명희가 고개를 끄덕였다. 수윤이 갑자기 연락 없이 사라졌기에 파혼을 했을 거라고 짐작은 하고 있었다.

짧았던 대화가 잠시 끊기고, 두 사람 사이에 잠깐 동안 침묵이 흘렀다. 그 침묵을 깬 사람은 정건이었다. 아까 전, 명희가 받지 않았던 명함을 다시 내밀며 정건이 말했다.

"그럼 혹시 아가씨께서 연락이 오면 제 명함에 있는 번호로 연락 주십시오."

"……네. 그럴게요."

정건은 명희를 향해 정중하게 고개를 숙이고는 자리를 떠났다.

정건과 헤어진 명희는 곧장 집으로 향했다. 수윤의 걱정에 이런저런 생각을 하다 재하가 얼마 전에 했던 부탁이 떠올랐다.

'간간이 수윤이 소식 전해 줬으면 해. 그냥 잘 살고 있다든지, 건강하다든지 그런 것만.'

"근데 어째 내가 수윤이 소식을 더 모르는 것 같네."

명희가 씁쓸하게 미소를 지었다. 얼마나 의지가 되지 못했으면 수윤이 이렇게 떠났을까 하는 생각이 들어 속이 상했다. 떠날 정도로 힘들었으면서 어떻게 제게 단 한 번도 힘든 소리를 하지 않았을까. 명희는 한숨을 내쉬며 걸음을 옮겼다.

집에 도착하여 막 현관으로 들어가는데 웬일로 가방 속에 넣어 두었던 휴대 전화가 울리기 시작했다. 모르는 번호였지만 혹시나 수윤이 아닐까 하는 기대감에 명희는 지체하지 않고 바로 전화를 받았다.

"여보세요?"

전화를 건 상대는 말이 없었다.

정말 수윤인가? 이상함을 느끼고 수윤의 이름을 입 밖으로 꺼내려던 순간이었다.

—명희야. 나 수윤이야.

전화 너머로 수윤의 목소리가 들려왔다.

"수윤이? 너 수윤이 맞아?"

—미안해. 연락이 많이 늦었지?

명희는 수윤의 목소리를 듣자 괜히 코끝이 찡해졌다. 금세 두 눈가에 눈물이 그렁그렁 맺혔다.

"너 괜찮아? 별일 없는 거지? 지금 어딘데? 도착은 잘한 거야?"

—제대로 말 못 하고 떠나서 미안해.

수윤은 잠시 망설이는 기색을 보이더니 나긋한 목소리로 말을 이었다.

—나 지금 제주도에 와 있어. 너한테는 말해야 할 것 같아서 전화했어.

"제주도? 갑자기?"

—너랑 느긋하게 얘기하고 싶었는데 그럴 기회가 없었네.

"무슨 일이 있었던 거야."

—나 제주도에 있는 거…… 혹시 누가 물어봐도 절대 알려 주지 마. 부탁할게.

"알았어. 말 안 해."

명희는 수윤이 누군가를 피해 떠난 거라는 생각이 들었다. 그러지 않고서야 누구에게도 알리지 말라는 말을 할

리 없었다.

“언제 돌아올 건데……?”

—안 돌아가. 일단은 제주도에서 계속 지낼 생각이야.

단호한 목소리에 명희는 제 생각에 확신이 들었다.

—명희야.

“응?”

명희의 이름을 부른 수윤은 잠시 동안 침묵을 지켰다. 하기 곤란한 말이라도 있는 건지 목소리가 사뭇 진지했다.

명희는 혹시 수윤이 말을 꺼내기가 힘들까 봐 입을 다물고 그녀가 말을 꺼내기를 기다렸다. 조금 기다리고 있으니 수윤이 조심스럽게 말했다.

—……나 임신했어.

“……어?”

명희가 눈을 커다랗게 떴다. 설마 하는 마음에 했던 말이 현실이 되어 있었다.

“너…….”

—사장님 아이야.

명희는 무슨 말을 꺼내야 할지 알 수 없었다. 위로를 해야 할지 아니면 화를 내야 할지, 그것도 아니면 축하를 해줘야 할지 갈피가 잡히지 않아 입술이 떨어지지 않았다.

그 말을 시작으로 수윤은 그동안 명희에게 말하지 않았던 것들을 하나씩 풀어놓기 시작했다. 명희는 수윤의 말을 듣는 동안 저도 모르게 새어 나오는 한숨을 꾹꾹 삼켜야만 했다. 그동안 수윤에 대해 몰라도 너무 몰랐다는 생각이 들어 속상했다.

—얼굴 보고 얘기했어야 했는데 정말 미안해.

"네가 왜 미안해해. 내가 미안하지."

—네가 왜. 다 자업자득이지.

수윤의 목소리가 유난히 쓸쓸하게 들렸다. 명희는 지금 당장이라도 수윤을 만나 껴안고 토닥여 주고 싶었다. 수윤 몰래 글썽였던 눈물을 닦아 내며 명희가 수윤에게 물었다.

"……몸은 좀 어때? 괜찮은 거야?"

—입덧이 좀 있긴 한데 아직 살 만해.

"몸조심해. 안정기 될 때까지 몸 사리고."

—알았어.

수윤의 살짝 웃는 목소리에 그래도 씩씩하게 버텨 내고 있는 것 같아 다행이라는 생각이 들었다. 안부 인사를 건네며 막 전화를 끊으려 할 때였다. 수윤이 다급하게 명희를 불렀다.

—아 참. 명희야.

"응?"

—내가 임신했다는 사실은 그 사람이 몰랐으면 좋겠어.

"……그래도 괜찮겠어?"

—응. 몰라야 해. 내 아이 그 집에 뺏기고 싶지 않아.

수윤의 목소리는 단호했다. 이미 확고하게 결정을 내린 목소리였다.

—회장님이 절대로 아시면 안 돼.

수윤은 차 회장이라면 아이를 뺏어갈 수도 있을 거라는 말을 덧붙였다. 그 짧은 한마디에 수윤의 불안이 고스란히 전해져 왔다.

명희는 조금 전에 보았던 정건의 얼굴이 떠올라 재하가 수윤을 찾고 있다는 사실을 수윤에게 전하려 했었다. 하지만 이런 상황에서 괜히 그런 말을 했다가는 수윤의 걱정만 늘려 주는 꼴이 될 것 같았다.

언제 재하가 찾아올지 모르는 상황에서 수윤이 긴장을 늦추고 느긋하게 생활하기는 어려울 것이 분명했다. 수윤에게 괜한 불안감을 주고 싶지는 않았다. 명희는 정건이 자신을 찾아왔다는 것을 비밀로 하는 게 좋겠다고 생각했다.

—혹시 너한테 연락이 가거나 하지는 않았지……?

"그럼! 연락 안 왔어."

명희는 허둥지둥하며 대답했다. 다행히 전화 너머의 수윤은 명희의 어설픈 거짓말을 알아차리지 못한 듯했다.

—……그래. 그럴 거라고 생각했어. 그 사람이 날 찾을 리가 없지.

"어쨌든 넌 아무 생각하지 말고 네 몸만 신경 써."

—그럴 거야.

"밥도 잘 먹고 씩씩하게 지내. 내가 조만간 한 번 들를게."

—고마워. ……그리고 미안해.

"미안하면 건강하게 지내. 알았어?"

명희의 말에 전화 너머에서 희미하게 웃는 소리가 들려왔다.

—그렇게 할게.

명희를 만났던 그 날 이후 정건은 계속 명희 생각이 났다. 예전에도 호감이 있었지만 다시 만난 지금에도 정건은 여전히 명희에게 호감을 느끼고 있었다.

……아직도 남자 친구가 있으려나. 궁금했다. 명희를 한 번 더 만나 보고 싶었다. 이번에는 명희에게 남자 친구가 없으면 좋겠다는 생각을 하며 사장실 문을 똑똑 두드렸다.

"여기 확인 부탁드립니다."

바로 명희에게 전화를 해 볼까. 언제 전화를 하는 게 적절한 타이밍일까. 뭔가 핑계를 댈 만한 일이 없나? 하루 종일 그 생각에 정건은 머리가 터질 것 같았다.

"……봐."

"……."

"강정건."

"네?"

갑자기 제 이름이 불리자 정건은 화들짝 놀라며 앉아 있는 재하를 보았다. 재하가 수상하다는 듯한 눈빛으로 정건을 올려다보았다.

"왜 그렇게 넋이 나가 있어?"

"아…… 아무것도 아닙니다."

"이건 안 받나?"

재하가 손에 들고 있던 결재 서류를 정건의 앞에 내밀며 위아래로 흔들었다.

"아, 죄송합니다."

"단단히 정신이 나갔군."

재하가 절레절레 고개를 저으며 서류를 건넸다. 정건이 결재 서류를 건네받았다.

"얼른 나가 봐."

하지만 재하의 말에도 정건은 머뭇거리며 그 자리에 서 있었다. 재하가 왜, 하고 눈짓으로 물으니 정건이 쭈뼛거리며 운을 뗐다.

"사장님, 혹시……."

"뭔데 그렇게 뜸을 들여?"

"그게……."

정건은 망설여졌지만 명희에 대해 물어볼 사람이 재하밖에 없었다.

"말해."

"혹시 윤명희 씨한테 남자 친구가 있습니까?"

그 말에 재하가 정건을 의아한 표정으로 쳐다보았다.

"내가 그걸 어떻게 알아."

"혹시…… 결혼을 한 건 아니겠죠?"

"결혼했다는 말은 못 들은 것 같은데."

긴장되는 마음으로 재하의 대답을 기다리고 있던 정건이 휴, 하고 안도의 숨을 내뱉었다.

"근데 그건 왜 묻지?"

"아니…… 깊은 뜻이 있는 건 아닙니다."

"그래?"

재하가 의심의 눈초리를 거두지 않았지만 정건은 시치미를 뚝 뗐다. 그러다 잊고 있었다는 듯 재하가 책상 위에 놓여 있던 봉투 하나를 내밀었다.

"아 참. 이거."

"이게 뭡니까?"

"거래처에서 받았어. 뮤지컬 티켓이라고 하더군. 필요 없으니까 네가 가져가."

얼떨결에 정건은 재하가 건넨 티켓을 받아 들고는 집무실을 나왔다. 봉투를 슬쩍 열어 티켓 날짜를 보니, 다음 주 주말 날짜가 찍혀 있었다.

잠시 동안 티켓을 가만히 보고 있던 정건이 이내 좋은 생각이 난 듯 아, 하고 탄성을 내질렀다. 명희에게 연락할, 아주 좋은 명분이었다.

명희와 수윤은 지난 번 전화 이후로 틈틈이 연락을 주고 받고 있었다. 명희의 성화에 오늘 정기검진을 다녀온 수윤이 아기의 초음파 사진을 보내 주었다. 초음파 사진을 직접 보는 건 처음이라 제 아이도 아닌데 가슴이 두근거렸다.

사람 형체를 갖춘 초음파 사진을 보며 신기하다는 생각을 하고 있을 때, 원장이 명희의 등 뒤를 기웃거리며 물었다.

"명희 씨. 뭘 그렇게 봐?"

"아, 친구가 임신했다고 초음파 사진 보내 줬거든요. 되게 신기해서요."

"나도 예전엔 그랬지. 우리 윤미 가졌을 때 얼마나 신기하던지."

원장이 미소 띤 얼굴로 말하자 명희가 고개를 끄덕였다.

"명희 씨는 주변에 좋은 사람 없어?"

"맨날 출근하고 퇴근하면 집에 가는데 남자를 만나려야 만날 수가 없네요."

"젊음이 아깝잖아. 연애는 해 봐야지."

"원장님 주변에 괜찮은 분 있으면 소개해 주세요."

"그래. 내가 한 번 알아볼게."

명희가 생긋 웃으며 말하자 원장이 기다렸다는 듯 바로 대답을 했다. 하지만 원장이 그녀에게 남자를 소개해 줄 리 없었다. 부모 없이 보육원을 전전하며 살았던 자신과 어울리는 남자는 없을 테니까.

연애와 결혼 같은 건 이미 포기한 지 오래였다. 이런 조건으로 사람을 만날 수 있을 거라는 생각도 접은 지 오래였다.

대학 때 3년 정도 만나며 결혼을 약속했던 사람이 있었으나 그 남자의 부모는 명희가 고아라는 이유로 그녀를 받아들이지 않았다.

남자는 부모님의 반대를 무릅쓰면서까지 명희와 만날 생각은 없던 사람이었다. 얼마 지나지 않아 두 사람은 자연스럽게 헤어졌다.

원장의 잔소리가 귀찮아서 대충 맞장구를 쳐 주었지만 명희는 그 이후로 결혼이나 연애에 관해서는 관심이 없었다. 이성의 호의도 그저 사람 대 사람으로서의 단순한 호의로만 느껴질 뿐이었다.

한마디로 말하면, 명희는 결혼이 파투 났던 3년 전부터 연애와는 거리가 먼 삶을 살고 있었다. 그녀는 그저 지금 이렇게 원하는 것을 하며 살아갈 수 있다는 사실에 감사했다.

수윤이 보육원 창고에 갇혔던 그 날, 자신이 재하에게 부탁하지 않았더라면, 만일 재하가 그날 제 말을 귀 기울여 듣지 않고 모르는 척 지나갔더라면. 원하는 것을 하며 사는 것조차 불가능했을지도 몰랐다.

"……씨. 명희 씨. 뭐 해?"

"아, 네."

잠깐 다른 생각에 잠겨 있던 명희의 어깨를 원장이 툭, 가볍게 쳤다. 명희가 깜짝 놀라 원장을 돌아보자 원장이 책상 위에 놓인 휴대 전화를 가리켰다.

"전화 오는데?"

"아, 네. 받을게요."

명희는 휴대 전화를 들고 자리에서 일어나 사무실 밖으로 나왔다. 나와서 보니 휴대 전화 화면에 비서라고 떠 있었다.

"아, 어쩌지……?"

정건이 제게 전화를 한 이유는 뻔했다. 보나 마나 수윤과 연락이 됐냐고 물어보겠지. 지난번에 만났을 때 수윤에게서 연락이 오면 알려달라던 그의 말이 떠올라 명희가 얼굴을 잔뜩 찌푸렸다.

"으으."

거짓말을 잘 못 하는 명희로서는 이 상황이 굉장히 곤혹스러웠다.

"그렇다고 곧이곧대로 다 말할 수는 없잖아."

이러나저러나 거짓말은 피할 수 없었다. 그러니 최대한 티가 나지 않게 해야만 했다. 명희는 끊길 생각이 없는 전화를 부여잡고 눈을 질끈 감으며 심호흡을 했다.

"후아. 후아."

그렇게 시간이 흐르는 사이, 명희의 손안에서 웅웅거리며 울리던 전화가 멈추었다.

"어, 끊겼다."

전화가 끊겨 다행이라는 생각도 잠시. 이번에는 또 다른 걱정이 되었다.

설마 일부러 안 받았다고 생각하는 건 아니겠지? 명희는 걱정이 가득한 얼굴로 휴대 전화 화면에 찍힌 '비서'라는 두 글자를 내려다보다 이내 정건에게 전화를 걸었다.

그냥 깔끔하게 거짓말을 하고 통화를 끝내기로 마음먹었다. 뚜르르, 하고 신호음이 몇 번 가더니 정건이 전화를 받았다.

—네, 명희 씨.

부드러운 목소리에 명희가 움찔했다. 곧 거짓말을 해야 한다고 생각하니 간이 콩알만 해지는 것 같았다.

"전화 받으려고 했는데 끊겼어요. 미안해요. 근데 혹시 무슨 일 있으세요?"

—아, 별일은 아닌데…….

정건이 곤란한 듯 말끝을 늘렸다. 명희는 통화를 하고 있는 이 순간이 몹시도 불편했다. 용건만 간단히 전달한 뒤 얼른 통화를 끝내고 싶었다. 거짓말을 해야 한다는 생각으로 가슴이 쿵쿵, 하고 미친 듯이 울리기 시작했다.

"혹시 수윤이 연락 왔는지 궁금하셔서 전화하신 거면……."

—만나서 얘기할까요?

잠깐 망설이던 정건이 명희에게 물었다. 예상치 못한 말에 순간 명희는 바짝 긴장이 되었다.

"네? 뭘 만나서……."

—지금 어린이집 앞입니다. 퇴근하실 때까지 기다릴게요.

"제가 언제 퇴근할 줄 알구요?"

—오늘 안으로는 하시겠죠.

황당한 대답에 명희가 답이 없으니 정건이 어색하게 웃으며 말했다.

—좀 이따 뵙죠.

전화가 뚝 끊어졌다.

"뭐지……?"

멋대로 전화가 끊기자 명희는 어리둥절했다.

명희가 퇴근한 시각은 통화를 끝낸 지 무려 1시간이 지났을 무렵이었다. 매도 먼저 맞는 게 낫다고, 거짓말도 빨리 끝내고 싶었다. 명희가 빠르게 어린이집을 빠져나오자 주차장에 정건이 서 있었다.

"날씨도 추운데 밖에서 기다리셨어요?"

"곧 나오신다고 문자 주셨잖아요."

"아, 그러긴 했지만……."

정건이 부드러운 미소를 그리며 웃었다.

"정말 한 시간이나 기다린 건 아니죠?"

"네. 방금 왔어요."

방금 왔다는 정건의 코가 무척이나 빨갰지만 날이 어둑해져 명희는 그것을 알아차리지 못했다.

"근데 무슨 일로 여기까지 오셨어요?"

"뮤지컬 초대권이 생겼는데 혹시 필요하신가 해서요."

"……네?"

뜬금없는 대답에 명희가 무슨 소리를 하느냐는 듯 미간

을 좁혔다. 이해가 되지 않는 듯한 명희의 표정에 정건이 머쓱한 얼굴로 웃으며 대답했다.

"요즘 인기 많은 뮤지컬이라고 하더라고요."

"……네?"

명희는 정건이 갑자기 자신을 찾아와 뮤지컬 티켓을 주는 이 상황이 이상하게 느껴졌다. 이걸 주겠다고 지금 여기까지 와서 날 기다린 거라고? 대체 왜?

명희는 정건이 앞에 있다는 사실도 잊고 턱을 어루만지며 고민을 하다 이내 알 만하다는 듯 고개를 두어 번 끄덕였다. 그러더니 측은한 눈빛으로 정건을 보며 물었다.

"혹시…… 친구가 없으세요?"

명희의 진지한 질문에 정건이 풉, 하고 웃음을 터뜨렸다. 아니, 그러지 않고서야 나한테 티켓을 줄 이유가 있나?

정건은 명희의 심각한 얼굴을 보며 웃기만 했다. 그녀가 무슨 생각을 하고 있는지 알아차린 듯 곧바로 대답했다.

"줄 만한 사람이 없었습니다."

"아무리 그래도 그렇지 저를 생각해 내신 것도 좀 신기하네요. 그렇게 친한 것도 아닌데."

"좋아할 것 같은 사람한테 주는 게 맞는 것 같아서요."

정건이 티켓이 담긴 봉투를 명희에게 건넸다. 명희가 봉투를 받아 들고는 열어 보았다. 그 안에는 초대권 두 장이 들어 있었다.

"다음 주 주말 티켓입니다."

“근데 이거 진짜 제가 받아도 되는 거예요?”

“네. 물론이죠. 친구분이랑 같이 가세요.”

정건의 말에 명희가 심각한 얼굴로 고개를 갸웃했다.

“근데 마땅히 같이 갈 사람이 없어요. 아실지 모르겠지만 제가 친구가 수윤이밖에 없거든요.”

명희가 아쉽다는 듯 목 뒤를 긁적였다.

“죄송하지만 다른 분에게 주시는 게 좋을 것 같아요.”

명희가 정건에게 다시 정중하게 봉투를 건넸다. 그녀가 건네는 티켓 봉투를 받은 정건이 잠시 생각에 잠긴 듯하더니 조심스레 입술을 열었다.

“그럼 저랑 같이 보러 가실래요?”

7

시간은 빠르게 흘렀다. 어느덧 수윤이 제주도로 거처를 옮겨 온 지 한 달째였다. 그녀는 제주도로 오자마자 한적한 펜션을 잡고 그곳에 머물렀다. 앞에는 정원이 있어서 산책하기 좋고 관광지와는 조금 떨어져 있어 여유로운 곳이었다.

마음 같아서는 멀리 해외로 떠나고 싶었지만 장시간의 비행이 배 속의 아이에게 해를 끼칠까 두려웠다. 우리나라의 의료 환경이 다른 나라보다 훨씬 낫다는 애기를 들은 적이 있었고, 임신 중에 무슨 일이 일어날지 알 수 없었기에 선뜻 해외로 나갈 수는 없었다.

수윤은 짧은 시간 동안 고민한 끝에 제주도로 가기로 마음을 먹었다. 그나마 한국 안에서 서울과 가장 떨어진 곳이었다. 국내라서 해외보다 적응하기는 어렵지 않을 듯했다.

한 번도 서울을 떠나 본 적이 없어서 막상 비행기에 오르니 걱정이 되었다. 아는 사람도 없는 그곳에서 잘 생활할 수 있을지 두려웠다.

그렇게 걱정스러운 마음으로 제주도 생활을 시작했으나 한 달간 지내보니 제주도에 오길 잘 했다는 생각이 들었다. 친절한 사람들과 평화로운 분위기에 걱정이 조금은 사라지는 듯한 느낌이었다. 수윤은 오랜만에 여유를 만끽하며 최대한 아무 생각 없이 마음 편히 지내려고 노력했다.

몸이 그렇게 건강한 체질은 아니어서 혹시나 배 속의 아이에게 문제가 생기면 어떡하나 걱정했지만, 그 걱정을 비웃기라도 하듯 아이는 하루하루 건강하게 자라고 있었다. 덕분에 수윤도 한시름 걱정을 놓고 새로운 생활에 적응하려 노력 중이었다.

아이를 낳을 때까지 최대한 쉬려고 했지만 그런 마음과는 별개로 벌써부터 좀이 쑤시기 시작했다. 몇 년 동안 쉬지 않고 일을 했었기에 오랜만에 찾아온 이 여유가 낯선데다가 여유가 넘쳐흐르다 보니 오히려 이런저런 걱정만 많아지고 있었다.

"아유. 아가씨!"

이런저런 생각을 하며 정원을 거닐고 있던 수윤은 조금 떨어진 곳에서 자신을 부르는 소리에 뒤를 돌아보았다. 그곳에는 주인아주머니가 수윤을 향해 반갑게 손을 흔들고 있었다.

"이쪽으로 와서 이것 좀 먹어 봐요. 우리 아들이 아침에 직접 구운 빵인데, 아주 맛있어."

"무슨 빵이에요?"

"블루베리 식빵. 요즘 우리 아들이 가게에서 밀고 있는 빵이야. 우리 안에 들어가서 커피랑 같이 먹자. 응?"

애순은 신이 난 얼굴로 매점을 가리켰다. 활짝 웃는 소녀 같은 모습에 수윤 역시 부드럽게 미소 지었다. 수윤은 가벼운 발걸음으로 애순을 따라 매점으로 걸어 들어갔다.

매점은 독채로 되어 있는 여러 채의 건물 한가운데에 위치해 있었다. 외관상으로 보아 크기가 작아 보이던 매점은 안으로 들어가자 생각보다 넓었다. 온갖 물건들로 빽빽하게 채워져 있어 없는 게 없어 보였다.

"이쪽으로 앉아요."

매점 안으로 들어서자 애순이 계산대 안쪽에 있는 의자를 가리키며 수윤을 향해 손짓했다. 수윤이 자리에 앉는 모습을 본 애순은 냉장고 문을 열며 수윤에게 물었다.

"커피 괜찮지?"

"아…… 커피는 좀……."

"커피 안 마시는구나. 그럼 뭐로 줄까?"

"그냥 빵만 먹을게요."

"빵만 먹으면 목 막혀. 다른 건 없고, 우유는 괜찮아?"

"아, 네."

애순은 무슨 좋은 일이 있는지 조금 들뜬 얼굴로 콧노래를 부르며 수윤에게 우유를 갖다 주었다.

"감사합니다."

"사양 말고 하나 더 먹고 싶으면 말해."

만날 때마다 느끼는 거지만 애순은 제게 유난히 친절했다. 먹을 것이 있으면 수윤에게 거리낌 없이 나눠 주었고, 늘 먼저 필요한 것이 있는지 물어봐 주었다. 애순이 홀로 외롭게 있는 자신을 신경 써 주는 것 같아 고마웠다.

타인에게서 따뜻한 대우를 받는 기분이 나쁘지 않았다. 수윤은 그동안 자신이 그 따스함에 목말라 있었다는 생각이 들었다. 손님에게 친절하게 구는 건 당연한 일이라는 생각이 들면서도 수윤은 조금 더 이곳에 머물고 싶었다.

일주일만 묵으면서 집을 알아보려고 해 놓고 기간을 한 달이나 연장한 것도 애순의 따뜻한 친절 때문이었다.

"근래 손님이 없어서 이제 일도 그만 접을까 싶었는데, 아가씨가 이렇게 오래 있어 주니까 좋네. 말동무도 생기고."

"주로 혼자 계시는 거예요?"

"응. 예전에 손님 많았을 때는 직원도 여러 명 쓰고 했었는데 요즘에는 손님이 영 없어서. 방이 그렇게 많은 것도 아니라서 사람을 쓰기가 부담스럽더라고."

수윤이 고개를 끄덕였다.

"그리고 내가 허리가 좀 안 좋거든. 그래서 조만간 일을 접을 생각이야."

"아쉬우시겠어요."

"아들놈이 요 밑에 마을에서 빵집을 하거든? 심심하면 거기 취직시켜 달라고 하려고."

애순이 호쾌하게 웃음을 터뜨리며 웃었다.

"아드님이 있으셔서 든든하시겠네요."

"내가 다른 걱정은 해도 그 녀석 걱정은 안 해. 어렸을 때부터 제 앞가림은 잘했거든."

애순은 아들 얘기를 하니 기분이 좋아 보였다. 표정에 뿌듯함이 가득했다. 아들 하나는 기가 막히게 잘 키웠다며 고개를 주억이던 그녀가 습관처럼 아들의 얘기를 하나씩 풀어놓다가 아차, 하며 멋쩍은 웃음을 지었다.

"근데 아가씨는 왜 이런 곳에 혼자 온 거야? 딱 보니까 놀러 온 건 아닌 것 같고."

애순이 가벼운 어투로 물었다. 수윤은 뭐라 할 말이 없어 그저 가만히 미소를 지었다. 무심코 질문을 하며 빵을 잘라 한 조각을 입 안으로 집어넣던 애순이 수윤을 향해 고개를 돌렸다.

대답 없이 가만히 웃고만 있는 수윤의 모습에 무언가 말할 수 없는 사정이 있다는 걸 직감적으로 눈치챘다.

"어머. 내가 주책없었지? 말하기 곤란하면 안 해도 돼. 오랜만에 손님을 받았더니 내가 들떴었나 봐."

애순은 수윤의 어깨를 토닥토닥 두드리고는 잘라 놓은 빵을 이쑤시개로 콕 찍어 수윤에게 내밀었다.

"어서 들어요."

수윤은 애순이 제 사정에 대해서 캐물을까 봐 조금 걱정했다. 하지만 애순은 그 뒤로 수윤에게 아무것도 묻지 않았다. 그저 두 사람은 한동안 나란히 앉아 이런저런 사소한 얘기를 나누었다.

한참 얘기를 나누다 새로운 손님들이 두 팀이나 오는 바람에 수윤은 먼저 자리에서 일어났다.

"피곤해……."

아침에 일어나 한 것도 별로 없는데 벌써 몸이 피곤했다. 임신을 하니 몸을 조금만 움직여도 금세 피곤해졌다.

숙소로 돌아온 수윤은 곧바로 침대로 향했다. 침대 헤드에 기대어 앉아 있다가 까무룩 잠이 들었다. 수윤이 잠에서 깬 건 펜션 안에 비치되어 있던 전화기가 큰 소리로 울렸을 때였다.

눈을 비비며 침대에서 일어난 수윤이 소리가 들리는 곳으로 향했다. 텔레비전 근처에 전화기 하나가 놓여 있었다.

"누구지……?"

펜션에 딸린 전화기라 받아야 할지 말아야 할지 확신이 서지 않았다. 잠시 고민하던 수윤은 수화기를 잡았다. 왠지 주인아주머니일 것 같다는 생각이 들었던 것이다.

"여보세요?"

수윤이 조심스레 전화를 받자 전화 너머에서 다급한 남자의 목소리가 들려왔다.

—혹시 하늘 펜션 102호에 묵고 계신 손님 맞습니까?

"네, 그런데요?"

—거기 주인이 저희 어머니이신데, 혹시 오늘 어머니 보셨나 해서요.

"오후에 잠깐 뵙긴 했는데……."

—그 이후에는요?

남자가 불안한 목소리로 물었다.

"못 뵀어요. 혹시 무슨 일 있으세요?"

—어머니께서 연락을 안 받으셔서요. 매점 2층에 어머니가 살고 계시는데 한 번만 가서 확인해 주시면 안 될까요?

"네. 그럴게요."

—그럼 제 전화번호 알려드릴게요. 확인해 보시고 전화 주세요. 저도 지금 그쪽으로 가고 있으니까.

초조한 듯한 말투에 수윤도 덩달아 긴장이 되었다. 수윤은 겉옷을 챙겨 입고 다급하게 현관을 나섰다.

매점이 있는 건물은 아직 불이 환하게 켜져 있었다. 보통 열두 시까지 매점을 열어 둔다고 했으니 지금 이 시간에 매점에 불이 켜져 있는 건 당연한 일이었다. 아직 문이 열려 있는 걸 다행으로 여기며 수윤이 매점 안으로 들어갔다.

"아주머니?"

하지만 애순의 모습은 아무 데서도 확인할 수 없었다.

"여기 안 계신가……?"

수윤은 통화했던 남자가 2층으로 가 보라고 했던 말을 떠올리고는 매점 뒤로 난 문을 통해 2층으로 올라갔다.

쾅쾅쾅!

"아주머니! 계세요?"

문을 여러 번 두드렸지만 아무런 반응이 없었다. 대체 어디 가신 거지? 한 달 가까이 이곳에 머물면서 애순이 펜션에 없는 걸 본 적이 없었다. 늘 펜션을 지키고 있어서 심심하다는 말을 하던 애순이었다.

수윤은 이상함을 느끼고 문고리를 돌렸다.

"어?"

수윤이 힘을 주는 대로 문이 스르르 열렸다. 이상했다. 문이 왜 열려 있지? 혹시 도둑이 든 건 아닐까, 하는 생각이 머릿속을 스쳐 지나갔다.

수윤은 침을 꿀꺽 삼키고 바짝 긴장을 하며 현관 안으로 들어섰다. 주변을 두리번거리며 살폈다. 하지만 도둑이 든 흔적 같은 건 보이지 않았다. 평소 애순의 성격을 보여 주기라도 하듯 집 안은 깔끔하게 정리된 모습이었다.

"아주머니. 안 계세요?"

두근거리는 마음을 가라앉히며 수윤은 차분한 목소리를 꺼냈다.

"……?"

그러자 어디선가 웅얼거리는 소리가 들려왔다. 귀를 기울이자 아가씨, 하고 자신을 부르는 애순의 목소리가 들려왔다.

수윤은 소리가 나는 방향을 따라 재빠르게 걸음을 옮겼다. 굳게 닫힌 문을 열자 화장실 한중간에 애순이 넘어진 채로 움직이지 못하고 있었다.

"아주머니!"

"아가씨……, 나 허리를 삔 것 같은데……."

화장실에 누워서 이러지도 저러지도 못 하고 있는 애순을 보며 수윤이 다급하게 휴대 전화를 꺼냈다.

"잠깐만요. 잠깐만 기다리세요. 구급차 당장 부를게요."

구급차가 도착해 애순을 태우고 병원으로 향했다. 보호자가 필요하다는 말에 수윤도 함께 차에 올랐다. 수윤은 병원으로 가는 도중에 애순의 아들에게 전화를 걸었다.

곧장 병원으로 오는 게 좋겠다는 수윤의 말에 남자는 알겠다고 대답했다. 병원에 도착하니 애순의 아들은 벌써 도착해 있었다.

인사를 할 새도 없이 애순이 치료를 받으러 응급실로 들어가고, 애순의 아들이 그 뒤를 따라 들어갔다. 수윤은 걱정이 되어 응급실 밖에 앉아 치료가 끝나기를 기다렸다.

그렇게 한참을 앉아 있으니 애순의 아들이 응급실을 나와 주변을 두리번거리는 것이 보였다. 금세 수윤을 발견한 그가 단숨에 그녀에게로 다가와 정중히 고개를 숙이며 인사했다.

“덕분에 어머니를 금방 병원으로 모실 수 있었어요. 정말 감사합니다.”

“아주머니 상태는 괜찮으세요?”

“네. 그렇게 심한 건 아닌데 입원해서 경과를 지켜봐야 한다고 하더라고요. 잠깐 입원 수속 밟고 올 테니 여기서 기다리세요. 데려다드릴게요.”

“아니에요. 금방인데요.”

“제가 혼자 보내기 좀 미안해서 그래요. 잠시만 여기서 기다리세요.”

남자는 빠르게 접수처로 향했다. 호의를 거절하는 것도 예의가 아닌 것 같아 수윤은 그 자리에서 애순의 아들이 돌아오기를 기다렸다.

“이제 갈까요?”

금세 돌아온 남자가 수윤을 제 차로 안내했다. 수윤이 조수석에 오르자 남자가 운전석에 탔다. 남자는 차에 시동을 걸고 나서야 잊고 있었다는 듯 아, 하고 탄식을 뱉어 냈다.

“제 소개가 늦었습니다. 이민혁이라고 합니다.”

“저는 이수윤이에요.”

“장기 투숙하신다면서요? 어머니께 얘기 들었어요.”

“아, 네. 어쩌다 보니 그렇게 됐네요.”

민혁이 천천히 차를 출발시켰다. 잠시 대화가 끊겨 수윤은 어색했지만 민혁은 그렇지 않은 모양이었다. 그가 자연스럽게 대화를 이어 갔다.

"제주도에는 자주 오시나 봐요?"

"아니요. 이번이 처음이에요."

"처음인데 이렇게 오래 머무르시는 거예요?"

"네."

"그렇구나. 보통 여행 한 번 하고 나서 다음에 올 때 길게 머물다 가시더라고요."

수윤이 고개를 끄덕였다. 민혁의 말에 수긍이 갔다.

"저도 와 보니까 여기 계속 살고 싶어요. 너무 좋네요."

"그렇죠? 저도 5년 전에 처음 여기 왔었는데 좋아요. 공기도 좋고 사람도 좋고 바다도 가까이 있고 너무 예쁘고."

민혁이 활짝 웃으며 말을 이었다.

"사실 어머니가 저 스무 살 되자마자 먼저 제주도로 내려오셨거든요. 그때는 누나랑 엄청 반대했었는데 막상 오고 나니까 지금은 엄마보다 제가 더 좋아하는 것 같아요."

당시의 일이 생각나는지 민혁이 부드럽게 미소 지었다.

"아마 수윤 씨도 내려와서 산다고 하면 가족들이 싫어할지도 몰라요."

"부럽네요."

"네?"

"저는 그렇게 반대할 가족이 없어서요."

수윤이 옅은 미소를 지으며 말했지만 그런 대답을 들을

줄 몰랐던 민혁은 짧은 탄식을 내뱉으며 곧바로 사과했다.

"미안해요."

수윤은 아무 생각 없이 있는 대로 말을 하고 나서는 후회가 되었다.

"제가 죄송해요. 이런 분위기 만들려고 말씀드린 건 아닌데."

"아니에요."

차 안의 분위기가 제 말 한 마디 때문에 축 가라앉은 것 같았다. 다행히 그리 오래 걸리지 않아 펜션에 도착했다.

"아, 이제 다 왔네요. 여기까지 데려다주셔서 감사드려요."

"그럼 다음에 또 봐요."

수윤이 밝게 웃으며 인사를 하자 민혁이 고개를 끄덕이며 대답했다. 수윤은 문을 닫고 내려서 곧장 제 숙소로 들어갔다. 차창 밖으로 수윤이 멀어지는 뒷모습을 물끄러미 바라보며 민혁이 검지로 운전대를 톡톡 두드렸다.

"……진짜 많이 닮았네."

"수윤 씨. 안녕하세요."

"아, 안녕하세요."

문을 두드리는 소리에 일어나 현관으로 나가니 민혁이 문 앞에 서 있었다.

"아침부터 무슨 일로……?"

수윤이 말끝을 흐리며 의아한 표정을 짓자 민혁이 곤란한 얼굴로 볼을 긁적였다.

"혹시 여기 얼마나 더 계실 건가 여쭈어보려고요."

"어…… 다음 주 주말쯤에는 나갈 생각이에요."

민혁이 곤란한 표정을 짓는 걸 보니 애순의 상태가 많이 좋지 않은 모양이었다.

"혹시…… 아주머니 상태가 많이 안 좋으세요? 바로 숙소를 나가야 하나요?"

"아니, 그런 게 아니라……."

민혁은 볼을 긁적이며 고민을 하더니 에라 모르겠다, 하는 얼굴로 수윤에게 말했다.

"정말 죄송한데, 어머니가 병원에 2주 정도는 입원을 해야 한다고 하셔서요. 수윤 씨가 어머니 대신 매점 일을 좀 도와주실 수 있을까요?"

"네?"

"일하시는 동안 숙박비 안 받고 시급도 쳐 드릴게요."

"아, 저기…… 그건 좀……."

갑작스러운 제안에 수윤은 어안이 벙벙했다. 선뜻 승낙을 하기에는 배 속의 아이가 신경이 쓰였다. 게다가 아이를 가졌다는 걸 굳이 알리고 싶지는 않았다.

민혁이 두 손을 모아 간절하게 수윤을 향해 말했다.

"이쪽이 좀 외진 곳이라 당장 사람 구하는 것도 어렵고,

엄마 말씀 들어 보니까 내일 당장 손님도 두 팀이나 온다고 하더라고요."

"……."

"다른 건 없고 손님 오시면 키만 드리면 돼요. 제가 하는 게 제일 좋긴 한데 제가 내일은 방송 때문에 서울에 가야 해서요."

곤란한 표정을 짓는데도 민혁은 수윤밖에 부탁할 사람이 없다는 것을 강조했다. 수윤은 그동안 애순이 제게 친절하게 대해 주었던 것이 떠올라 쉽게 거절을 할 수가 없었다.

"그냥 카운터만 잠깐 봐주시면 안 될까요?"

어떻게 해야 좋을지 몰라 수윤이 망설이자 민혁이 그녀의 손을 덥석 잡았다. 민혁은 장기 숙박을 하는 수윤이 이 일에 적임자라고 생각했다. 이제 곧 주말이었고, 예약한 손님이 몇 팀 있어 문을 닫을 수도 없는 상황이었다.

"부탁드릴 분이 수윤 씨밖에 없어요."

수윤이 이곳에서 숙박을 하는 동안 애순은 그녀를 살뜰하게 챙겼다. 혼자 있는 수윤에게 먼저 말을 걸어 주고 맛있는 게 있으면 그녀와 함께 나누어 먹곤 했었다. 그게 마음에 걸려 도움이 필요한 상황에 있는 민혁을 모른 척할 수 없었다.

"간단한 일만 하는 거라면……."

수윤이 운을 떼자 민혁이 고개를 빠르게 끄덕였다. 그의 얼굴에 안도의 미소가 번졌다.

"그럼 잘 부탁드릴게요!"

수윤이 모습을 감춘 지 벌써 한 달이 넘어서고 있었다. 수윤이 사라졌다는 걸 안 지는 고작 2주밖에 되지 않았지만 재하는 그 2주가 1년처럼 길게 느껴졌다.

파혼 소식을 들은 이후 계속해서 수윤의 소식을 수소문하고 있는데도 별다른 성과가 없었다. 어디에 있는지 모르니 답답해 미칠 지경이었다. 시간이 흐르면 흐를수록 수윤이 있는 곳을 찾기는커녕, 점점 미궁 속으로 빨려 들어가는 기분이었다.

"하아……."

한숨이 제멋대로 터져 나왔다. 재하는 등받이에 몸을 깊게 묻고 눈을 꾹 감았다.

"……이수윤. 대체 어디 있는 거야."

잠긴 목소리가 흘러나왔다. 수윤이 자취를 감추었다는 그 사실 하나가 그의 숨통을 미치게 조여 왔다.

무슨 일이 생긴 건 아닐까. 온갖 불안한 상상들이 머릿속을 떠나지 않았다. 머릿속을 비워 보려 해도 끔찍한 생각들이 그를 끈질기게 괴롭혔다.

똑똑. 문을 두드리는 소리에 재하가 감고 있던 눈을 떴다. 문을 열고 들어온 정건이 재하를 향해 가볍게 묵례를 했다.

"아가씨 계시는 곳을 찾았습니다."

그 말에 재하가 자리에서 벌떡 일어났다. 그동안 얼마나 그 말을 기다리고 있었는지 모른다. 당장이라도 수윤을 찾아갈 기세로 키를 챙겨 들었다. 겉옷을 챙겨 입는 것도 잊고 재하가 걸음을 옮기자 정건이 그 앞을 가로막아 섰다.

"어딘지는 듣고 가셔야죠."

"뜸 들이시 말고 빨리 말해."

"제주도 하늘 펜션에 계신다고 합니다."

뜬금없이 튀어나온 지역에 재하의 미간이 좁혀졌다.

"……제주도?"

"네."

정건은 수윤이 공항에서 메시지를 보냈다는 명희의 말을 참고해 혹시나 하는 마음에 제주도에 사람을 보내 놓았다. 등잔 밑이 어둡다는 말이 있으니 가장 가까운 곳부터 찾아보자는 생각이었다.

그런데 제주도에 사람을 보낸 지 며칠 만에 연락이 왔다. 제주도의 한 병원에서 수윤을 발견했다는 연락이었다.

정건은 확실히 하기 위해 다시 한번 확인을 하라 지시했다. 며칠 동안 그 주변을 배회한 결과, 수윤의 거처까지 어렵지 않게 알아낼 수 있었다.

"제주도는 갑자기 왜?"

"거기까지는 아직 모르겠습니다."

연고가 하나도 없는 곳이었다. 아니, 대한민국에 수윤의 연고가 있는 곳은 단 한 곳도 없었다. 수윤이 편히 있을 수 있는 곳은 제 곁뿐이었다. 제 곁이 전부여야 했다.

은성과 파혼을 했을 때, 아무리 싫다고 해도 제게로 돌아왔어야 했다. 이건 좋고 싫고의 문제가 아니었다. 그런 걸 따지기 전에 수윤과 자신은 가족이었다.

대체 무슨 생각으로 그 멀리까지 간 거지? 재하는 수윤의 행동을 이해할 수 없었다.

"비행기 표, 가장 빠른 걸로 예약해."

"네. 알겠습니다."

수윤을 만나러 간다는 생각을 하자 재하는 일이 손에 잡히지 않았다. 알겠다는 대답을 하고 나갔던 정건은 제주도로 향하는 비행기가 약 두 시간 후에 있다는 것을 알려 왔다.

바로 출발을 하는 게 좋을 것 같아 그가 자리에서 일어나 사무실을 나섰다. 그 모습을 본 정건 역시 그의 뒤를 따랐다. 뒤쪽에서 정건의 기척을 느낀 재하가 옮기던 걸음을 멈추며 뒤를 돌아보았다.

"넌 왜 따라와?"

"같이 가셔야죠."

"나 혼자 가도 돼."

"제가 모시겠습니다."

"볼썽사나운 꼴 보일 것 같다고 내 입으로 말을 해야 아나?"

그 정도의 눈치도 없는 거냐는 재하의 눈빛에도 정건은 끄떡없었다.

“보라고 해도 안 보겠습니다. 아가씨 계시는 곳까지 제가 안내하게 해 주세요.”

단호한 대답에 재하는 정건을 말릴 수 없었다. 후, 하고 한숨을 내쉰 재하가 걸음을 옮기자 정건이 그 뒤를 따랐다. 두 사람은 곧장 공항으로 향했다.

“어때요? 매점 일, 할 만하죠?”

“네. 생각보다 힘들지는 않네요.”

수윤이 하는 일은 매점에서 물건을 팔고 손님이 오면 방을 알려 주는 것이 다였다. 이불 빨래와 청소를 해 주는 업체는 따로 있어서 수윤이 크게 할 일은 별로 없었다.

“다행이네요. 수윤 씨 덕분에 살았어요.”

민혁 또한 수윤이 힘들지 않은 이유 중 하나였다. 민혁은 자신의 일을 하면서도 펜션으로 일찍 돌아와 펜션 일을 돕곤 했다.

“맥주 좋아해요?”

“아니요.”

“그럼 오렌지 주스 한잔해요.”

민혁은 냉장고로 가서 맥주 한 캔과 오렌지 주스를 꺼내와, 계산대 안쪽에 앉은 수윤에게 주스를 건넸다.

“원래 무슨 일 하셨는지 물어봐도 돼요?”

"그냥 영업 쪽 일 했었어요."

"어? 정말요? 진짜 안 어울린다."

그 말에 수윤이 쿡쿡, 하고 웃었다. 맞는 말이었다. 영업에 별로 큰 뜻이 있는 건 아니었다. 그저 재하와 같은 회사에서 일을 하는 게 꿈이었기에 죽도록 공부를 했었다.

취업을 하던 시기에 맞게 뜬 공고가 영업 쪽이었고, 수윤은 직무에 상관없이 지원을 했다. 그 당시 수윤의 세상은 온통 재하뿐이었다.

"저도 처음에 그렇게 생각했어요. 진짜 안 어울린다고. 하고 싶은 것도 없고 잘 하는 것도 없어서 그냥 흐르는 대로 살다 보니 영업팀에 들어가서 일하고 있더라고요."

"성격이랑 안 맞았을 것 같아요."

민혁이 며칠 동안 지켜본 수윤은 차분하고 조용한 성격이었다. 왠지 영업이라고 하면 쾌활하고 분위기를 잘 띄우며 빈말도 잘 해야 할 것 같다는 생각이 들었다.

"그렇죠?"

민혁의 물음에 수윤은 미소를 지으며 고개를 끄덕였다.

"근데 사람은 적응의 동물이잖아요? 몇 년 하다 보니까 또 나름 재미가 있더라고요. 근데 민혁 씨는 무슨 일 하세요?"

저번에 애순에게서 베이커리를 운영한다는 말을 들은 적이 있어 그런 줄로만 알았는데, 며칠 전에 민혁은 방송이 있어서 서울에 가야 한다고 했다. 뭔가 매치가 안 되는 말에 수윤은 민혁의 직업이 뭔지 좀처럼 상상이 되지 않았다.

"맞혀 보세요."

"혹시…… 연예인이에요?"

그쪽으로는 전혀 관심이 없어서 유명한 사람이라고 해도 알 턱이 없었다. 하지만 키도 크고 얼굴도 작고 비율이 좋은 걸 보면 모델 쪽의 일을 하는 사람일지도 모르겠다는 생각이 들었다.

"와. 영광이네요. 내가 그렇게 잘생겼나?"

수윤의 물음에 민혁이 기분 좋은 웃음을 지었다. 제 입으로 말을 해 놓고도 민망한지 목덜미를 긁적이더니 수윤의 궁금증을 곧바로 해소해 주었다.

"저 파티시에예요. 저 아랫동네에서 빵집 하고 있어요."

"그런데 저번에 방송 간다고 하지 않았어요?"

"네. 이번에 요리 방송 나가게 됐거든요. 나중에 같이 봐요."

민혁이 생긋 웃고는 맥주를 벌컥벌컥 들이켰다.

"아 참. 좀 이따 저녁 같이 먹을래요?"

민혁의 제안에 수윤이 고개를 저었다. 입덧이 어느 정도 가라앉긴 했지만 아직까지 밥 냄새는 역겹게 느껴졌기 때문이었다. 입덧 때문에 다른 사람들에게 불쾌감을 줄까 하여 수윤은 정중하게 거절을 했다.

"말씀은 고맙지만 지금 배가 별로 안 고파서요."

"아, 그렇구나."

민혁이 머쓱한 얼굴로 머리를 긁적이는 모습에 수윤은 미안한 마음이 들었다. 그러나 이내 환한 웃음을 지은 민혁이 수윤에게 말했다.

"그럼 다음에 꼭 같이 저녁 먹어요."

"네, 그래요."

수윤이 살며시 미소 띤 얼굴로 대답했다. 제주도에 와서 좋은 사람들을 만난 것 같아 다행이라는 생각이 들었다.

재하는 약 한 시간 정도 되는 시간을 날아 제주도에 도착했다. 정건은 도착하기 전에 미리 준비해 둔 차량으로 재하를 안내하고는 수윤이 머물고 있는 하늘 펜션으로 향했다.

재하는 붉게 노을이 지고 있는 차창 밖을 바라보며 생각을 정리했다. 수윤을 만나면 무슨 말부터 해야 할지 알 수 없었다. 머리가 백지장이 된 것처럼 새하얬다.

마음을 깨달은 그 순간부터, 그녀를 만나면 어떤 말을 해야 할지 고민하는 시간이 길어졌다. 그녀의 앞에서 섣불리 아무 말이나 꺼낼 수가 없어서였다.

재하가 수윤에게 할 말을 머릿속으로 정리하는 사이, 정건이 운전하는 차량이 한적한 숲길로 들어섰다.

"……공기는 좋을 것 같네."

그렇게 조금 더 들어가자 나무 사이에 묻혀 있던 펜션이 모습을 드러냈다.

"여기서 내릴게."

"네."

입구가 가까워지기 전에 재하가 먼저 차에서 내렸다. 오랜만에 수윤을 본다고 생각하니 왠지 모르게 긴장이 되었다.

마음을 가다듬은 재하는 펜션을 향해 천천히 걸음을 옮겼다. 펜션은 매점을 중심으로 독채 다섯 개가 빙 둘러싸고 있는 구조였다.

재하는 일단 매점을 향해 걸어갔다. 주인에게 수윤이 묵고 있는 숙소 위치를 물어볼 생각이었다.

"……."

하지만 그럴 필요도 없이, 매점으로 가까이 다가가자 유리로 된 문 너머로 수윤이 보였다. 수윤은 손님으로 보이는 사람과 웃으며 대화를 나누고 있었다.

수윤의 모습을 가만히 보고 있던 재하는 유리로 되어 있는 문을 열기 위해 손잡이에 손을 뻗다 그대로 주먹을 꾹 쥐었다.

그의 시야 속에 환하게 웃는 수윤이 있었다. 내 앞에서 이수윤이 저렇게 웃었던 적이 있었나.

기억이 나지 않았다. 억지로 짓는 미소라든가 어이없는 웃음을 터뜨린 적은 많았지만 아무 걱정 없는 저 환한 웃음을 본 기억은 까마득했다.

나와 함께 있던 시간이 그렇게나 괴로웠던 걸까. 재하는 예쁘게 웃는 수윤의 모습을 한동안 눈에 담았다. 조금 여윈 모습이었지만 표정은 아주 편안해 보였다.

제주도까지 단숨에 날아온 그때부터 수윤을 데리고 돌아가야겠다고 생각했었다. 아는 사람도 없는 이곳에 수윤을 혼자 살게 할 수는 없었다.

제 마음을 모조리 다 부정해도 괜찮았다. 좋아하는 마음 이전에 수윤과 자신은 한집에서 같이 자란 가족이었다. 수윤이 원래 가지고 있던 것을 포기하고, 멀리까지 와서 고생하는 꼴을 두 눈 뜨고 볼 수 없었다. 그런 마음으로 지금 제주도까지 단숨에 날아왔다.

하지만 수윤은 선진 그룹 울타리 안에 있을 때보다 지금이 더 행복해 보였다.

"……."

제 곁에 두면 수윤의 웃는 얼굴을 보지 못 할 거라는 생각이 들자 재하는 선불리 매점 안으로 들어갈 용기가 나지 않았다.

수윤이 조금만 고개를 돌려 자신을 발견했을 때, 저 밝은 웃음이 사라질까 봐 두려웠다.

……수윤이 울까 봐 무서웠다. 그런 걸 깊이 생각해 본 적이 없었는데 그때 눈물을 본 후로 그녀의 눈물이 너무나도 두려웠다.

재하는 수윤이 자신을 발견하기 전에 그녀를 등졌다. 그러고는 그대로 앞을 향해 걸음을 내디뎠다. 당분간은 수윤을 만나지 않는 게 좋겠다는 생각이 들었다.

수윤도 그동안 지쳤을 테니까. 그 원인 제공자가 자신이니까. 그런 자신이 그녀의 앞에 나타나는 건 꽤나 염치없는 짓이었다. 수윤의 선택을 존중하자고 생각했으면서 또 다시 멋대로 그녀를 휘두르려 하는 스스로가 한심했다.

정건이 대기하고 있는 곳까지 다시 돌아온 재하는 발길이 떨어지지 않아 다시 한번 펜션이 있는 쪽을 바라보았다.

미련을 두지 말자 다짐하며 뒷좌석에 올랐다. 후, 하고 숨을 내뱉으니 운전석에 타고 있던 정건이 궁금한 얼굴로 재하에게 물었다.

"만나셨습니까?"

정건의 물음에 재하는 아무런 답도 하지 않았다. 정건은 답을 듣지 않아도 재하가 수윤을 만나지 못했다는 것을 직감적으로 알 수 있었다.

"그만 서울로 가지."

"……."

뒷좌석에 기대어 눈을 감는 재하를 보며 정건은 군말 없이 차를 출발시켰다.

명희는 약속한 날이 되어 정건과 함께 뮤지컬을 관람했다. 공연을 보고 식사를 하러 레스토랑에 들어와 음식이 나오기를 기다리고 있는 사이, 명희가 공연을 본 감상을 쏟아 내기 시작했다.

"깜짝 놀랐어요. 의상이 되게 화려하더라고요. 음악도 너무 좋고."

명희가 연신 와아, 와아, 하며 감탄사를 뱉어 냈다. 사람들이 왜 문화생활을 하며 사는지 이해가 되는 순간이었다. 명희는 자신이 그동안 너무 재미없이 팍팍하게 살아온 것 같다는 생각이 들었다.

얼마 지나지 않아 주문한 음식이 나왔다. 크림 파스타를 주문한 명희는 파스타를 돌돌 말아 맛있게 먹기 시작했다.

"고마워요. 덕분에 좋은 것도 보고, 맛있는 것도 먹네요."

기분이 좋은 듯 흥얼거리는 명희를 보며 정건 역시 기분 좋은 웃음이 흘러나왔다. 명희에게 큰맘 먹고 데이트 신청하길 잘했다는 생각이 들었다. 뮤지컬 티켓을 준 재하에게도 감사했다.

덕분에 명희의 웃는 얼굴도 보고 저녁까지 함께할 수 있었다. 정건은 이 시간이 매우 즐거웠다. 명희를 다시 만난 지금도 정건은 여전히 그녀에게 호감이 갔다. 예나 지금이나 명희는 씩씩하고 귀여웠다. 거리낌 없이 당당하게 제 생각을 말하는 그녀가 매력적으로 느껴졌다.

게다가 대화를 조금 나누어 보니 그녀는 매사에 긍정적이었다. 정건은 그런 명희의 모습이 보기 좋았다.

"저야말로 덕분에 이런 곳에서 식사도 해 보네요."

"어? 자주 오실 것 같았는데. 아니에요?"

"전혀요. 점심엔 스케줄에 따라 다르지만 저녁에는 보통 집밥을 먹죠."

"부모님이랑 같이 사세요?"

"네. 나이 차이가 꽤 나는 남동생 두 명까지 함께요."

정건은 열 살 가까이 차이 나는 두 동생을 떠올리며 고개를 절레절레 내저었다. 그런 정건을 보며 명희가 부러운 듯 미소 지었다.

"좋겠다."

그 말을 듣는 순간 정건은 아차 했다.

"난 가족 많은 집이 제일 부럽던데. 다 큰 성인 남자 셋이면 집이 북적북적하겠어요."

명희는 아무렇지 않은 듯 식사를 하며 말을 했지만 정건은 자신이 배려 없는 말을 한 것 같아 미안했다. 그런 그의 마음을 읽기라도 한 듯 명희가 웃었다.

"미안하라고 한 말 아니에요. 전 아무렇지 않으니까 그런 표정으로 저 보지 마시고 얼른 식사하세요."

명희는 이런 일이 익숙하다는 듯 정건에게 말하고는 다시 식사에 집중을 했다. 그러다 정건은 명희에게 수윤의 소식을 전하지 않았다는 것을 뒤늦게 떠올렸다.

"명희 씨."

"네?"

"아가씨 어디 계신지 알았어요."

정건의 말에 순간 명희의 가슴이 철렁했다. 어디에 있냐고 묻는 줄 알고 반사적으로 손을 내저을 뻔했다.

"제주도에 계세요. 아예 그쪽에서 계속 지낼 모양이에요."
"아…… 그렇군요."
"잘 지내고 있는 모습 보고 왔으니 명희 씨도 이제 걱정하지 마세요."
수윤의 소식은 이미 그녀를 통해 충분히 듣고 있었기에 명희는 표정 관리가 제대로 되지 않았다. 어떤 표정을 지어야 자연스러운 건지 알 수가 없었다.
"네. 알려 주셔서 감사해요."
살짝 미소를 지어 보인 그녀는 이내 식사를 이어 갔다. 수윤에게서는 전해 들은 말이 없었다. 재하가 수윤을 찾아갔다면 수윤의 성격상 당장 거처를 옮기려 했을 것이 분명했다. 그만큼 수윤은 재하를 만나고 싶지 않아 했다.
하지만 어제 했던 통화에서도 수윤은 별다른 말을 하지 않았다. 요즘 매점에서 일을 하게 되었다는 소소한 근황만 알렸을 뿐이다.
"……수윤이 만나셨어요?"
"잘 모르겠습니다."
"네?"
"사장님 혼자 갔다 오셨거든요."
"아……."
"아마 직접 만나지는 않으신 것 같아요."
명희는 시선을 아래로 내렸다. 수윤은 재하가 찾아왔다는 사실을 아마 전혀 모르는 모양이었다.

"그냥 아가씨 계시는 곳만 알고 있으면 된다고 하시더니요 며칠 미친 사람처럼 일만 하시네요."

"……."

명희는 마땅히 할 말을 찾지 못해 괜히 파스타를 집적거렸다.

"제가 어떻게 도움을 드려야 할지 모르겠네요."

대화를 하다 보니 얼떨결에 재하의 근황까지 모조리 얘기하게 되었다. 정건은 순간 명희에게 말실수를 한 게 아닌가 하여 그녀의 눈치를 살폈다. 명희는 물잔을 들어 한 모금 마시고는 담담하게 말했다.

"어쩔 수 없죠. 사장님께서 그렇게 선택하신 거잖아요."

그동안 재하가 수윤에게 상처만 주었다고 생각하니, 재하가 더 힘들어했으면 좋겠다는 못된 생각이 들었다.

"매정하게 들릴지는 모르겠지만 사장님이 잘못하셨으니 지금 그 대가를 받는 거라고 생각해요."

다른 사람에게 상처를 준 사람은 그것보다 더 큰 고통을 맛보는 게 지당한 일이었다.

사실 명희는 그동안 재하를 매우 좋은 사람이라고 생각했다. 어렸을 때부터 재하에게 갖은 도움을 받아 왔기 때문이었다. 하지만 이번에 수윤의 얘기를 전해 듣고 명희는 마음을 싹 바꾸었다.

"비서님도 그렇게 신경 쓰지 마세요. 사장님 본인이 알아서 해야 하는 일이지, 다른 누군가가 도와줄 수 있는 문제가 아니잖아요."

명희의 말에 정건은 씁쓸한 미소를 지었다.

"오늘도 수고하셨어요!"

날이 어둑어둑해졌을 무렵, 민혁이 매점 안으로 모습을 드러냈다.

요즘은 계속 이런 일상의 반복이었다. 아침 일찍 출근을 하고 저녁이 되면 민혁이 와서 교대를 해 주었다. 제 가게 일로도 바쁜데 민혁은 힘들지도 않은지 매일 웃는 얼굴이었다.

"너도 수고 많았어."

민혁은 수윤보다 두 살 아래였다. 나이를 알고 나자 민혁은 수윤에게 편하게 말을 놓으라고 했고, 수윤은 넉살 좋은 민혁의 성격 덕에 자연스럽게 말을 놓게 되었다. 그 후로 민혁은 수윤을 꼬박꼬박 누나라고 부르며 곧잘 챙겨 주었다.

"누나. 배고프죠? 오늘 엄마 퇴원 기념으로 저녁에 고기 구워 먹자고 해서 삼겹살 좀 사 왔어요. 우리 저녁 같이 먹어요."

"……아."

"또 거절이에요? 나 좀 섭섭해지려고 하는데. 우리 언제 밥 같이 먹지?"

수윤이 잠시 생각에 잠기자 민혁은 이번에도 거절이라 생각한 모양이었다. 민혁이 아쉬운 얼굴로 수윤이 앉아 있는 계산대 앞을 막아섰다. 양손을 허리춤에 얹은 그가 불만스러운 목소리로 말했다.

"우리 영영 밥 같이 못 먹는 거 아니죠? 한 끼 대접하고 싶은데. 이제 엄마도 퇴원하는데 오늘은 꼭 같이 먹어요. 네? 네?"

"저, 민혁아. 나 아직 거절 안 했는데?"

"어? 네?"

수윤의 말에 민혁이 당황했다. 얼빠진 얼굴로 되묻는 민혁을 보며 수윤이 웃음을 터뜨렸다.

"같이 밥 먹자. 아주머니 퇴원 축하 기념으로."

수윤의 말에 눈을 크게 뜬 민혁이 와아, 하고 크게 소리를 질렀다.

이곳에 머무는 동안 따뜻하고 좋았던 기억밖에 없었다. 애순과 민혁은 낯선 사람인 자신에게 무척이나 친절하게 대해 주었다. 만난 지 얼마 되지 않은 사람들이었지만 따뜻한 정이 느껴졌다. 어쩌면 가족의 따스함이 이런 게 아닐까, 하는 생각이 어렴풋이 들기도 했다.

최근 들어 좀 입덧도 많이 가라앉았고, 한 번쯤은 두 사람과 꼭 같이 식사를 하고 싶었다.

"그럼 내가 얼른 가서 준비하고 있을게요."

민혁이 밝게 웃으며 매점을 나섰다. 그런 민혁의 뒷모습을 보며 수윤이 빙긋 웃었다. 생각 외로 애교가 많은 민혁이 귀여웠다.

한 시간 후. 민혁이 병원에 들러 애순을 데리고 펜션으로 돌아왔다.

언제 바비큐 세팅을 마쳤는지 식탁 위에는 삼겹살과 어울리는 여러 가지 반찬들이 깔끔하게 접시에 담겨 있었다.

수윤이 밖으로 나가자 민혁이 고기를 굽기 시작했다. 그녀를 발견한 애순이 얼른 앉으라 손짓했다. 수윤이 맞은편 자리에 앉자 애순이 흐뭇한 웃음을 지으며 말을 꺼냈다.

"이름이 수윤이라고 했지? 덕분에 차질 없이 손님 받을 수 있었어. 정말 고마워."

"아니에요. 별로 한 것도 없는데요."

"별로 한 것도 없긴. 내 은인인데."

애순의 칭찬에 괜히 민망해진 수윤이 수줍게 웃었다.

"몸은 이제 괜찮으세요?"

"응. 병원에서 아무것도 안 하고 누워만 있으려니 얼마나 힘들던지."

"엄마도 움직여야 속이 시원한 타입이시거든요. 아파도 몸을 가만히 못 둬서 큰일이에요."

민혁의 말에 수윤이 쿡쿡 웃었다. 어쩐지 자신과 비슷한 타입인 것 같다는 생각이 들었다.

"오늘은 내가 고마워서 쏘는 거니까 많이 먹어요. 응?"

민혁이 구운 고기를 먹기 좋게 잘라 접시에 옮겨 주자 애순이 고기를 수윤의 접시에 올려 주었다. 한참 동안 식사를 하다가 애순이 불쑥 물었다.

"아 참. 수윤 씨."

"편하게 부르셔도 돼요."

"그래? 그래도 될까?"

"그럼요."

수윤이 고개를 끄덕이자 애순의 얼굴이 눈에 띄게 환해졌다.

"그럼 수윤이라고 부를게."

호호, 하고 기분 좋게 웃던 애순이 즐거운 표정으로 말을 이었다.

"혹시 제주도에서 살 생각이야?"

"아, 네. 지금 집 알아보고 있는 중이에요."

"잘됐네. 혹시 아직 갈 곳 못 정했으면 나 좀 도와줄 수 있을까?"

"네?"

"내가 퇴원은 했지만 아직 몸이 온전치 못하잖아. 당분간 수윤이가 우리 집에서 내 일 좀 도와줬으면 좋겠는데."

"아……."

"안 될까?"

애순이 간절한 눈빛으로 수윤을 보았다.

"한두 달 정도면 될 것 같은데. 어때?"

나쁘지 않은 제안이었다. 하루 종일 숙소에 있을 때는 축 축 처지는 것 같은 기분이 들었는데 일을 하니 기분이 상쾌했다. 매점 일도 그렇게 힘들지는 않았다. 아이를 위해 차 회장에게서 돈을 받았지만, 그것과는 별개로 일을 하며 얻는 성취감이 좋았다.

한두 달 정도면 배가 크게 부르지 않을 테니 일을 하는 것이 무리가 되지는 않을 것 같았다. 오히려 가벼운 운동도 되고, 잡생각도 날아가는 것 같아 좋았다.

……그럼 임신 사실을 말해야 할까. 수윤은 고민이 되었다. 일을 계속하려면 숨겨서는 안 된다는 생각이 들었다.

"좀…… 생각해 볼게요."

"그래. 생각해 봐."

애순이 빙긋 웃었다. 그러고는 잊고 있었다는 듯 자리에서 일어나 주걱을 들었다.

"아 참. 내 정신 좀 봐. 밥을 안 덜었네."

애순은 그릇에 밥을 꾹꾹 눌러 담고는 가득 담은 밥그릇을 수윤에게 건넸다. 수윤이 아무런 거리낌 없이 밥을 건네받았다. 바로 그때 갑자기 밥 냄새가 역하게 느껴졌다.

"읍……."

입덧이 괜찮아진 줄 알았는데 그게 아니었다.

"……죄송해요."

수윤은 입을 틀어막으며 다급하게 자리에서 일어나 건물 쪽으로 향했다. 그 모습을 보고 있던 애순과 민혁이 그 자리에 굳었다.

"몸이 안 좋은가?"

민혁이 고개를 갸웃했다. 조금 전까지 고기를 잘 먹던 사람이 체하기라도 한 걸까. 의아한 표정으로 애순을 보자 애순은 심각한 표정을 짓고 있었다.

"……설마 입덧은 아니겠지?"

"뭐? 입덧?"

애순이 걱정스러운 표정으로 수윤이 들어간 건물 입구를 보았다.

"우리 민아처럼……."

애순이 말을 하다 말고 입을 다물었다. 그녀의 얼굴이 급속도로 어두워졌다.

수윤이 갑자기 헛구역질을 하는 것을 보고 입덧이라 생각을 한 이유는 1년 전 죽은 딸, 민아가 떠올랐기 때문이었다. 애순의 딸이자 민혁의 누나인 민아는 아이를 낳다가 세상을 등졌다.

아이의 아빠는 누구인지 알 수 없었다. 민아는 자신이 일을 저질렀으니 스스로 책임을 지겠다고 했다. 애순은 남편을 일찍 여의고 혼자서 애 둘을 키웠기에 혼자서 아이를 키우는 게 얼마나 힘든지 잘 알고 있었다.

아이는 포기하는 게 좋겠다고 설득했지만 민아는 아이를 낳겠다고 고집을 부렸다. 그랬던 게 결국 딸을 죽음으로 몰아갔다. 아이라도 살았으면 좋았으련만 둘 중 누구도 살아남지 못했다.

"우리 민아랑 얼굴이 닮았다고 했더니, 어쩜 이런 것까지……."

"엄마. 아직 임신 맞는지 아닌지도 모르잖아. 지레짐작 하지 마."

딸이 죽은 후로 애순은 또래의 젊은 여자만 봐도 민아를 이입해서 보곤 했다. 외모가 닮은 수윤을 보면서 유독 딸 생각이 많이 났다. 머무는 동안만큼은 뭐 하나라도 더 챙겨 주고 싶었고, 수윤이 좀 더 이곳에 오래 머물렀으면 좋겠다는 생각을 했다.

수윤에게 일을 제안한 것도 모두 그런 이유에서였다. 그런 수윤이 헛구역질을 하자 민아가 입덧 때문에 고생했던 일이 자연스레 떠올랐다.

그 모습이 지금 수윤의 모습과 겹쳐져 임신이 아닐까 하는 생각이 들었고, 걱정부터 앞섰다. 죽은 딸아이 생각에 어느새 애순의 눈가에 눈물이 맺혔다.

"엄마…… 수윤 누나 오겠다. 울지 마."

"어휴. 내가 주책이네."

애순이 차오른 눈물을 손등으로 훔쳤다.

"만약 정말 임신이면……."

애순은 오지랖인 걸 알면서도 뭐든 도움을 주고 싶었다.

"수윤 누나한테 물어보고 우리가 도와줄 수 있으면 그러자. 응?"

애순이 걱정스러운 표정으로 한숨을 내쉬었다. 민혁은

그런 애순의 어깨를 토닥였다.

수윤은 화장실에 가서 입 안을 헹궜다. 혹시 자신이 임신이라는 걸 알아차리지는 않았을까. 좀 전까지 솔직히 말해야 하나 말아야 하나 고민했었는데, 고민이 다 쓸모없게 느껴졌다.

지금쯤 두 사람은 무슨 생각을 하고 있을까. 아이를 가진 것이 부끄럽지는 않았다. 아이를 가진 것보다 책임을 지지 않는 일이 더 부끄러운 거라 믿어 의심치 않았다.

하지만 결혼하지 않은 여자가 아이를 가졌다고 하면 다들 색안경을 끼고 보기 일쑤였다. 수윤은 제게 마냥 친절했던 애순과 민혁의 태도가 한순간에 달라져 버릴까 봐 조금 겁이 났다.

"……."

여기서 계속 생각만 하는 건 부질없는 짓이었다. 옅은 한숨을 내쉰 수윤은 거울 속 자신을 보며 고개를 도리도리 흔들었다.

허튼 생각을 다 날려 버리고는 밖으로 나갔다. 다시 바비큐장으로 돌아가니 애순과 민혁이 걱정스러운 듯한 눈으로 수윤을 보고 있었다.

"누나. 괜찮아요?"

"아, 응. 미안해."

왠지 눈을 마주칠 수가 없어 수윤이 민혁의 시선을 피했다. 애순의 얼굴을 보지 않은 채 수윤이 그녀를 향해 고개를 숙였다.

"죄송해요, 아주머니. 얼른 식사하세요."

"누나도 많이 드세요. 자, 여기 고기."

민혁이 분위기를 띄우기 위해 노력을 했으나 수윤은 갑자기 이 자리가 불편하게 느껴졌다. 헛구역질을 했더니 입맛도 없었다. 수윤은 좀처럼 잘 먹지 못 하고 한동안 자리만 지키고 있었다.

한참을 어색한 분위기에서 식사를 하다 애순이 안 되겠다는 듯 먼저 입술을 뗐다.

"임신한 거 맞지?"

민혁이 말릴 새도 없이 성격 급한 애순이 단도직입적으로 물었다.

"……."

답이 없는 수윤을 보며 확신을 가진 애순이 말을 이었다.

"내가 생각해 봤는데. 계속 우리랑 같이 지내는 건 어떠니?"

"……네?"

"아이 키우려면 혼자서 많이 힘들 거야. 너만 괜찮다면 내가 도와주고 싶어."

수윤은 무슨 대답을 어떻게 해야 할지 몰라 대답을 망설였다. 애순은 그런 수윤에게 시간을 두고 천천히 생각을 해 보라고 했다. 그렇게 조금 처진 분위기로 식사 자리가 마무리되었다.

애순이 먼저 집으로 들어가고 난 뒤, 수윤은 민혁과 같이 뒷정리를 하기 위해 남았지만 그녀가 도우려 하자 민혁이 기겁을 하며 말렸다.

민혁은 수윤을 의자에 앉히고는 혼자서 뒷정리를 마쳤다.

"누나. 오렌지 주스 한잔할래요?"

수윤이 고개를 끄덕이자 잠시 기다리라고 말한 민혁이 쏜살같이 매점으로 달려갔다가 돌아왔다.

"여기요."

"고마워."

민혁은 뚜껑을 열어서 수윤에게 주스를 내밀었다. 수윤이 주스를 받아 들고는 한 모금 마셨다.

"몸은 좀 괜찮아요?"

"응. 괜찮아."

괜찮다는 말에 민혁이 안도의 숨을 내쉬었다. 아까 수윤이 갑자기 헛구역질을 할 때 민혁은 정말 놀랐었다.

"아까 임신했다는 말 듣고 좀 걱정했어요. 내가 매점 일 부탁해서 누나가 무리하지는 않았나 하고."

"무리할 정도로 일을 하지도 않았는걸."

"누나가 열심히 해 준 거 알아요."

"알아줘서 고마워."

민혁은 제 몫의 오렌지 주스를 한 모금 마시고는 말을 이었다.

“엄마가 대뜸 임신했냐고 물어봐서 놀랐죠? 미안해요.”

“아니야. 도와주신다고 하니 오히려 감사하지.”

“이걸 어떻게 말을 해야 할지 모르겠는데…….”

민혁이 잠시 망설이더니 말을 이었다.

“사실은 제 위에 누나가 한 명 있었거든요.”

“아…….”

“1년 전에 아이 낳다가 죽었어요. 누나가 우리 누나랑 많이 닮아서, 엄마가 그때 생각이 나셨나 봐요.”

“……그랬구나.”

왜 애순이 자신을 보며 바로 임신을 떠올린 것인지 알 것 같았다. 저에게서 딸의 모습을 찾았다면 그럴 수 있을 것 같기도 했다.

수윤은 무슨 위로의 말을 해야 좋을지 몰라 조용히 고개를 숙였다. 사랑하는 가족을 잃은 것이 얼마나 슬플지 감히 가늠도 되지 않았다.

“누나가 임신했다니까 엄마가 어떻게든 도와주고 싶은가 봐요. 저도 누나가 우리 누나 같아서 도와주고 싶어요.”

민혁의 말에 수윤이 사르르 미소를 지었다. 혼자서 아이를 키우겠다고, 오로지 아이를 위해서 살아가야겠다고 마음을 먹긴 했지만 문득문득 찾아오는 불안함은 늘 있었다.

어떻게 아이를 낳고, 어떻게 키워야 할지 고민의 연속이었다. 그런데 도움을 주겠다는 말을 들으니 그 말만으로 왠지 모르게 아군을 얻은 것 같은 기분이 들었다.

"어, 이상하게 생각하지는 마세요."

수윤의 표정을 보지 못한 민혁은 어떻게 말을 해야 좋을지 모르겠다는 표정으로 뒷덜미를 쓸었다.

"혼자라면서요. 혼자서 아이 낳고, 또 키우는 거 쉬운 일 아니잖아요."

맞는 말이었다. 그때가 되면 어떻게든 이겨 내겠지, 하고 생각하다가도 문득 생겨나는 걱정은 견디기 힘들었다.

"의지할 곳 없으면 우리한테 의지해도 돼요. 우리 누나 빈자리 채워 줬으면 좋겠다는 그런 이기적인 마음은 아니에요. 그냥, 누나 보면 우리 누나 같아서, 혼자 둘 수가 없어서 그런 거예요."

민혁이 장황하게 말을 늘어놓다가 으으, 하고 낮은 신음을 내뱉었다.

"그게 그건가."

민혁이 뒷머리를 있는 힘껏 헝클어뜨리며 머쓱하게 웃었다. 수윤은 그런 민혁의 말이 왠지 모르게 든든하게 느껴졌다. 불과 한 달 전만 해도 생판 모르는 남이었는데 이런 기분이 든다는 게 이상했다.

"……."

사실은, 조금이 아니라, 아주 많이 겁이 났었다. 무서웠다. 기댈 곳 없이 혼자서 세상을 살아가야 한다고 마음을 먹자 시도 때도 없이 재하가 떠올랐다.

새삼 그에게 의지를 많이 했었구나 하는 생각에 쓴 미소가 지어졌다. 재하는 자신을 사랑하지 않았지만 수윤은 그저 제 마음을 주는 것만으로도 마음이 든든했었다.

그의 울타리에서 떠나 이제는 혼자서 꿋꿋하게 살아가려 했지만 세상을 혼자 살아갈 수는 없었다. 사람은 누구나 다른 사람과 관계를 맺고 함께 살아가야 하는 존재였다.

허허벌판에 홀로 서 있는 수윤에게 애순과 민혁이 손을 내밀었다. 언제 쓰러질지 모르는 이 상황에서 수윤은 마음을 둘 곳이 필요했다.

제게 선뜻 의지가 되어 주겠다며 손을 내미는 두 사람을 거절하고 싶지 않았다. 내밀어진 손을 잡고 싶었다. 혼자서 모든 것을 감당하다가 결국 재하를 떠올리고 또 원망하며, 미워하는 마음으로 남은 인생을 살고 싶지는 않았다.

"……내가 신세를 져도 될까?"

수윤의 말에 민혁이 눈을 커다랗게 떴다.

"너무 염치없지 않아?"

"엄마랑 나도 너무 염치없지 않아요? 우리 지금 억지 부리고 있잖아요. 누나가 착해서 그 억지를 받아 주는 거구요."

그렇게 말하며 민혁이 싱긋 웃었다. 그러고는 수윤을 향해 손을 내밀었다.

"앞으로 잘 부탁해요, 누나."

"나도 잘 부탁할게."

수윤은 민혁이 내민 손을 잡고 가볍게 흔들었다.

[비서님. 오늘 시간 되세요?]

아침부터 명희의 메시지를 받은 정건은 기분이 날아갈 것만 같았다.

[네. 됩니다.]

고민할 것도 없이 명희에게 메시지를 보내고 나서 조금 기다리자 바로 명희에게서 답장이 돌아왔다.

[그럼 오늘 저녁에 만날까요? 제가 저녁 대접해드리고 싶어서요.]

거절할 이유가 없었다. 정건은 바로 알겠다고 답장을 보냈다. 정건은 명희와 만남이 잦아지면 잦아질수록 그녀에게 호감이 갔다.

성격도 모난 곳 없이 좋았고 하는 행동도 귀여웠다. 명희의 그런 모습을 자주 보고 싶다는 생각이 들었다. 그래서 최근에는 명희와 자주 얼굴을 보고 있었다.

한 달에 두세 번씩 만나던 게 어느덧 5개월이 다 되어 가고 있었다. 여태까지 제 쪽에서 먼저 연락을 해서 약속을 잡곤 했는데, 오늘은 웬일인지 명희가 먼저 연락을 주었다.

그녀가 제게 조금 마음을 열었다고 생각하자 정건은 기분이 날아갈 듯했다. 콧노래가 절로 새어 나왔다.

"기분 좋은 일이라도 있나?"

콧노래를 신나게 흥얼거리고 있는데 사무실에서 재하가 나왔다. 빙긋 미소 지으며 노래를 흥얼거리는 그 모습을 보고 재하가 묻자 정건이 손사래를 쳤다.

“아, 아닙니다.”

“아닌 게 아닌데.”

“아, 그게…….”

“명희하고 데이트 약속이라도 잡았나?”

재하의 말에 정건이 두 눈을 커다랗게 떴다.

“네가 명희 만나는 거 내가 모를 거라고 생각했나 봐.”

“어떻게…….”

“그렇게 티를 내고 다니면서 내가 모를 거라고 생각했어?”

무심하게 대꾸한 재하가 아무렴 상관없다는 듯 정건의 어깨를 한 번 툭 쳤다. 그러고는 혼자서 집무실을 나섰다.

“혼자 갈 테니 일찍 퇴근해.”

재하 덕분에 모처럼 일찍 퇴근을 한 정건은 곧바로 약속 장소로 향했다. 얼마 기다리지 않아 명희가 도착했다. 명희 역시 약속 시간보다 조금 일찍 나온 모양이었다.

“뭐 드실래요? 제가 살게요.”

“전 아무거나 좋습니다.”

명희가 좋아하는 파스타를 두 개 주문하고 얼마 지나지 않아 음식이 나왔다. 식사가 시작되었지만 평소와 다르게 명희는 파스타를 먹는 둥 마는 둥 했다. 그 모습에 정건이 이상하다는 생각을 하고 있을 때였다.

"저 사실 말씀 못 드렸던 게 있어요."

"네. 말씀하세요."

"수윤이랑…… 계속 연락하고 있었어요."

명희가 죄를 지은 듯한 표정으로 고개를 숙였다. 그에 정건은 고개를 끄덕였다. 별로 놀랍지 않은 고백이었다.

"그럴 거라고 생각했습니다. 그날 아가씨가 계신 곳을 말씀드렸는데 놀라시 않으신 것 같아서요."

"말씀 안 드린 거 정말 죄송해요."

"이해합니다. 아가씨가 원하지 않으셨으면 명희 씨도 말씀하기 곤란하셨겠죠."

"이해해 주셔서 고마워요."

명희는 정건이 크게 화를 내지 않아 정말 다행이라고 생각했다. 약속 장소로 오는 내내 걱정했던 마음이 씻긴 듯이 사라지는 것 같았다.

"그리고 그동안 정말 감사했어요. 수윤이 친구라고 이것저것 챙겨 주시고 신경 써 주셨잖아요."

명희가 눈웃음을 지었다. 명희는 정건에게 정말 고마웠다. 수윤이 제주도로 떠나고 혼자서 많이 외로웠는데 그 빈자리를 정건이 채워 주었다. 덕분에 그동안 해 보지 못했던 문화생활도 하고 쓸쓸했던 마음을 달랠 수 있었다.

"갑자기…… 왜 그런 말씀을 하세요?"

명희가 웃으며 말했지만 듣는 정건은 뭔가 불길한 예감을 지울 수 없었다. 꼭 떠날 사람처럼 말하는 명희를 보며 정건이 묻자 명희가 개운한 얼굴로 웃으며 답했다.

"저, 내일 제주도로 이사 가요."

"네……?"

마지막으로 만난 게 그제 저녁이었다. 그 전에는 이사 간다는 말을 한 번도 듣지 못했다. 갑작스러운 소식에 정건이 얼떨떨한 얼굴을 하고 있으니 명희가 말을 덧붙였다.

"수윤이가 혼자 많이 힘들 거 같아서요. 친구 따라 이사 가는 게 좀 웃기기는 한데, 저희는 가족이나 마찬가지잖아요."

"그렇…… 죠."

"수윤이 혼자 내버려 둘 수는 없어서 제가 내려가기로 했어요."

"……그렇군요."

"너무 아쉬워요. 비서님이랑 저, 생각보다 잘 맞았는데."

명희가 생긋 웃으며 말을 했지만 정건은 웃음이 나오지 않았다.

"다음에 또 뵐 수 있었으면 좋겠어요."

그렇게 두 사람의 마지막 식사가 끝이 났다.

"명희야!"

제주도 공항에 도착하여 이리저리 고개를 돌리자 저 멀리 자신을 향해 손을 흔들고 있는 수윤이 보였다.

"이수윤!"

명희는 수윤을 발견하고는 빠르게 수윤을 향해 달려갔다. 오랜만에 만난 수윤은 눈에 띄게 배가 불러 있었다.

그동안 아이의 사진을 초음파로만 보았던 명희는 수윤의 달라진 모습이 낯설기도 하고 신기하기도 했다.

"이수윤. 진짜 보고 싶었어."

"나도."

몸은 무거워 보였지만 수윤의 표정만은 가벼워 보였다. 혼자 먼 곳에서 고생을 하는 건 아닌가 했는데, 생각 외로 편히 지내고 있는 모양이었다.

"아 참. 소개할게. 여기는 윤명희. 내 가장 친한 친구야. 그리고 이쪽은 이민혁. 제주도 와서 나 많이 도와준 동생."

수윤의 옆에 웬 훤칠한 남자 한 명이 서 있었다. 워낙 수윤에게서 얘기를 많이 들어서 처음 얼굴을 보는 건데도 굉장히 친숙한 느낌이 들었다. 그건 민혁도 마찬가지였다.

"안녕하세요. 이민혁입니다. 수윤 누나한테 말씀 많이 들었어요."

"저도요. 우리 수윤이 잘 챙겨 줘서 너무 고마워요. 앞으로 잘 부탁드릴게요."

"말씀 편히 하세요."

"아, 네."

"수윤 누나 친구니까 저도 누나라고 부를게요."

민혁이 싹싹하게 말을 하며 명희의 캐리어를 받아 들었다.

"나 제주도 오면 꼭 하고 싶은 거 있었어."

어느새 명희는 오랜만에 만난 수윤의 옆에 찰싹 달라붙어 조잘조잘 말을 하기 시작했다.

"뭔데?"

"바다 보면서 회 먹는 거."

"그럼 바로 바다 보러 가실래요? 제가 모실게요."

명희의 말에 민혁이 더 신난 듯 말했다.

"정말요? 완전 좋아요."

명희가 엄지를 치켜들며 대답하자 민혁이 뿌듯한 미소를 지었다. 수윤은 첫 만남부터 잘 맞는 두 사람을 보며 절로 웃음이 났다.

수윤이 임신 8개월에 접어들 무렵, 명희가 제주도로 거처를 옮겨 왔고, 수윤은 조만간 태어날 아이를 맞이할 준비를 시작했다.

〈2권에서 계속〉

사랑보다 뜨거운 1

초판 인쇄 2020년 8월 7일
초판 발행 2020년 8월 18일

지은이 범서라
펴낸이 신현호
편집부장 예숙영
편집 이영조
편집디자인 한방울
영업 · 관리 김민원 조은걸 조인희
물류 이순우 최준혁 박찬수

펴낸곳 ㈜디앤씨미디어
출판등록 2002년 5월 1일 제117-90-51792호
주소 서울시 구로구 디지털로 26길 111 JnK디지털타워 503호
대표전화 (02)333-2513 팩스 (02)333-2514
전자우편 dncbooks@dncmedia.co.kr
디앤씨북스 블로그 http://blog.naver.com/dncbooks

ISBN 979-11-264-5198-2 (04810)
ISBN 979-11-264-5197-5 (세트)